Gilbert Keith Chesterton:
Menschenskind

Droemer Knaur

Über dieses Buch

In diesem bezaubernden, hintergründigen Roman erzählt Gilbert
Keith Chesterton die phantastische und turbulente Lebens-
geschichte von Innozenz Smith, einem exzentrischen Sonderling,
der an einem stürmischen Tag über die Gartenmauer der
friedlichen Londoner Pension »Leuchtfeuer« wirbelt und in
kürzester Zeit alles auf den Kopf stellt. Die Bewohner des Hauses,
in deren Leben er so unvermutet eingedrungen ist, nehmen ihn
mit gemischten Gefühlen auf: Die einen halten Smith trotz
seiner seltsamen Art und der Kunde von seinem bedenklichen
Vorleben für einen übermütigen, aber ehrlichen Menschen; die
anderen betrachten ihn als ein Genie des Bösen, der sich hinter
der Maske kindlicher Skurrilität raffiniert verbirgt. Nach
abenteuerlichen Verwicklungen sitzen die Pensionsgäste über
ihn zu Gericht. Die Anklage lautet auf Mord, Einbruch,
böswilliges Verlassen seiner Frau und Polygamie. Daß die
»Ermittlungen« der Neunmalklugen schließlich ein höchst
unerwartetes Ergebnis zutage fördern, ist bei einem so humor-
vollen und phantasiereichen Erzähler wie Chesterton nicht
anders zu erwarten.

Vollständige Taschenbuchausgabe
Droemersche Verlagsanstalt Th. Knaur Nachf.
München/Zürich
© Miss D. E. Collins
Titel der Originalausgabe »MANALIVE«
Autorisierte Übertragung von
E. McCalman und N. Collin
Umschlaggestaltung Atelier Blaumeiser
Gesamtherstellung Ebner, Ulm
Printed in Germany
ISBN 3-426-00370-8

  1.–20. Tausend November 1974
21.–25. Tausend September 1976

Inhalt

Erster Teil: Die Rätsel des Innozenz Smith

Wie der Sturmwind Haus Leuchtfeuer heimsuchte

Hoch aus den Lüften im Westen kam ein Wind daher, der wie eine Woge maßlosen Glückes ostwärts durch ganz England raste und einen kühlen Waldesduft und den kalten Rausch des Meeres hinterließ. In Millionen Winkel und Ecken drang er hinein und erfrischte wie ein kalter Trunk und überraschte wie ein Schlag. In den verstecktesten Gemächern verborgener, winkeliger Häuser rüttelte er, wie eine häusliche Explosion, alles auf; er wehte die Papiere irgendeines Professors auf die Erde und wirbelte sie umher, bis sie, weil sie davonflogen, kostbar erschienen, oder er blies eine Kerze aus, bei deren Schein ein Knabe die »Schatzinsel« las, und hüllte ihn in tosende Dunkelheit. Überall brachte er Bewegung in unbewegte Menschenleben, gleich einem Sieger, der die Welt verwandelt. In einem armseligen Hinterhof hatte so manche besorgte Mutter fünf zwerghafte, auf einer Waschleine hängende Hemdchen betrachtet, die wie eine kümmerliche kleine Tragödie aussahen, als ob sie ihre fünf Kinder erhängt hätte. Da kam der Wind, und sofort waren die Hemdchen feist und strampelnd, als ob fünf dicke Kobolde in sie hineingesprungen wären, und in dem bedrückten Unterbewußtsein der Mutter stieg eine dunkle Erinnerung an jene naiven Lustspiele ihrer Vorfahren auf, als die Elfen noch unter den Menschen weilten. So manches unbeachtete Mädchen hatte sich in einem feuchten, von Mauern eingeschlossenen Garten mit derselben verzweifelten Geste in eine Hängematte geworfen, mit der sie sich in die Themse hätte werfen können, aber dann kam jener Wind und riß die wehende Wand der Wälder entzwei, hob die Hängematte wie einen Ballon und zeigte dem Mädchen in weiter Ferne groteske Wolkengestalten und Bilder von heiteren Dörfern weit unter ihr, als führe sie in einem Zaubernachen durch das Himmelszelt. So mancher verstaubte Beamte oder Hilfsgeistliche, der auf einer endlosen, teleskopartigen, von Pappeln umsäumten Straße müde dahinschritt, dachte zum hundertsten Male, wie sehr die Bäume den wehenden Federn auf einem Leichenwagen ähnelten, als diese unsichtbare Kraft sie packte und tosend um seinen Kopf schleuderte, wie eine Girlande oder einen Gruß von Engelsschwingen. Dieser Wind hatte eine Kraft, die begeisternder, gebieterischer war als der alte Wind des Sprichwortes; denn dieser war ein guter Wind, der keinem etwas Böses brachte.

Dieser Wirbelsturm traf gerade die nördlichen Höhen Londons, dort, wo die Stadt steil, terrassenartig, wie in Edinburgh, aufsteigt. Auf dieser Stelle ungefähr war es, wo ein Dichter – wahrscheinlich war er berauscht – erstaunt auf alle diese himmelwärts strebenden Straßen blickte. Gletscher und aneinandergeseilte Bergsteiger schwebten ihm dabei vor, und er nannte diese Stelle »Schweizerhütte«; seitdem ist sie diesen Namen nicht mehr losgeworden. An der Westseite jenes steilen Abhanges stand in einiger Höhe im Halbkreis eine Reihe von hohen, grauen Häusern, die fast so kahl und öde aussahen wie das Grampiangebirge bei Edinburgh. Das letzte Haus war eine Pension, die sich »Haus Leuchtfeuer« nannte, und glich mit seinem schmalen, jäh in die Höhe ragenden Giebel im Scheine der untergehenden Sonne dem Bug eines verlassenen Schiffes.

Das Schiff war jedoch nicht gänzlich verlassen. Die Besitzerin der Pension, eine Frau Duke, gehörte zu jenen unbeholfenen Menschen, gegen die das Schicksal vergebens Krieg führt; sowohl vor wie nach allen Unglücksfällen lächelte sie nichtssagend; sie war zu weich, um verwundet zu werden. Aber mit Hilfe (oder vielmehr unter dem Befehl) einer energischen Nichte gelang es ihr, den Stamm der Gäste, der hauptsächlich aus jungen, aber tatenlosen Leuten bestand, festzuhalten. Es standen auch jetzt fünf Hausgenossen Frau Dukes trübselig im Garten umher, als der große Orkan an dem turmartig aufstrebenden Giebel hinter ihnen anprallte, so wie die Wellen gegen einen in das Meer hinausragenden Felsen schlagen.

Den ganzen Tag war dieser Häuserberg oberhalb Londons von einer kalten Wolke überwölbt und von der übrigen Welt abgeschlossen gewesen. Und doch hatten drei Männer und zwei junge Mädchen zuletzt sogar den grauen und kalten Garten erträglicher gefunden als das dunkle, trostlose Innere des Hauses. Als der Wind kam, zerspaltete er den Himmel, zerteilte rechts und links das Wolkenland und erschloß große, leuchtende Schmelzöfen voll glühenden Abendgoldes. Das befreite Licht und die jäh hervorströmende Luft schienen fast gleichzeitig hervorzubrechen; der Wind besonders packte alles mit erdrosselnder Gewalt. Das leuchtende, kurze Gras lag nach einer

Seite, wie frisch gebürstetes Haar. Jeder Strauch im Garten zog an seinen Wurzeln wie ein Hund an der Leine, und jedes tanzende Blatt streckte sich förmlich nach dem jagenden, vertilgenden Element. Hin und wieder brach ein kleiner Zweig ab, wie ein von einer Armbrust geschossener Pfeil. Die drei Männer standen steif nach hinten übergebeugt, gegen den Wind gestemmt, als lehnten sie sich an eine Wand. Die beiden Damen verschwanden in das Haus, oder vielmehr sie wurden in das Haus geweht. Ihre Kleider, das eine blau, das andere weiß, glichen zwei geknickten Blumen, die der Sturm umhertrieb. Dieser poetische Vergleich ist auch nicht unangebracht, denn es lag etwas seltsam Romantisches in diesem Hereinbrechen von Luft und Licht nach einem langen, bleiernen, niederdrückenden Tag. Das Gras und die Bäume im Garten schienen einen Glanz auszustrahlen, der zugleich wohltuend und unnatürlich war, wie ein Feuer aus dem Feenreich.

Das Mädchen in dem weißen Kleid verschwand tatsächlich sehr schnell in das Haus, denn sie trug einen weißen Hut vom Umfang eines Fallschirms, der sie leicht in die bunten Abendwolken hätte hineintragen können. In jenem düsteren, dürftigen Haus war sie das einzige Wesen, das Helle und Wohlhabenheit ausstrahlte (sie war vorübergehend zu Besuch bei einer Freundin und hieß Rosamund Hunt). Sie hatte eine ganz ansehnliche Erbschaft gemacht, war braunäugig, hatte ein rundes Gesicht und ein resolutes, etwas übermütiges Wesen. Nicht allein daß sie Geld besaß, sie war auch ganz hübsch und gutmütig, aber sie hatte nicht geheiratet, vielleicht weil sie stets von einem Haufen Männer umgeben war. Sie hatte nichts Keckes, obgleich mancher sie vielleicht ordinär genannt hätte, aber auf schüchterne Jünglinge machte sie den Eindruck, umschwärmt, aber unnahbar zu sein. Bei ihr hatte jeder Mann das Gefühl, er hätte sich in Kleopatra verliebt oder er stände am Bühneneingang eines Theaters, um eine berühmte Schauspielerin zu sehen. In der Tat schien Fräulein Hunt etwas Theaterflitter anzuhaften. Sie spielte die Gitarre und die Mandoline und liebte es, Scharaden darzustellen. Bei dieser großen Zerspaltung des Himmels durch die Sonne und den Sturm fühlte sie ein jungfräuliches Melodrama in sich erklingen. Als das lärmende Orchester der Lüfte einsetzte, teilten sich die Wolken wie der Vorhang vor einer langersehnten Vorstellung.

Sonderbarerweise machte diese Apokalypse in einem Privatgarten auch auf das Mädchen in dem blauen Kleid Eindruck, obgleich sie das prosaischste, praktischste Geschöpf war, das man sich denken konnte. Es war, in der Tat, niemand anders als die energische Nichte, deren Kraft allein jenes Haus des Verfalls aufrechterhielt. Aber als der Sturm die blauen und weißen Röcke aufblähte, bis sie die ungeheuren, pilzförmigen Konturen viktorianischer Krinolinen annahmen, wachte eine halb erloschene, fast romantische Erinnerung in ihr auf, eine Kindheitserinnerung an einen verstaubten Band von »Punch«, den sie in dem Hause einer Tante gesehen hatte, mit Bildern von Reifröcken und Krocketreifen und einer hübschen Erzählung, die vielleicht mit jenen Bildern zusammenhing. Aber dieser halbverwehte Duft in ihrer Erinnerung verschwand sofort, und Diana Duke ging sogar noch schneller in das Haus als ihre Gefährtin. Groß, schlank, dunkel, adlerartig, schien sie für solche raschen Bewegungen wie geschaffen. Körperlich glich sie jener Rasse Vögel und anderer Tiere, die zugleich schlankleibig und behende sind wie Windhunde oder Reiher oder gar wie eine harmlose Schlange. Das ganze Haus drehte sich um sie wie um einen Stahlstab. Es wäre falsch zu sagen, sie befahl; denn ihre eigene Tüchtigkeit machte sie so ungeduldig, daß sie sich selbst gehorchte, ehe jemand anders dazu kam. Ehe die Elektrotechniker eine Klingel reparieren konnten oder ein Schlosser ein Schloß öffnen, ehe ein Zahnarzt einen losen Zahn entfernen oder ein Diener einen zu fest sitzenden Korken herausziehen konnte, hatte die stille Gewalt ihrer schlanken Hände schon alles getan. Sie war leichtfüßig, aber es war nichts Hüpfendes in ihrer Leichtfüßigkeit. Ihre Füße schienen die Berührung mit der Erde zu verschmähen. Man spricht von der Tragik und den Mißerfolgen unschöner Frauen, aber viel schlimmer ist es noch, wenn eine Frau in allem, außer in der Weiblichkeit, Erfolge zu verzeichnen hat.

»Es ist ein Sturm, um einem den Kopf abzureißen«, sagte das junge Mädchen in dem weißen Kleid und trat vor den Spiegel.

Das junge Mädchen in dem blauen Kleid antwortete nicht, sondern legte ihre Handschuhe, die sie für Gartenarbeit benutzte, beiseite, dann ging sie an das Büfett und begann den Tisch zum Nachmittagstee zu decken.

»Um einem den Kopf abzureißen«, wiederholte Fräulein Rosamund Hunt mit der ruhigen Gelassenheit jener Frauen, die gewohnt sind, daß ihre Worte mit Beifall aufgenommen werden.

»Höchstens um dir den Hut abzureißen«, meinte Diana Duke, »aber der ist wohl manchmal noch wichtiger.«

Einen Augenblick lang glitt der gekränkte Ausdruck eines verwöhnten Kindes über das Gesicht Rosamunds, aber dann brach der Humor eines kerngesunden Menschen hindurch. Sie lachte und sagte: »Nun, es müßte ein sehr heftiger Sturm sein, der imstande wäre, dir den Kopf abzureißen!«

Von neuem herrschte Stillschweigen, und die Strahlen der untergehenden Sonne, die sich mehr und mehr durch die auseinandergerissenen Wolken Bahn brachen, füllten den Raum mit einem milden Glanz und malten die verblichenen Wände gold- und rubinfarben.

»Jemand sagte mir einst«, meinte Rosamund Hunt, »daß es leichter sei, den Kopf nicht zu verlieren, wenn man erst das Herz an jemand verloren hat.«

»Ach, rede bloß nicht von solchen dummen Sachen«, fuhr Diana sie wütend an.

Draußen lag der Garten in einer goldenen Pracht, aber der Wind wehte noch stark, und die drei Männer, die ihm dort standhielten, hätten auch das Problem von Hüten und Köpfen erwägen können. Die Hüte, die sie trugen, waren charakteristisch für sie. Der größte der drei bot dem Sturme in einem seidenen Zylinderhut Trotz, dem der Angriff des Windes ebensowenig etwas anzuhaben schien wie jenem anderen, turmartigen Gebäude hinter ihm. Der zweite Mann versuchte krampfhaft einen steifen Strohhut in allen möglichen Lagen festzuhalten und nahm ihn schließlich in die Hand. Der dritte hatte gar keinen Hut, und seiner Haltung nach zu urteilen, hatte er nie in seinem Leben einen gehabt. Vielleicht war dieser Wind eine Art Zauberstab, um die Menschen zu sondieren; denn dieser Unterschied war kennzeichnend für die drei Männer. Der Mann in dem gediegenen seidenen Zylinder war die Verkörperung seidiger Geschmeidigkeit und Gediegenheit. Er war ein großer, glatter, gelangweilt aussehender (und wie manche sagten, langweiliger) Mann mit glattem, blondem Haar und schönen, aber ausdruckslosen Gesichtszügen, ein junger, erfolgreicher Arzt namens Warner. Obgleich seine Glattheit und Blondheit zuerst ihn etwas einfältig erscheinen ließen, war er es keineswegs. Wie Rosamund Hunt die einzige von den Hausgenossen war, die viel Geld besaß, war er der einzige, der es bisher zu einer gewissen Berühmtheit gebracht hatte. Seine Abhandlung »Das wahrscheinliche Vorhandensein von Schmerzempfindungen bei den niedrigsten Lebewesen« war in wissenschaftlichen Kreisen allgemein als ein ebenso gediegenes wie kühnes Werk begrüßt worden. Kurzum, er hatte zweifellos Verstand, und vielleicht war es nicht seine Schuld, wenn seine Intelligenz so versteckt war, daß man Lust verspürte, sie mit einem Schürhaken hervorzuzerren.

Der junge Mann, der den Hut fortwährend aufgesetzt und abgenommen hatte, war ein bescheidener, wissenschaftlicher Dilettant und vergötterte den großen Warner mit feierlicher Naivität. Nur infolge seiner Einladung war der berühmte Doktor überhaupt in das Haus Leuchtfeuer gekommen, denn Warner wohnte sonst nicht in einer solchen baufälligen Bude, sondern in einem palastartigen Gebäude der Harleystraße, wo er seinen Beruf ausübte. Von den drei Männern war dieser junge Freund Warners der jüngste und eigentlich auch der hübscheste. Jedoch gehörte er zu den Menschen, die – ob Frauen oder Männer – dazu verurteilt zu sein scheinen, hübsch, aber unbedeutend auszusehen. Braunhaarig, rotbackig und schüchtern, schienen seine sonst zarten Gesichtszüge wie zu einem rotbraunen Klecks zu verschwimmen, als er errötend und blinzelnd im Winde dastand. Er war einer jener Menschen, die man selbstredend niemals beachtet; jeder wußte, daß er Artur Inglewood hieß, unverheiratet, solide, entschieden intelligent war, von seinem kleinen Vermögen lebte und außerdem zwei Leidenschaften hatte, in denen er ganz aufging: Photographieren und Radeln. Jeder kannte ihn und vergaß ihn. Selbst als er jetzt in dem blendenden, wie Gold funkelnden Schein der untergehenden Sonne dastand, war etwas Verschwommenes an ihm, so daß er einer seiner eigenen rotbraunen Amateurphotographien glich.

Der dritte Mann hatte gar keinen Hut; er war mager, sein leichter Anzug hatte etwas Sportmäßiges, und durch die große Pfeife im Munde wirkte er noch hagerer. Auf seinem langen Gesicht lag ein ironischer Ausdruck. Er hatte blauschwarzes Haar, die blauen Augen eines Iren und das bläuliche Kinn eines Schauspielers. Zwar war er ein Ire, aber kein Schauspieler, wenn er auch früher einmal bei Fräulein Hunts Scharaden mitgewirkt hatte. Er war weiter nichts als ein unbekannter, etwas oberflächlicher Journalist und hieß Michael Moon. Angeblich wollte er einst die Universität besucht haben, um Jura zu studieren, aber (wie Warner mit seinem etwas plumpen Witz zu sagen pflegte) es war wohl ein zu trockenes Studium gewesen; denn seine Freunde wußten, daß sie ihn fast immer in irgendeiner Bar finden konnten. Dabei trank

Moon nicht übermäßig und betrank sich auch höchst selten; nur suchte er mit Vorliebe eine unter ihm stehende Gesellschaftsklasse auf. Das kam wohl daher, daß die Leute, die er dort traf, gemütlicher waren als die in den Salons; und wenn es ihm offenbar Spaß machte, mit einem Barmädchen zu plaudern, so war es hauptsächlich deshalb, weil dieses die Kosten der Unterhaltung trug, außerdem führte er ihr öfter andere talentierte junge Leute zu, die sie beim Plaudern unterstützen sollten. Mit allen Männern seines Schlages, das heißt, mit denen, die intelligent, aber ohne Ehrgeiz sind, teilte er die seltsame Eigenschaft, gern mit geistig tieferstehenden Menschen zu verkehren. In seiner Pension wohnte ein zappeliger kleiner Jude namens Moses Gould, ein kleiner Mann, über dessen negerhafte Vitalität und Vulgarität Michael sich so amüsierte, daß er von Bar zu Bar mit ihm ging, wie ein Schaubudenbesitzer mit einem tanzenden Affen.

Die gewaltigen Lichtungen, die der Wind in den bewölkten Himmel gerissen hatte, wurden immer größer und heller, eine Kammer nach der anderen schien sich im Himmelsgewölbe zu öffnen. Man hatte das Gefühl, endlich etwas gefunden zu haben, das noch heller war als das Licht. In der Fülle dieses stillen Glanzes nahmen alle Dinge ihre Farben wieder an, die grauen Baumstämme wurden silbern und der grobe schmutziggelbe Kies golden. Ein Vogel flatterte wie ein herabfallendes Blatt von einem Baum zum anderen, und seine braunen Federn waren wie vom Feuerschein berührt.

»Inglewood«, sagte Michael Moon, die blauen Augen auf den Vogel gerichtet, »haben Sie viel Bekannte?«

Dr. Warner, der angeredet zu sein glaubte, wandte ihm sein breites, lächelndes Gesicht zu und sagte:

»Ach ja, ich habe einen ziemlich großen Verkehr.«

Michael Moon grinste trübselig und wartete auf die Antwort desjenigen, den er angeredet hatte. Eine Minute später erwiderte dieser mit einer Stimme, die seltsam kühl, frisch und jung klang, im Gegensatz zu dem düsteren, ja sogar staubigen Äußeren des Sprechenden.

»Ich fürchte«, erwiderte Inglewood, »daß ich die Fühlung mit meinen alten Bekannten verloren habe. Der beste Freund, den ich jemals hatte, war ein Schulkamerad, der Smith hieß. Es ist sonderbar, daß Sie mich danach fragen; denn ich dachte gerade heute an ihn, obgleich ich ihn seit sieben oder acht Jahren nicht gesehen habe. Er studierte, wie ich, Naturwissenschaft und

Physik – ein ganz kluger Kerl, obwohl etwas merkwürdig –, er ging nach Oxford, als ich zu einem längeren Aufenthalt nach Deutschland fuhr. Es ist eigentlich eine sehr traurige Geschichte. Ich bat ihn öfters, mich zu besuchen, und als ich nichts von ihm hörte, stellte ich Nachforschungen an. Es erschütterte mich tief, zu erfahren, daß der arme Smith geisteskrank geworden war. Natürlich bekam ich keine genaue Auskunft. Von einigen Leuten hörte ich, er sei wieder geheilt, aber das sagt man ja immer. Vor ungefähr einem Jahr bekam ich eine Depesche direkt von ihm selbst. Das Telegramm hat leider alle Zweifel über seinen Geisteszustand beseitigt.«

»Ganz recht«, stimmte Dr. Warner schwerfällig bei, »ein gestörter Verstand ist in den meisten Fällen unheilbar.«

»Ein zu gesunder auch«, meinte der Ire und musterte ihn mit trübseligem Blick.

»Und die Symptome?« fragte der Doktor. »Was stand im Telegramm?«

»Es ist eine Schande, mit solchen Dingen Scherz zu treiben«, sagte Inglewood in seiner treuherzigen befangenen Art, »das Telegramm behandelte Smiths Krankheit, aber nicht Smith. Der Wortlaut war folgender: ›Menschenskind lebend mit zwei Beinen gefunden.‹«

»Lebend, mit zwei Beinen?« wiederholte Michael, die Stirn runzelnd, »soll das vielleicht ausdrücken, daß er lebt und vor Vitalität um sich schlägt? Ich weiß zwar nicht viel von Leuten, die ihren Verstand verloren haben, aber ich nehme an, daß sie um sich schlagen müßten.«

»Und Leute, die im Besitze ihres Verstandes sind?« fragte Warner lachend.

»Oh, die müßten Schläge bekommen«, sagte Michael plötzlich lebhaft.

»Die Mitteilung stammt offensichtlich von einem Irrsinnigen«, fuhr der undurchdringliche Warner fort. »Der beste Beweis dafür ist die Betonung der beiden Beine. Sogar ein Kind würde nicht erwarten, einen Mann mit drei Beinen zu finden.«

»Drei Beine«, sagte Michael Moon, »würden bei diesem Wind sehr nützlich sein.«

Eine neue Explosion in der Atmosphäre hatte die Männer fast umgeworfen und die geschwärzten Bäume im Garten gebrochen. Hinter dem Garten sah man, wie alle möglichen Gegenstände zu dem vom Wind gefegten Himmel flogen – Strohhalme, Holzstückchen, Lumpen, Papierfetzen und ganz in der Ferne ein verschwindender Hut, ein weißer Panamahut. Jedoch war sein Verschwinden nicht endgültig; denn nach einigen Minuten sahen sie ihn wiederauftauchen, viel größer und näher. Er stieg zum Himmel wie ein Ballon auf, und einen Augenblick taumelte er wie ein beschädigter Drache hin und her, um dann endlich wie ein herabfallendes Blatt sich mitten auf ihren eigenen Rasenplatz zögernd niederzulassen.

»Da hat jemand einen guten Hut verloren«, bemerkte Dr. Warner kurz.

Während er noch sprach, kam über die Gartenmauer hinter dem flatternden Panamahut ein anderer Gegenstand geflogen. Es war ein großer grüner Schirm. Dann wurde eine gewaltige Handtasche nachgeschleudert, und hinterher kam eine Gestalt, die einem fliegenden Rad aus Beinen glich, wie man sie auf dem Wappen der Insel Man sieht.

Aber obgleich es einen Augenblick den Anschein hatte, die Gestalt habe fünf oder sechs Beine, so ließ sie sich doch nur auf zweien nieder, so wie der Mann in dem sonderbaren Telegramm. Sie entpuppte sich als ein großer hellblonder Mann in schmucken grünen Feiertagskleidern. Er hatte leuchtendes blondes Haar, das der Wind zurückgestrichen hatte, so wie die Deutschen es tragen. Sein leicht gerötetes lebhaftes Gesicht glich dem eines raphaelischen Engels, aber die hervorstehende spitze Nase erinnerte etwas an die eines Hundes. Sein Kopf glich insofern nicht dem eines raphaelischen Engels, als er mit einem Körper verbunden war. Im Gegenteil, zu seinen breiten Schultern und seiner riesenhaften Gestalt sah der Kopf seltsam und unnatürlich klein aus. Diesem Umstand entsprang die ärztliche Vermutung (die durch sein Benehmen hinreichend bestätigt wurde), daß er ein Idiot sei.

Inglewood besaß eine angeborene, aber unbeholfene Höflichkeit. Sein Leben bestand aus angefangenen, dann wieder unterbrochenen hilfsbereiten Gesten. Und sogar als dieser erstaunliche, große, grüngekleidete Mann wie ein leuchtend grüner Grashüpfer über die Mauer sprang, blieb er angesichts dieses verlorenen Hutes seinem gewöhnlichen schwachen Altruismus treu. Er machte ein paar Schritte, um die Kopfbedeckung des grünen Herrn zu retten, als er plötzlich durch ein stierartiges Gebrüll wie angenagelt stehenblieb.

»Unsportmäßig!« schrie der große Mann laut, »lassen Sie ihm freies Spiel!« Und schnell, aber vorsichtig, ging er mit leuchtenden Augen hinter seinem eigenen Hut her. Der Hut schien zuerst ostentativ träge und matt auf dem sonnigen Rasenplatz umherzukugeln, aber als ein neuer Windstoß sich erhob, tanzte er ausgelassen im pas de quatre den Garten hinunter. Der Sonderling lief dem Hut mit Känguruhsprüngen nach, während er atemlos einige Worte hervorstieß, von denen es nicht immer leicht war, den Zusammenhang zu erraten: »Freies Spiel! Freies Spiel... Sport der Könige... jagen ihren Kronen nach... ganz menschlich... Wirbelwind... Kardinäle jagen roten Hüten nach... alte englische Jagd... einen Hut im Bramber Wäldchen aufgestöbert... Hut stellt sich... zerrissene Hunde... Habe ihn!«

Als der Wind vom Tosen zum Heulen überging, machte der Fremde mit seinen kräftigen, sonderbaren Beinen einen Sprung in die Luft, griff nach dem davonfliegenden Hut, verfehlte ihn und stürzte der Länge nach aufs Gesicht in das Gras. Triumphierend flog der Hut wie ein Vogel über ihn weg. Aber er hatte zu früh triumphiert. Der Irrsinnige stützte sich auf seine Hände, warf die Füße hinten hoch, schwenkte seine beiden Beine wie symbolische Zeichen in die Luft (so daß die Zuschauer wieder an das Telegramm dachten) und fing tatsächlich den Hut mit den Füßen auf. Ein langes und ohrenbetäubendes Geheul des Windes zerriß den Himmel von einem Ende zum andern. Die Augen aller dieser Männer waren durch den unsichtbaren Windstrom geblendet, wie durch eine seltsam klare, durchsichtige Flut, die sich rauschend zwischen sie und alles, was um sie herum war, drängte. Aber als der große Mann sich aufsetzte und sich feierlich mit dem Hute krönte, entdeckte Michael zu seinem großen Erstaunen, daß er atemlos, wie bei einem Duell, zugeschaut hatte.

Als der gewaltige Wind mit seiner himmelwärts strebenden Energie auf die Höhe seiner Kraft gelangt war, ertönte ein Schrei, der wie ein Gewinner begann, aber ganz schnell abbrach, wie von einem plötzlichen Schweigen verschlungen. Doktor Warners Staatshut, der glänzende schwarze Zylinder, segelte von seinem Kopf fort und glich der langen glatten Parabel eines Luftschiffes, als er einen Baum im Garten fast überflog, aber in den obersten Zweigen hängenblieb. Wieder war ein Hut fort. Die Gesellschaft im Garten fühlte sich von einem ungewohnten Wirbel von Geschehnissen mitgerissen; niemand schien zu wissen, was der Wind als nächstes davonraffen würde. Ehe man darüber Vermutungen anstellen konnte, hatte der jauchzende und jubelnde Hutjäger den Baum bereits zur Hälfte erklommen, und man konnte verfolgen, wie er sich mit seinen kräftigen gelenkigen Grashüpferbeinen von Ast zu Ast schwang und dabei seine abgerissenen, geheimnisvollen Bemerkungen machte. »Lebensbaum... Märchenbaum... jahrhundertelang klettern vielleicht... Eulennester in dem Hut... unzählige Generationen Eulen... noch immer unrechtmäßig angeeignet... in den Himmel gegangen... Mann im Mond trägt ihn... Räuber... gehört nicht dir... gehört dem trübseligen Arzt... im Garten ... gib ihn wieder... gib ihn wieder!«

Der Baum bog und neigte sich und wurde von dem brausenden Wind hin und her gepeitscht, und in der strahlenden Sonne flammte der Baum wie ein Freudenfeuer. Die grüne, phantastische Gestalt des Mannes hob sich von dem herbstlichen Rot und Gold des Laubes leuchtend ab; er war schon in den höchsten und schwächsten Zweigen, und es war ein reiner Zufall, daß sie unter dem Gewicht dieses schweren Körpers nicht brachen. Er saß dort oben zwischen den letzten wehenden Blättern und den ersten schimmernden Abendsternen, und atemlos sprach er noch immer mit sich selbst, vergnügt disputierend, sich halb entschuldigend. Es war kein Wunder, daß er außer Atem war, denn sein ganzer unsinniger Überfall war mit solchem Ungestüm ausgeführt worden. Mit einem Satz war er wie ein Fußball über die Mauer gesprungen, wie auf einer Rutschbahn den Garten hinuntergesaust und einer Rakete gleich den Baum hinaufgeschossen. Die drei Männer schienen von diesen aufeinanderstürmenden Vorfällen wie betäubt – von dieser wilden Welt, wo eine Sache begann, ehe die andere aufgehört hatte. Alle drei hatten denselben Gedanken. Die ganzen fünf Jahre, seitdem sie in der Pension wohnten, hatte der Baum schon dort gestanden. Alle drei waren sie kräftig und beweglich, und doch hatte nie einer von ihnen daran gedacht, ihn zu erklettern. Aber Inglewood hatte als erster die Farbenkontraste empfunden. Die leuchtenden, blanken Blätter, der kalte blaue Himmel, die stürmischen grünen Arme und Beine erinnerten ihn merkwürdigerweise an etwas Leuchtendes aus seiner Kindheit, etwa an einen bunten Mann auf einem goldenen Baum; vielleicht war es nur die Erinnerung an einen gemalten Affen auf einem Stock. Seltsamerweise fühlte sich Michael Moon, obgleich er mehr Sinn für Humor hatte als die anderen, tiefer bewegt, und er hatte eine unklare Erinnerung an frühere Theatervorstellungen mit Rosamund. Es amüsierte ihn, als er sich dabei ertappte, die Worte Shakespeares zu zitieren:

»Ist nicht an Kraft Amor ein Herkules,
Der stets der Hesperiden Bäum' erklimmt?«

Sogar der unbewegliche Mann der Wissenschaft hatte eine blitzartige unklare Empfindung, als ob die Zeitmaschine einen Ruck gemacht hätte und mit ratternder Geschwindigkeit vorwärtsgeeilt wäre.

Jedoch war er nicht ganz auf das, was sich nun ereignete, vorbereitet. Der Grüngekleidete, der auf einem der schwächsten obersten Äste des Baumes wie eine Hexe auf einem sehr wackeligen Besenstiel ritt, reichte hinauf und riß den schwarzen Hut aus seinem luftigen Nest von Zweigen. Bei dem ersten Aufstieg war der Hut von einem schweren Ast zerbeult worden, zerkratzt und geritzt; ein Windstoß und das Laubwerk hatten ihn so plattgedrückt, daß er einer Ziehharmonika glich. Man kann auch nicht gerade behaupten, daß der liebenswürdige Herr mit der spitzen Nase den Hut mit der Zartheit behandelte, die die Struktur des Hutes verlangte, als er ihn schließlich von dem Zweig abnahm. Das Benehmen des Fremden war so merkwürdig, als er den Hut erwischt hatte, daß es bei einigen der Zuschauer Erstaunen hervorrief. Er schwenkte ihn mit einem lauten Triumphgeheul und schien gleich darauf rückwärts vom Baum herunterzufallen, hielt sich aber mit seinen langen, kräftigen Beinen in den Zweigen fest, wie ein Affe, der sich an seinem Schwanz schaukelt. Mit dem Kopf nach unten, hing er über dem unbehelmten Warner und versuchte, ihm feierlichst den zerbeulten seidenen Zylinder in die Stirn zu drücken. »Jeder Mann ein König«, erklärte der umgekehrte Philosoph; »jeder Hut (folglich) eine Krone. Aber diese ist eine vom Himmel herabgefallene Krone.«

Und wieder versuchte er, die Krönung Warners vorzunehmen, der jedoch schroff dem über ihm schwebenden Diadem auswich und sonderbarerweise kein Verlangen nach seiner früheren Zierde in ihrem jetzigen Zustand zu haben schien.

»Das ist unrecht! Das ist unrecht!« rief der liebenswürdige Mann ausgelassen. »Man soll immer Uniform tragen, selbst wenn sie schäbig ist. Die Ritualisten können immer unordentlich aussehen. Geh zu einem Ball mit Ruß auf deinem Oberhemd, aber trage ein Oberhemd! – Ein Jäger kann einen alten Rock tragen, aber es muß ein Jägerrock sein. – Trage eine Angströhre, selbst wenn der Deckel davon fehlt! – Das Symbol ist es, was gilt, alter Bursche. Nimm deinen Hut, denn er gehört doch dir! Zwar hat die Baumrinde das Haar abgeschabt, meine Lieben, aber sein Rand ist nicht im geringsten verbogen. Doch der alten Erinnerungen wegen, meine Lieben, ist diese Angströhre die beste der Welt.«

Während er noch mit übermütiger Behaglichkeit sprach, drückte er den formlosen seidenen Hut auf das Gesicht des verstörten Arztes. Dann fiel er auf die Füße zwischen die anderen Männer, und strahlend plauderte er atemlos weiter.

»Warum benutzt man eigentlich nicht den Wind zu noch anderen Spielen?« fragte er etwas erregt. »Drachen sind ganz schön, aber warum sollten es nur Drachen sein? Denn seht mal, während ich auf den Baum kletterte, fielen mir für einen windigen Tag drei weitere Spiele ein. Eins davon wäre folgendes: Man nimmt eine Menge Pfeffer . . .«

»Ich denke«, warf Herr Moon mit höhnischer Milde ein, »daß Ihre Spiele bereits hinreichend abwechslungsreich sind. Sind Sie, wenn ich fragen darf, auf einem Gastspiel oder eine wandernde Reklame für ›Sunny Jim‹? Wieso und weshalb vergeuden Sie so viel Kraft, um in unseren langweiligen, aber schließlich normalen Vororten Mauern zu überspringen und Bäume zu erklettern?«

Der Fremde schien, soweit es für einen so lärmenden Menschen möglich war, vertraulich flüstern zu wollen. »Das ist eine Eigentümlichkeit von mir«, gestand er offen. »Ich tue es, weil ich zwei Beine habe.«

Artur Inglewood, der während dieser närrischen Szene in den Hintergrund gedrängt worden war, fuhr zusammen und starrte den Neuangekommenen mit seinen kurzsichtigen, zusammengekniffenen Augen an, und sein schon rotes Gesicht färbte sich noch um eine Nuance höher.

»Nanu, ich glaube, Sie sind Smith«, rief er mit seiner frischen, fast knabenhaften Stimme und fügte, als er ihn einen Augenblick angestarrt hatte, hinzu: »und doch bin ich dessen nicht ganz sicher.«

»Ich denke, ich habe eine Karte bei mir«, sagte der Unbekannte mit entwaffnender Feierlichkeit, »eine Karte mit meinem richtigen Namen, meinen Titeln, Ämtern und meinem wahren Lebenszweck.«

Langsam zog er aus einer oberen Westentasche ein scharlachrotes Visitenkarten-Etui hervor, und ebenso langsam entnahm er ihm eine große Karte. In dem Augenblick, als er sie herausholte, hatten die Herren den Eindruck, als ob diese Karte eine ungewöhnliche Form habe und ganz anders aussähe als die Visitenkarten anderer Herren. Aber die Karte verschwand gleich, denn als der Fremde sie Artur reichte, entglitt sie entweder ihm oder Artur. Der pfeifende, wütende Sturm in diesem Garten trug des Fremden Karte fort zu dem wilden Haufen wertlosen Papieres des Weltalls. Dann schüttelte dieser brausende Westwind das ganze Haus und zog vorbei.

Das Gepäck eines Optimisten

Wir erinnern uns alle an die Märchen unserer Kindheit, die mit der wissenschaftlichen Hypothese spielten, wie es würde, wenn große Tiere in demselben Verhältnis springen könnten wie die kleinen. Wenn zum Beispiel ein Elefant so stark wäre wie ein Grashüpfer, könnte er (vermute ich) über den Zoologischen Garten hinwegspringen und trompetend auf dem Primroseberg landen. Könnte ein Walfisch wie eine Forelle aus dem Wasser springen, so würde man ihn vielleicht über Yarmouth schweben sehen wie die beschwingte Insel Laputa. Solche natürliche Energie, wenn sie auch herrlich ist, könnte sicher unbequem werden, ebenso wie die Ausgelassenheit und die guten Absichten des Grüngekleideten viel Unbequemes hatten. Er nahm überall zu viel Platz ein, weil er sowohl lebhaft wie sehr groß war. Durch eine glückliche physische Einrichtung sind sehr kompakte Menschen phlegmatisch, und die nicht eleganten Pensionen der weniger Begüterten Londons sind nicht für einen Menschen eingerichtet, der so gewaltig ist wie ein Stier und so übermütig wie ein Kätzchen.

Als Inglewood dem Fremden in die Pension nachging, fand er ihn in ernstem Gespräch und (wie der Fremde sich einbildete) in leiser Unterhaltung mit der hilflosen Frau Duke. Wie ein sterbender Fisch konnte Frau Duke, diese dicke, widerstandslose Dame, den riesig großen neuen Herrn nur anglotzen, der sich ihr höflich als neuer Mieter anbot, während er den großen weißen Hut mit einer Hand schwenkte und die gelbe Reisetasche mit der anderen. Glücklicherweise war Frau Dukes tüchtigere Nichte und Teilhaberin dort, um das Übereinkommen abzuschließen, denn alle Leute aus dem Hause hatten sich – warum, wußte niemand – in diesem Zimmer eingefunden. Dieser Umstand war in der Tat für die ganze Episode typisch. Der Besucher schuf eine Atmosphäre, durch die ein Wendepunkt, und zwar ein komischer, eintrat. Von dem Augenblick an, wo er in das Haus gekommen war und bis er es verließ, hatte er es auf irgendeine Weise fertigbekommen, die ganze Pensionsgesellschaft um sich zu scharen, und sie folgte ihm (wenn sie ihn auch belächelte), wie Kinder einem Hanswurst nachlaufen. Bis vor einer Stunde und in den ganzen vier Jahren vorher hatten diese Leute einander gemieden, wenn sie sich auch ganz gern gemocht hatten. In die trübseligen und verlassenen Räume waren sie hinein- und wieder hinausgeschlichen, um irgendeine Zeitung oder ihre Handarbeit zu suchen. Selbst jetzt kamen sie nur zufällig aus verschiedenen Gründen hinein, aber sie kamen alle. Da war der befangene Inglewood, der immer noch wie ein roter Schatten aussah, da war auch der unbefangene Warner, bleich, aber kräftig. Da war Michael Moon, dessen flotte Kleidung in rätselhaftem Kontrast zu dem düsteren Ernst seines Gesichtes stand. Jetzt gesellte sich Moons noch komischer wirkender Schatten, Moses Gould, hinzu. Wie der keckste aller kleinen schlauen Hunde stolzierte er auf seinen kurzen Beinchen einher, und seine lila Krawatte leuchtete von weitem. Auch darin glich er einem Hund, daß, wenn er auch noch so entzückt scharwenzelte und tänzelte, seine schwarzen Augen auf beiden Seiten seiner hervorstehenden Nase düster funkelten wie zwei schwarze Knöpfe. Da war Fräulein Rosamund Hunt, noch immer mit dem schönen weißen Hut, der ihr viereckiges, gutmütiges Gesicht einrahmte, und mit der ihr eigenen Miene, als sei sie für eine Gesellschaft angezogen, die niemals stattfand. Ebenso wie Herr Moon befand sie sich in neuer Gesellschaft, das heißt nur dem Leser neu; denn in Wirklichkeit war es eine alte Freundin und Protegierte von ihr. Diese war eine zarte, junge, dunkelgrau gekleidete Dame, die durch nichts als durch eine Fülle dunkelroten Haares auffiel. Es war so frisiert, daß es ihrem blassen Gesicht dasselbe dreieckige, fast spitze Aussehen gab, wie den Schönheiten aus der Zeit der Königin Elisabeth der hohe Kopfputz und die breite volle Halskrause. Ihr Vatersname schien Gray zu sein, jedoch Fräulein Hunt nannte sie Mary in jenem eigenartigen Ton, den man für Untergebene hat, die mit der Zeit Freunde geworden sind. Auf dem alltäglichen grauen Kleid trug sie ein kleines silbernes Kreuz, und sie war die einzige von der ganzen Gesellschaft, die in die Kirche ging. Als letzte, aber durchaus nicht als Unwichtigste nennen wir Diana Duke, welche den Neuangekommenen mit durchdringenden Blicken musterte und gewissenhaft jedem sinnlosen

Wort, das er sagte, lauschte. Frau Duke hingegen lächelte ihn an, aber es fiel ihr gar nicht ein, ihm zuzuhören. Niemals in ihrem Leben hatte sie wirklich jemand zugehört, manche behaupteten, das sei der Grund, weshalb sie noch lebte.

Nichtsdestoweniger schmeichelte es Frau Duke, daß ihr neuer Gast sich ihr so ausschließlich widmete, denn niemand unterhielt sich jemals ernsthaft mit ihr, wie sie auch niemals jemand ernsthaft zuhörte. Und sie strahlte fast, als der Fremde mit noch lebhafteren, fast wirbelnden Gesten, die er mit dem Hut und der Tasche ausführte, sich entschuldigte, über die Mauer anstatt durch die Haustür eingedrungen zu sein. Er ließ durchblicken, daß er es einer unglücklichen Familientradition zuschrieb, so viel auf die Sauberhaltung seiner Kleidung zu geben.

»Meine Mutter war in dieser Beziehung sehr streng, wenn ich die Wahrheit sagen soll«, vertraute er Frau Duke mit etwas leiserer Stimme an. »Sie ärgerte sich stets, wenn ich meine Mütze in der Schule verlor. Und wenn jemand zur Ordnung und Sauberkeit erzogen worden ist, dann haftet es ihm auch später an.«

Fast sprachlos meinte Frau Duke mit schwacher Stimme, daß er eine gute Mutter gehabt haben müsse, aber ihre Nichte schien auf diese Frage näher eingehen zu wollen.

»Sie haben eine merkwürdige Auffassung von Ordnung«, sagte sie, »wenn diese darin besteht, Gartenmauern zu überspringen und auf Bäume zu klettern. Es ist nicht gut möglich, einen Baum zu erklettern und ordentlich dabei zu bleiben.«

»Aber er kann eine Mauer sehr sauber überspringen«, meinte Michael Moon, »ich habe es gesehen.«

Smith schien das junge Mädchen mit sichtbarem Erstaunen zu betrachten. »Meine liebe, junge Dame«, sagte er, »ich habe Ordnung auf dem Baum gemacht. Sie wollen doch nicht die Hüte vom vorigen Jahr darauf sehen, ebensowenig wie die Blätter vom vorigen Jahr. Der Wind entfernte die Blätter, aber bei dem Hut gelang es ihm nicht. Ich vermute, daß der Wind heute ganze Wälder aufgeräumt hat. Eine merkwürdige Auffassung, daß Ordnungmachen eine zaghafte, ruhige Sache ist, nein, Ordnungmachen ist eine Arbeit für Riesen. Man kann nicht irgendwo Ordnung schaffen, ohne selber dabei unordentlich zu werden. Wußten Sie das nicht? Sehen Sie nur meine Hosen an. Haben Sie nie ein Großreinemachen gehabt?«

»Aber natürlich«, sagte Frau Duke fast eifrig. »In dieser Beziehung werden Sie es hier sehr nett finden.« Zum ersten Male hatte sie zwei Worte von der Unterhaltung begriffen.

Während Fräulein Diana Duke den Fremden betrachtete, schien sie krampfhaft etwas zu berechnen; denn ihre schwarzen Augen sprühten vor Entschlossenheit, und sie sagte, falls er es wünsche, könne er ein bestimmtes Schlafzimmer in dem obersten Stockwerk haben. Der schweigsame und feinfühlende Inglewood, der durch die fortwährenden Mißverständnisse Folterqualen gelitten hatte, erbot sich jetzt eifrig, ihm das Zimmer zu zeigen. Smith nahm vier Stufen auf einmal, als er die Treppe hinaufging, und als er, oben angelangt, mit dem Kopf gegen die Decke stieß, hatte Inglewood die merkwürdige Empfindung, daß das hohe Haus viel niedriger geworden sei, als es früher war.

Artur Inglewood folgte seinem alten Freund — oder seinem neuen Freund, denn er war sich über diesen Punkt nicht ganz klar. In der einen Sekunde ähnelte das Gesicht dem seines alten Schulkameraden, und in der nächsten sah es ganz anders aus. Inglewood wurde seiner angeborenen Höflichkeit so weit untreu, daß er plötzlich fragte: »Heißen Sie nun Smith?« Aber er erhielt nur die ganz unbefriedigende Antwort: »Ganz recht, ganz recht! Sehr gut! Ausgezeichnet!« Als Inglewood diese Antwort überlegte, kam sie ihm eher wie die Sprache eines neugeborenen Kindes vor, das einen Namen annimmt, als die eines Erwachsenen, der ihn bestätigt.

Trotz seiner Zweifel über die Identität des neuen Gastes sah der unglückliche Inglewood ihm beim Auspacken zu und stand im Zimmer mit der ganzen Hilflosigkeit eines männlichen Freundes umher. Mit derselben wirbelnden Sorgfalt, mit der er einen Baum erkletterte, packte Herr Smith aus. Den Inhalt seiner Tasche warf er heraus, als ob er die Sachen wegwerfen wollte, und doch brachte er es fertig, ein richtiges Muster um sich herum auf dem Fußboden herzustellen.

Währenddessen sprach er in derselben atemlosen Weise weiter (er hatte ja vier Stufen auf einmal genommen, aber auch ohnedies war seine Art zu sprechen atemlos und abgerissen), und seine Bemerkungen waren noch immer aneinandergereihte, mehr oder minder vielsagende, aber oft getrennte Bilder.

»Wie am Tage des Jüngsten Gerichtes«, sagte er und warf eine Flasche heraus, aber so geschickt, daß sie aufrecht stand, wenn sie auch noch zuerst etwas hin und her schaukelte. »Die Leute sprechen vom unendlichen Weltall ... von Unendlichkeit und Astronomie; nicht sicher ... ich glaube, die Sachen liegen zu dicht zusammen ... eingepackt, für die Reise ... die Sterne liegen auch zu dicht nebeneinander ... die Sonne ist ein Stern,

zu dicht, um überhaupt gesehen zu werden ... zu viele Kiesel-
steine am Strand; sie müßten alle in Kreise gelegt werden; zu
viele Grashalme, um sie betrachten zu können ... es sind so
viele Federn auf einem Vogel, daß das Gehirn es nicht faßt;
warten, bis die große Tasche ausgepackt ist ... so kommen wir
dann alle auf unseren richtigen Platz.«

Jetzt hielt er inne, buchstäblich um Atem zu holen – warf
alsdann ein Hemd in die entfernteste Ecke des Zimmers, eine
Flasche Tinte hinterher, die, gut gezielt, neben das Hemd fiel.
Mit immer stärkeren Zweifeln blickte Inglewood in dieser
sonderbaren, halb symmetrischen Unordnung umher.

Und wirklich, je mehr man von Herrn Smiths Feriengepäck
sah, um so weniger konnte man daraus klug werden. Eine
Eigentümlichkeit fiel Inglewood besonders auf. Der Grund
für das Vorhandensein aller dieser Dinge schien ein ganz ver-
kehrter; alles, was bei anderen Menschen nebensächlich ist, war
bei ihm Hauptsache. War ein Topf oder eine Pfanne in braunes
Papier eingepackt, so entdeckte der gedankenlose Zuschauer, daß
der Topf wertlos oder sogar überflüssig war, während sich das
braune Papier als etwas wahrhaft Kostbares herausstellte. Er
holte zwei oder drei Zigarrenkisten aus der Handtasche hervor
und setzte mit schlichter, aber verwirrender Aufrichtigkeit auseinander, daß er nicht rauche, jedoch das Holz der Zigarrenkisten für Schnitzarbeiten am besten geeignet sei. Ungefähr
sechs kleine Flaschen Wein, weißen und roten, zog er hervor,
und als Inglewood eine Flasche Volnay darunter entdeckte, den
er als ausgezeichnet kannte, vermutete er zunächst, daß der
Fremde ein Weinkenner sei. Wie erstaunt war er, als er sah,
daß die nächste Flasche ein widerliches Rotweinsurrogat aus den
Kolonien war, den selbst die Kolonienbewohner (man muß
ihnen diese Gerechtigkeit widerfahren lassen) nicht trinken.
Erst als Inglewood bemerkte, daß alle sechs Flaschen leuchtende Metallkapseln von verschiedenen Farben hatten, wurde
ihm klar, daß der Fremde sie nur darum gewählt hatte, weil
es sich um die drei Grundfarben, Rot, Blau und Gelb und um
die drei Mischfarben Grün, Violett und Orange handelte. Das
unheimliche Gefühl, ein ganz kindisches Geschöpf vor sich zu
haben, festigte sich immer mehr in Inglewood. Denn Smith
war wirklich, soweit es menschliche Psychologie zuläßt, ein
Kind. Er hatte die Sinnlichkeit eines unschuldigen Kindes; das
Klebrige des Leims entzückte ihn, und weißes Holz zerschnitt
er mit derselben Begeisterung, als zerschnitte er einen Kuchen.

Für diesen Mann bedeutete Wein nichts Bedenkliches, das man verteidigen oder verdammen mußte, für ihn war er nur ein merkwürdig gefärbter Sirup, wie die Kinder ihn in Schaufenstern sehen. Er riß das Wort an sich und machte sich zum Mittelpunkt der Gesellschaft, aber er beanspruchte diesen Platz nicht wie ein Übermensch in einem modernen Theaterstück. Er vergaß sich einfach wie ein kleiner Junge bei einer Gesellschaft. Unbewußt war er mit einem Riesenschritt von der Kindheit zum Mannesalter gelangt, und auf diese Weise hatte er die Krisenzeit der Jugend, in der die meisten von uns alt werden, übersprungen.

Als der Fremde seine große Handtasche fortschob, bemerkte Artur die Buchstaben I. S. darauf gezeichnet, und er erinnerte sich, daß Smith in der Schule »Innozenz Smith«, der Unschuldige, genannt worden war, ob das nun ein Vorname oder ein Spottname sein sollte, wußte er nicht mehr. Er war im Begriff, noch eine Frage zu wagen, als an die Tür geklopft wurde und die gedrungene Gestalt von Herrn Gould auftauchte, hinter ihm, wie sein langer, schräger Schatten, der melancholische Moon. Der Herdentrieb des Menschen hatte sie veranlaßt, den beiden anderen Männern die Treppe hinauf nachzugehen.

»Hoffentlich stören wir nicht«, sagte der liebenswürdige Moses mit der größten Freundlichkeit, aus der aber nicht die geringste Spur einer Entschuldigung klang.

»Offengestanden«, fügte Michael Moon recht höflich hinzu, »wollten wir nur sehen, ob Sie auch alles haben, was Sie brauchen, Fräulein Duke ist ziemlich . . .«

»Ich weiß«, rief der Fremde und sah strahlend von seinem Auspacken auf, »sie ist prachtvoll, nicht wahr? In ihrer Nähe glaubt man Militärmusik vorbeiziehen zu hören . . . wie bei Jeanne d'Arc.«

Inglewood fuhr zusammen und starrte den Sprechenden an, wie jemand, der eben ein phantastisches Märchen gehört hat, das trotzdem eine kleine, längst vergessene Wahrheit enthält. Denn er erinnerte sich, daß er vor Jahren selber an Jeanne d'Arc gedacht hatte, als er, eben mit der Schule fertig, zum erstenmal diese Pension betrat. Schon lange aber hatte der zerstörende Materialismus seines Freundes Dr. Warner solche jugendlichen Torheiten und ungereimten Träume vernichtet. Unter dem Einfluß des Warnerianischen Skeptizismus und der Theorie der verkümmerten menschlichen Typen betrachtete sich Inglewood schon lange selbst als einen furchtsamen, unfähigen und »schwächlichen« Typ, der sich nie verheiraten würde, Diana Duke als ein materialistisches Dienstmädchen und seine erste Schwärmerei für sie als die unbedeutende, geschmacklose Spielerei eines Studenten, der die Tochter seiner Wirtin küßt. Jedoch bewegte ihn der Vergleich mit der Militärmusik ganz eigenartig, als hätte er fernes Trommeln gehört.

»Es ist nur natürlich, daß sie jeden Winkel ausnützen muß«, sagte Moon und blickte in dem zwerghaften Zimmer umher, das durch seine schrägen Wände an die spitz zugehende Kapuze eines Zwerges erinnerte.

»Das ist eine recht kleine Bude für Sie«, meinte Herr Gould witzig.

»Es ist doch ein herrliches Zimmer«, antwortete Herr Smith begeistert, ohne seinen Kopf aus der Reisetasche herauszunehmen. »Ich liebe diese spitz zugehenden Zimmer, sie sind so gotisch. Übrigens«, rief er und zeigte so plötzlich auf eine Tür, daß die beiden Herren erschreckt zusammenfuhren, »wohin führt diese Tür da?«

»Zum sicheren Tode, meine ich«, antwortete Michael Moon und sah zu einer staubbedeckten unbenutzten Falltür in dem schrägen Dach der Mansarde auf. »Ich glaube kaum, daß sie zu einem Boden führt, aber ich wüßte nicht, wo hinaus sie sonst gehen sollte.« Bevor Moon ausgesprochen hatte, war der Mann mit den kräftigen grünen Beinen an die Tür in der Decke gesprungen. Er schwang sich auf ein darunter vorstehendes Brett, riß die Tür mit Mühe auf und zwängte sich hindurch. Einen Augenblick sahen die anderen die beiden symbolischen Beine, die einen Moment wie eine verstümmelte Statue dastanden und dann verschwanden. Durch das in dem Dach entstandene Loch war der leere und klare Abendhimmel zu erblicken, an dem eine große bunte Wolke gleich einer auf den Kopf gestellten Landschaft dahinschwebte.

»Hört mal!« klang seine Stimme von so fern, als ob sie von einer weit abgelegenen Turmspitze käme, »kommt hier herauf und bringt von meinen Sachen etwas zum Essen und zum Trinken mit. Hier ist ein feiner Platz für ein Picknick.«

Impulsiv griff Michael nach zwei von den kleinen Weinflaschen, in jeder kräftigen Faust hielt er eine Flasche. Wie hypnotisiert streckte Artur Inglewood die Hand nach einer Keksbüchse und einem großen Topf Ingwer aus. Die gewaltige Hand von Innozenz Smith zeigte sich an der Öffnung wie die eines Riesen in einem Märchen, und diese Hand nahm diese Tribute entgegen und trug sie zur luftigen Höhe. Dann schwangen sich die beiden anderen Männer aus dem Fenster hinaus. Sie waren beide Athleten und auch Turner, Inglewood durch sein Interesse für Hygiene, und Moon durch sein Interesse für Sport, der nicht ganz so müßig und dilettantenhaft betrieben wurde, wie es bei den Durchschnittssportmenschen der Fall ist. Beide hatten auch ein sonderbares Gefühl des Überirdischen, als die Tür im Dach aufgerissen wurde, gleich einer Tür zum Himmel, durch welche man auf das Dach des Weltalls klettern konnte. Beide waren sie Männer, die schon lange unbewußt in dem Alltäglichen gefangen waren, wenn auch der eine es komisch, der andere es tragisch hinnahm. Jedoch waren sie beide Männer, in denen das Gemüt noch nicht ertötet war. Im Gegensatz zu ihnen beiden verachtete Herr Moses Gould ihre selbstmörderische Athletik und ihre unbewußte transzendentale Philosophie, darum stand er da und belächelte sie mit der unverschämten Objektivität einer anderen Rasse.

Als der eigentümliche Smith, der rittlings auf einem Schornstein saß, erfuhr, daß Gould nicht nachkam, trieben ihn seine kindliche Hilfsbereitschaft und seine Gutmütigkeit, wieder in die Mansarde hineinzutauchen, um Gould zu trösten oder zu überreden. Als Inglewood und Moon auf dem schmalen graugrünen Dachfirst allein gelassen waren, die Füße gegen die Dachrinne gestemmt und den Rücken gegen die Schornsteine gelehnt, blickten sie einander fremd an. Ihr erstes Gefühl war, daß sie aus der Ewigkeit gekommen waren und daß diese Ewigkeit einer auf den Kopf gestellten Welt glich. Einer von den beiden fand eine Erklärung – nämlich, daß er in das Licht jener klaren, strahlenden Unkenntnis gelangt war, aus der jeder Glaube entstanden ist. Der Himmel über ihnen war voll Mythologie. Er schien unermeßlich genug, um alle Götter zu enthalten. Wie eine große unreife Frucht färbte sich allmählich der Ätherkreis von grün zu gelb. Rings um die untergegangene Sonne schimmerte er zitronengelb, während er im Osten goldgrün leuchtete und an eine Reineclaude erinnerte, nur hatte das Ganze noch die Nüchternheit des Tageslichtes und nichts von dem Geheimnisvollen der Dämmerung. Hingeschleudert über diesem gold- und blaßgrünen Hintergrund lagen hier und da schuppenähnliche Wölkchen und zerrissene Massen dunkelvioletter Wolken, als ob sie aus ihrer gewaltigen Höhe auf die Erde fallen wollten. Eine dieser Wolkenmassen glich tatsächlich einem vielköpfigen, vielbärtigen, vielbeflügelten assyrischen Götzen, der, mit dem Riesenkopf nach unten, aus dem Himmel geschleudert worden war, wie ein falscher Jehova, vielleicht ein Satan. Alle die anderen Wolken mit ihren gewaltigen turmartigen Formen sahen aus, als ob sie die Paläste des Gottes wären, die man ihm nachgeschleudert hatte.

In die lautlose Katastrophe, die in dem leeren Himmel vor sich zu gehen schien, drang aus den menschlichen Behausungen, über welchen sie saßen, hie und da ein schwacher, trivialer Laut zu ihnen hinauf, der einen ungeheuren Kontrast bildete. Einige sechs Straßen weit unter ihnen hörten sie die Rufe eines Zeitungsträgers und das Läuten einer Glocke, die zum Gottesdienst aufforderte. Auch konnte man die Stimmen aus dem Garten unten vernehmen, und es wurde ihnen klar, daß der unverwüstliche Smith Herrn Gould nachgegangen sein mußte, denn man hörte eine eifrige und bittende Stimme, dazwischen die halb humoristischen Proteste von Fräulein Duke und das herzliche, so jugendliche Gelächter von Rosamund Hunt. In der Luft lag jene kühle Freundlichkeit, die auf ein Gewitter folgt. Michael Moon sog sie so feierlich und andachtsvoll ein, wie er den Rotwein aus der kleinen Flasche geschlürft und sie mit einem Zug geleert hatte. Inglewood kaute weiter langsam an seinem Ingwer mit einer Andacht, die so unergründlich war wie der Himmel über ihm. Die Luft war noch so bewegt und frisch, daß die Männer den Geruch der Gartenerde und den Duft der letzten Herbstrosen zu spüren glaubten. Plötzlich kamen aus dem dunkelnden Garten feine hohe Töne, die ihnen sagten, daß Rosamund ihre lang vernachlässigte Mandoline herausgeholt hatte. Nach den ersten paar Noten hörte man wieder das ferne, glockenähnliche Gelächter.

»Inglewood«, sagte Michael Moon, »haben Sie jemals gehört, daß ich ein Schurke bin?«

»Ich habe es nicht gehört, und ich glaube es nicht«, erwiderte Inglewood nach einer verlegenen Pause, »aber ich habe gehört, daß Sie ... na, das sind, was man einen Durchgänger nennt.«

»Wenn Sie gehört haben, daß man mich wild, einen Durchgänger nennt, so können Sie diesem Gerücht widersprechen«, sagte Moon mit außergewöhnlicher Ruhe, »ich bin zahm. Ich bin ganz zahm; ich bin ungefähr das zahmste Tier, das kriecht. Ich trinke jeden Abend zur selben Zeit zuviel von derselben Sorte Whisky. Ich trinke sogar auch immer dieselbe zu große Menge. Ich gehe in dieselbe Anzahl Wirtshäuser. Ich treffe dieselben verwünschten Weiber mit den geschminkten Gesichtern. Ich höre dieselbe Anzahl schmutziger Geschichten – meistens dieselben. Sie können meine Freunde beruhigen, Inglewood, Sie sehen einen Mann vor sich, den die Zivilisation gründlich zahm bekommen hat.«

Artur starrte seinen Gefährten mit solchem Entsetzen an, daß er fast vom Dach heruntergefallen wäre, denn wenn des Irländers Gesicht immer finster war, so sah es jetzt fast dämonisch aus.

»Himmeldonnerwetter!« rief Moon aus und packte plötzlich die leere Rotweinflasche, »das ist der dünnste und übelste Wein, den ich jemals durch die Kehle gegossen habe, aber es ist der erste Trunk, der mir seit neun Jahren wirklich geschmeckt hat. Ich bin niemals wild gewesen, erst vor zehn Minuten bin ich es geworden.« Und er schleuderte die Flasche wie ein Glasrad weit fort hinter den Garten in die Straße hinein, und in der tiefen Abendstille hörte man, wie sie zerbrach und auf dem Pflaster zerschellte.

»Moon«, sagte Artur Inglewood etwas heiser, »Sie dürfen nicht so verbittert sein. Jeder muß die Welt so nehmen, wie sie ist, natürlich findet man sie oft ein wenig langweilig . . .«

»Jener Bursche findet sie nicht langweilig«, sagte Michael entschieden; »ich meine Smith. Mir scheint, sein Wahnsinn hat Methode. Es sieht so aus, als ob er nur einen Schritt von der gewöhnlichen Straße abzuweichen brauchte, um jede Minute in ein Wunderland zu gelangen. Wer hätte an diese Falltür gedacht? Wer hätte geahnt, daß dieser üble Kolonialrotwein so gut zwischen den Schornsteinen schmecken könnte? Vielleicht ist das der wirkliche Schlüssel zum Märchenland. Vielleicht müßte man nur die widerlichen kleinen Empirezigaretten von dem langnasigen Gould auf Stelzen oder etwas derartigem rauchen. Vielleicht würde die ewige kalte Hammelkeule von Frau Duke gut schmecken, wenn man sie oben auf einem Baum äße. Vielleicht würde sogar mein abscheuliches Gesöff, dieser alte Bill-Whisky . . .«

»Seien Sie nicht so hart gegen sich«, sagte Inglewood ernstlich bekümmert. »Daß alles so langweilig ist, ist nicht Ihre Schuld noch die des Whiskys. Leute, die . . . Leute wie ich, meine ich – haben genau dasselbe Gefühl wie Sie, daß alles recht flach und zwecklos ist. Aber die Welt ist eben so. Es ist alles überlebt. Manche Leute sind dazu gemacht, weiterzukommen, wie Warner, andere wiederum, wie ich, bleiben auf demselben

Fleck. Man kann seinen Charakter nicht ändern. Ich weiß, Sie sind viel klüger als ich, aber Sie können nichts dafür, daß Sie die leichtlebige Art eines armen Literaten haben, und ich kann nichts dafür, daß ich von den Zweifeln und der Unbeholfenheit eines kleinen Gelehrten geplagt werde, ebensowenig wie ein Fisch dafür kann, daß er schwimmt, oder ein Farnkraut, daß sich seine Blätter kräuseln. Die Menschheit – wie Warner so richtig in seinem letzten Vortrag sagte –, besteht tatsächlich aus ganz verschiedenen Tiergattungen, die alle als Menschen verkleidet sind.«

In dem dämmerigen Garten unten hörten sie, wie das Schwirren der Unterhaltung plötzlich durch Fräulein Hunts Instrument unterbrochen wurde, es war eine laute, flotte Melodie, die an das lärmende Geknatter der Artillerie erinnerte. Rosamunds Stimme tönte voll und stark herauf, und man vernahm die Worte eines albernen modernen Niggergesanges:

> »Wir Neger singen ein Lied auf der alten Plantage,
> Singen es, wie wir es in den längst vergangenen Tagen
> sangen.«

Inglewoods braune Augen bekamen einen noch weicheren und traurigeren Ausdruck, als er seinen resignierten Monolog zu den Klängen einer so ausgelassenen und romantischen Melodie fortsetzte. Aber Michael Moons blaue Augen leuchteten in einer harten Klarheit, die Inglewood nicht verstand. So manche Jahrhunderte und so manche Dörfer und Täler wären glücklicher gewesen, wenn Inglewood oder Inglewoods Landsleute beim ersten Aufleuchten dieses Lichts verstanden oder erraten hätten, daß es der Schlachtstern Irlands war.

»Nichts kann jemals etwas daran ändern; es liegt in den Rädern des Weltalls«, fuhr Inglewood leise fort, »manche Menschen sind schwach und andere stark, und das einzige, was wir tun können, ist, zu erkennen, daß wir schwach sind. Ich habe mich unzählige Male verliebt, aber es führte zu nichts, denn der Gedanke an meine eigene Treulosigkeit hielt mich zurück. Ich habe meine Ansichten gehabt, aber ich hatte nicht die Dreistigkeit, sie durchzusetzen, weil ich sie oft wechselte. Das ist des Pudels Kern, alter Bursche. Wir können uns nicht auf uns selbst verlassen – und dafür können wir nicht.«

Michael hatte sich erhoben und balancierte nun in einer gefährlichen Haltung am Rande des Daches, so daß er einer dunklen Statue glich, die über dem Giebel schwebte. In der schweigenden Anarchie des Himmels drehten sich hinter ihm gewaltig große Wolken von seltsam tiefvioletter Farbe langsam um. Ihre Drehung ließ die dunkle Gestalt noch schwindelerregender erscheinen.

»Lassen Sie uns . . .«, sagte er und schwieg plötzlich.

»Lassen Sie uns was?« fragte Artur Inglewood, der sich jetzt ebenso schnell, wenn auch etwas vorsichtiger, erhob, denn seinem Freund schien das Sprechen schwerzufallen.

»Lassen Sie uns gehen und einige jener Dinge tun, die wir nicht tun können«, sagte Michael.

In diesem Augenblick wurde die Falltür unter ihnen aufgerissen, und der leuchtende Schopf und das gerötete Gesicht Innozenz Smiths erschien und rief ihnen zu, sie möchten herunterkommen, das »Konzert« wäre im vollen Gange und Herr Moses Gould wäre gerade im Begriff, »Jung-Lochinvar« vorzutragen.

Als sie sich in Innozenz' Mansarde herunterließen, wären sie fast wieder über die ergötzlichen Hindernisse, die überall auf der Erde umherlagen, gefallen. Bei ihrem Anblick mußte Inglewood unwillkürlich an ein unordentliches Kinderzimmer denken. Deshalb war er um so erregter und sogar erschreckt, als seine Blicke auf einen großen, blankgeputzten amerikanischen Revolver fielen.

»Nanu!« rief er und fuhr vor dem stählernen Glanz zurück, wie man vor einer Schlange zurückschreckt, »haben Sie Angst vor Einbrechern, oder wann und warum streuen Sie den Tod mit dieser Pistole aus?«

»Ach, die Pistole!« sagte Smith und warf einen flüchtigen Blick darauf, »Leben streue ich damit aus«, und er sprang die Treppe herunter.

Das Banner des Hauses Leuchtfeuer

Den ganzen nächsten Tag herrschte im Hause Leuchtfeuer das närrische Gefühl, als ob alle Geburtstag hätten. Es ist üblich, von Gebräuchen wie von kalten und beengenden Dingen zu sprechen. Tatsache ist, daß, wenn sich Menschen in besonders gehobener Stimmung befinden und nach Freiheit und Neuerungen dürsten, sie immer Gebräuche schaffen müssen und es auch tun. Sind hingegen Menschen niedergeschlagen, so geraten sie in einen Zustand der Anarchie; aber wenn sie lustig und voller Kraft sind, stellen sie stets Regeln auf. Diese Tatsache, die durch die Geschichte aller Kirchen und Republiken bestätigt wird, bewahrheitet sich auch bei dem trivialsten Gesellschaftsspiel und dem unschuldigsten Tummeln im Freien. Wir sind immer erst dann frei, wenn uns ein Brauch befreit, und die Freiheit existiert nicht eher, als bis sie von einer behördlichen Autorität bescheinigt ist. Sogar die ungestüme Autorität des Spaßmachers Smith war auch Autorität, weil sie eine Menge närrischer Regeln und Bedingungen schuf. Er erfüllte jeden mit seinem eigenen halb-irrsinnigen Leben, das sich aber nicht in Zerstörung ausdrückte, sondern eher in einem schwindelerregenden und wackeligen Aufbau. Jeder, der ein Steckenpferd hatte, entdeckte, daß es sich in einen Brauch verwandelte. Rosamunds Lieder schienen sich zu einer Art Oper zu verschmelzen, Michaels Witze und kurze Artikel zu einem Magazin. Aus seiner Pfeife und Rosamunds Mandoline wurde zusammen eine Art zwangloses Konzert. Der schüchterne und verwirrte Artur Inglewood kämpfte fast gegen seine eigene zunehmende Bedeutung. Er hatte das Gefühl, als ob ohne sein Zutun seine Photographien sich in eine Bildergalerie verwandelten und sein Fahrrad in ein Sportfest. Aber niemand hatte Zeit, diese improvisierten Zustände und Ämter zu kritisieren, denn sie überstürzten sich wie die Reden eines Conférenciers.

Das Leben mit einem solchen Mann war wie ein Hindernisrennen, das nur angenehme Hindernisse bot. Aus dem einfachsten, trivialsten Vorkommnis konnte er, einem Zauberer gleich, Wunder schaffen. Nichts konnte unbedeutender, unpersönlicher sein als Arturs Photographieren. Und doch konnte man den verrückten, unglaublichen Smith sehen, wie er ihm in den sonnigen Morgenstunden eifrig half, und eine Reihe von unmöglichen Bildern, »Moralische Photographien« betitelt, begann sich in der Pension auszubreiten. Es war nur eine Version des alten photographischen Witzes, der dieselbe Gestalt zweimal auf eine Platte zu bringen vermag und einen Mann zeigt, wie er mit sich selbst Schach spielt, mit sich selbst ißt und so weiter. Aber es gab einige noch geheimnisvollere und ehrgeizigere Platten, wie zum Beispiel: »Fräulein Hunt erkennt sich nicht wieder.« Das Bild zeigt, wie die Dame entzückt sich selbst entgegengeht, dann aber entsetzt zurückfährt. Auf einer anderen Photographie: »Wie Herr Moon sich selbst vernimmt«, sieht man, wie Herr Moon fast verrückt gemacht wird durch seine eigene Selbstvernehmung, die er mit langem, drohendem Zeigefinger leitet, und wie sich auf seinem Gesicht grimmige Schalkhaftigkeit ausprägt. Eine höchst erfolgreiche Trilogie war die folgende: Auf dem ersten Bild erkennt Inglewood sich selbst, auf dem zweiten liegt Inglewood platt auf dem Bauch vor Inglewood, und auf dem dritten wird Inglewood tüchtig von Inglewood mit einem Schirm verhauen. – Diese Trilogie wollte Innozenz vergrößern lassen und in der Diele aufhängen, wie eine Art Freske mit folgender Inschrift:

»Selbstverehrung, Selbsterkenntnis, Selbstbeherrschung,
Diese drei Eigenschaften allein können aus einem
Menschen einen eingebildeten Fant machen.«

Tennyson

Nichts hingegen konnte nüchterner und unergründlicher sein als die häuslichen Leistungen von Fräulein Diana Duke. Durch Zufall hatte Innozenz die Entdeckung gemacht, daß ihre aus Sparsamkeit betriebene Hausschneiderei mit einer ganz hübschen Portion Eitelkeit gepaart war, der einzigen weiblichen Eigenschaft, die niemals ihrer verschwiegenen Selbstachtung gefehlt hatte. Infolgedessen quälte Smith sie mit einem Einfall (den er wirklich ernst zu nehmen schien), wonach Damen Sparsamkeit mit Schönheit verbinden könnten, indem sie auf einem einfachen Stoff allerlei Muster mit Kreide aufzeichnen, die sie dann abwischen können. Er errichtete »Smiths Blitz-Mode-Salon« mit zwei Wandschirmen, einem Plakat aus Pappe und einem Kästchen mit bunten Pastellstiften. Und wirklich gab ihm Fräulein Diana eine abgelegte schwarze Schürze oder einen Arbeitskittel, auf denen er seine Talente als Modezeichner ausüben konnte. Sofort entwarf er ein leuchtendes Gewand mit roten und goldenen Sonnenblumen. Als sie es sich einen Augenblick anhielt, sah sie wie eine Königin aus. Während Artur Inglewood einige Stunden später sein Fahrrad putzte (und dabei wie gewöhnlich aussah, als ob er ganz damit verstrickt sei), sah er zufällig auf, und sein glühendes Gesicht glühte noch mehr, denn Diana hatte sich lachend eine Sekunde in der Tür gezeigt, und ihr dunkles Kleid war reich mit großen phantastischen grünen und violetten Pfauen bemalt, so daß es einem geheimnisvollen Garten aus »Tausendundeiner Nacht« glich. Es durchzuckte ihn bei ihrem Anblick, ob schmerzlich oder freudig wußte er nicht zu sagen. Es fiel ihm ein, wie hübsch er sie vor einigen Jahren gefunden hatte, als er sich noch in jedes Mädchen verliebte, aber es war ihm wie eine Erinnerung an eine babylonische Prinzessin, die er in einem früheren Leben angebetet hatte. Als er sie wieder erblickte (und er ertappte sich dabei, daß er darauf wartete), war die rote und grüne Kreide abgewischt, und sie huschte in ihrer Arbeitskleidung an ihm vorbei.

Was nun Frau Duke anbelangt, so war es undenkbar, daß diese alte Dame dem Überfall, der ihr Haus auf den Kopf gestellt hatte, einen aktiven Widerstand entgegensetzen würde. Aufmerksame Beobachter behaupteten ernsthaft, daß sie Spaß daran hätte. Denn sie gehörte zu jenen Frauen, die in Wirklichkeit alle Männer ausnahmslos für verrückt halten, sie sogar als wilde Tiere von einer ganz besonderen Gattung ansehen. Es ist zweifelhaft, ob Smiths Schornstein-Picknicks und scharlachrote Sonnenblumen ihr merkwürdiger oder unverständlicher vorkamen als die Chemikalien Inglewoods oder die teuflischen Reden Moons. Höflichkeit hingegen ist etwas, was jedem verständlich ist, und Smiths Manieren waren ebenso höflich wie formlos. Sie sagte, er sei ein »wirklicher Gentleman« und meinte einfach damit, ein gütiger Mensch, was etwas ganz anderes ist. Stundenlang saß sie an dem oberen Ende des Tisches mit fetten gefalteten Händen und einem fetten, gefalteten Lächeln, während alle um sie herum durcheinanderschwatzten. Die einzige andere Schweigende war Rosamunds Gefährtin Mary Gray, deren Schweigen aber ein anderes war, ein gespanntes. Wenn sie auch nie sprach, so sah sie doch aus, als ob sie jeden Augenblick reden wollte. Vielleicht ist dieses die richtige Auffassung für eine Gefährtin. Mit demselben Eifer, mit dem er sich in alle anderen Abenteuer stürzte, schien sich Innozenz Smith in dieses Abenteuer zu werfen, nämlich sie zum Sprechen zu bringen. Es gelang ihm nie, doch ließ er sich nie entmutigen. Wenn er etwas erreichte, so war es nur das, die allgemeine Aufmerksamkeit auf dieses ruhige Mädchen zu lenken, und das bescheidene Veilchen um ein weniges in ein Rätsel zu verwandeln. Aber wenn sie auch ein Rätsel war, so sah jeder, daß sie ein frisches, unverdorbenes Rätsel war, so wie das Rätsel des Himmels und der Wälder im Frühling. Obgleich sie älter war als die anderen beiden Mädchen, hatte sie das Strahlende des frühen Morgens, den frischen Ernst der Jugend – Dinge, die Rosamund durch das bloße Ausgeben von Geld verloren zu haben schien und Diana durch das Behüten des Geldes. Smith sah sie immer wieder an. Ihre Augen und ihr Mund standen nicht richtig in ihrem Gesicht – aber dadurch gerade wirkten sie richtig. Sie besaß die Gabe, alles mit ihrem Gesicht auszudrücken; ihr Schweigen war eine Art ständiger Beifall.

Aber von allen den übermütigen Experimenten dieses Feiertages (der eher acht Tage als einen Tag lang schien) ragte ein Experiment turmhoch über die anderen hinaus, nicht weil es närrisch war oder mehr Erfolg hatte, sondern weil aus dieser besonderen Torheit all die seltsamen Geschehnisse, die darauf folgten, entstanden waren. Alle anderen Späße verpufften und hinterließen keinen Eindruck; alle die anderen komischen Einfälle zerflossen und klangen wie ein Lied aus. Aber die Reihe greifbarer und überraschender Ereignisse – welche eine Droschke, einen Detektiv, eine Pistole und einen Trauschein mit sich brachten – waren alle von vornherein möglich geworden durch den Scherz des Gerichtshofes des Hauses Leuchtfeuer.

Dieser Scherz rührte nicht von Innozenz Smith, sondern von Michael Moon her. Ein seltsames Feuer und sprudelnder Übermut hatten ihn erfaßt, und er sprach unaufhörlich; doch war er niemals sarkastischer gewesen, ja er war sogar unmenschlich. Seine alten nutzlosen juristischen Kenntnisse wandte er an, um ergötzlich über einen Gerichtshof zu plaudern, der eine Parodie auf die pomphaften Widersprüche des englischen Gesetzes wäre. Der Hohe Gerichtshof des Hauses Leuchtfeuer, erklärte er, sei ein herrliches Beispiel unserer freien und vernünftigen Konstitution. Sie war von König Johann, der Magna Charta zum Trotze, gegründet worden und herrschte jetzt unumschränkt über Windmühlen, Konzessionen für geistige Getränke, über Damen, die in der Türkei reisten, über Revisionen der Urteile wegen gestohlener Hunde und wegen Vatermordes sowie über alles, was sich in dem Städtchen Market-Bosworth ereignete. Die hundertundneun Seneschalle des Hohen Gerichtshofes von Haus Leuchtfeuer hielten alle vier Jahrhunderte einmal Sitzung ab, in der Zwischenzeit lag, wie Herr Moon erklärte, die ganze Macht der Institution in Frau Dukes Händen. Dadurch daß der Hohe Gerichtshof beständig mit der übrigen Gesellschaft in Berührung kam, verlor er seinen historischen und juristischen Ernst, denn er wurde häufig gewissenlos angerufen, um über häusliche Nichtigkeiten zu entscheiden. Goß jemand Worcestersoße auf das Tischtuch, behauptete er, es sei ein Ritus, ohne welchen die Sitzungen und Urteile des Hofes ungültig sein würden. Oder wünschte jemand, daß ein Fenster geschlossen bliebe, erinnerte er sich plötzlich, daß nur der dritte Sohn des Schloßherrn von Penge das Recht hätte, es zu öffnen. Sie gingen sogar so weit, Verhaftungen vorzunehmen und die Missetäter zu verhören. Das vorgeschlagene Verfahren gegen Moses Gould wegen mangelnden Patriotismus wurde als zu hoch für die Gesellschaft, besonders für den Missetäter selbst, abgewiesen, aber die Verhandlung gegen Inglewood, der wegen photographischer Verleumdung angeklagt worden war, und sein glänzender Freispruch auf Grund geistiger Gestörtheit gehörten, wie zugegeben wurde, zu den besten Traditionen des Gerichtshofes.

Befand sich Smith auf dem Gipfel der Ausgelassenheit, wurde er immer schweigsamer, während Michael Moon immer geschwätziger wurde. Den Vorschlag eines privaten Gerichtshofes, den Moon mit der Nachlässigkeit eines politischen Humoristen wieder fahren ließ, griff Smith mit dem Eifer eines abstrakten Philosophen auf. Es sei entschieden das beste, erklärte er, sogar für jeden einzelnen Haushalt die souveräne Macht zu fordern. »Sie glauben an Home Rule für Irland; ich glaube an Home Rule für das Heim«, rief er Michael eifrig zu. »Es wäre besser, wenn jeder Vater das Recht hätte, seinen Sohn selbst zu töten, wie es bei den alten Römern Sitte war. Es wäre nämlich darum besser, weil dann niemand getötet werden würde. Wir wollen die Unabhängigkeitserklärung des Hauses Leuchtfeuer proklamieren. Wir könnten in unserem Garten genug Grünzeug anpflanzen, um uns selbst zu versorgen, und wenn der Steuerbeamte kommt, sagen wir ihm, wir sind Selbstversorger und bearbeiten ihn mit der Gartenspritze. . . . Nun, vielleicht könnten wir doch nicht, wie Sie sagen, die Gartenspritze gebrauchen, da wir das Wasser vom Wasserwerk benutzen, aber wir könnten doch in diesen Kalkboden einen Brunnen bohren, und wir könnten schon eine ganze Menge mit Wasserkrügen erreichen. . . . Wir wollen dieses Haus wirklich zu einem Haus Leuchtfeuer machen. Als Zeichen unserer Unabhängigkeit wollen wir ein Leuchtfeuer auf dem Dach anzünden und sehen, wie ein Haus nach dem anderen in dem Themsetal darauf antworten wird! Laßt uns die ›Liga der Freien Familien‹ begründen! Fort mit der Gemeinderegierung! Zum Teufel mit dem Gemeindepatriotismus! Jedes Haus soll wie dieses ein souveräner Staat sein und seine Kinder durch eigene Gesetze richten, wie wir es durch den Gerichtshof von Haus Leuchtfeuer tun. Fort mit allen Hilfskräften, wir wollen anfangen, zusammen glücklich zu sein, als ob wir auf einer einsamen Insel lebten.«

»Ich kenne diese einsame Insel«, sagte Michael Moon. »Sie existiert nur in Robinson Crusoe. Man spürt ein seltsames Verlangen nach irgendeiner Pflanzenmilch, und da fällt plötzlich einem eine Kokosnuß zu Füßen, von einem unsichtbaren Affen geworfen. Ein Literat fühlt sich disponiert, ein Sonett zu schreiben, und sofort stürzt ein dienststeifriges Stachelschwein aus dem Dickicht, um eine seiner Stacheln als Feder anzubieten.«

»Sagen Sie nichts gegen Robinson Crusoe«, rief Innozenz mit großer Wärme. »Wissenschaftlich mag dies Buch nicht einwandfrei sein, aber es enthält eine ganz richtige Lebensphilosophie. Wenn man wirklich auf eine Insel verschlagen wird, findet man in der Tat auch alles, was man braucht. Ist man wirklich auf einer einsamen Insel, so findet man sie nicht einsam. Würden wir wirklich in diesem Garten belagert werden, so würden wir hundert einheimische Vögel und einheimische Beeren finden, von denen wir bisher keine Ahnung hatten. Sollten wir in diesem Zimmer eingeschneit sein, so würde es uns sehr guttun, denn wir würden eine Menge Bücher auf jenem Bücherregal finden, von deren Vorhandensein wir bisher noch nichts wußten, wir würden Unterhaltungen miteinander führen, gute, anregende Unterhaltungen, doch so werden wir ins Grab sinken, ohne diese Unterhaltungen gepflogen zu haben. Wir würden für alles das Erforderliche finden – für Taufen – für Trauungen oder Beerdigungen – ja sogar für eine Krönung – das heißt, falls wir uns nicht entschlössen, eine Republik zu sein.«

»Eine Krönung nach Robinsons Art, vermute ich«, sagte Michael lachend. »Ich glaube, Sie würden es fertigbringen, alles zu finden. Wenn wir zum Beispiel etwas so Einfaches wie einen Krönungsbaldachin brauchten, würden wir in den Garten gehen, und hinter dem Geranienbeet würden wir den Baldachinbaum in voller Blüte finden. Brauchten wir eine solche Kleinigkeit wie eine goldene Krone, so würden wir Löwenzahn ausgraben und eine Goldmine unter dem Rasen finden. Wenn wir Öl für die Zeremonie nötig hätten, nun, dann käme, vermute ich, ein großer Sturm, der alles an Land schwemmt, und wir würden einen Walfisch auf unserem Grundstück finden.«

»Und wer weiß, ob sich nicht ein Walfisch auf dem Grundstück überhaupt befindet!« rief Smith aus und schlug mit der Faust auf den Tisch. »Ich könnte wetten, Sie haben das Grundstück nie durchsucht. Ich könnte wetten, Sie sind nie dort hinten gewesen, wo ich heute morgen war – denn gerade das fand ich, von dem Sie sagen, es wüchse auf einem Baum. Dort, gegen den Müllkasten gelehnt, steht ein altes viereckiges Zelt, es hat drei Löcher in der Leinwand, und eine Stange ist zerbrochen. Als Zelt ist es nicht mehr zu gebrauchen, aber als Baldachin . . .« und seine Stimme versagte ihm vor Begeisterung. Dann fuhr er mit streitlustigem Eifer fort: »Sie sehen, ich nehme es mit jeder Herausforderung von Ihnen auf. Ich bin überzeugt, daß jedes blöde Ding, von dem Sie behaupten, es könne nicht hier sein, die ganze Zeit doch vorhanden gewesen ist. Sie sagen, ein Walfisch müßte wegen des Öles angeschwemmt werden. Aber es ist doch Öl in der Menage, die neben Ihnen steht, und ich glaube, daß keiner von Ihnen es seit Jahren berührt oder daran gedacht hat. Was nun Ihre goldene Krone anbelangt, so könnten wir, obgleich keiner von uns sehr wohlhabend ist, doch genügend Zehnschillingstücke zusammenbringen, die wir, aneinandergereiht, eine halbe Stunde lang um den Kopf eines Mannes legen könnten. Oder eines von Fräulein Hunts goldenen Armbändern wäre fast groß genug dafür . . .«

Die gutmütige Rosamund erstickte fast vor Lachen. »Es ist nicht alles Gold, was glänzt«, sagte sie, »und außerdem . . .«

»Da irren Sie sich!« rief Innozenz Smith und sprang in großer Erregung auf. »Alles ist Gold, was glänzt . . . besonders jetzt, wo wir ein souveräner Staat sind. Was nützt uns die unumschränkte Gewalt, wenn wir nicht unumschränkte Macht besitzen, unsere Werte zu bestimmen! Wir können alles zu einem kostbaren Metall machen, wie die Menschen es zu Beginn der Welt machen konnten. Sie wählten Gold, nicht weil es etwas Seltenes war. Eure Wissenschaftler könnten euch zwanzig Arten Schlamm nennen, die viel seltener sind als Gold. Sie wählten dieses Metall, weil es etwas Glänzendes war – weil es schwer zu finden war, aber schön, wenn sie es gefunden hatten. Man kann nicht mit goldenen Schwertern kämpfen und keine goldenen Biskuits essen, es ist nur zum Ansehen da – und sogar hier draußen können Sie es auch ansehen.«

Mit einer seiner unberechenbaren Bewegungen sprang er zurück und riß die Türen nach dem Garten auf. Gleichzeitig, mit einer Geste, die, wie alle seine Gesten, im Augenblick nicht so unkonventionell wirkte, wie sie es eigentlich war, reichte er Mary Gray die Hand und führte sie hinaus auf den Rasen wie zu einem Tanz.

Die weit geöffneten Glastüren ließen einen Abend hineinfluten, schöner als der des vorigen Tages. Der Westen war in leuchtende Farben getaucht und der Rasen wie in eine schläfrige Flamme gehüllt. Die gewundenen Schatten, die der eine oder die beiden Bäume im Garten auf den schimmernden Rasen warfen, waren nicht wie bei gewöhnlichem Tageslicht grau oder schwarz, sondern sie glichen Arabesken, die mit leuchtender violetter Tinte auf die goldene Seite eines orientalischen Buches geschrieben sind. Der Sonnenuntergang war eine jener festlichen und doch geheimnisvollen Feuerbrünste, die den gewöhnlichsten Dingen solche Farben verleiht, daß sie seltsam und kostbar erscheinen. Der Schiefer auf dem schrägen Dach schimmerte wie die Federn eines ungeheuren Pfaus in den geheimnisvollsten Nuancen von Blau und Grün. Die rotbraunen Ziegel der Mauer glühten in allen herbstlichen Schattierungen von Rubin- und Weinrot. Die Sonne schien jeden Gegenstand mit einer verschieden gefärbten Flamme anzuzünden, wie jemand, der Feuerwerk anzündet. – Sogar auf Innozenz' sonst so fahlblondem Haar lag eine Flamme heidnischen Goldes, als er über den Rasen auf die Grotte zuschritt.

»Was würde uns das Gold nützen«, sagte er, »wenn es nicht glänzte. Wir würden uns ebensowenig aus einem schwarzen Geldstück etwas machen wie aus einer schwarzen Sonne zu Mittag. Ein schwarzer Knopf würde ebensogut sein. Finden Sie nicht, daß alles auf diesem Hof wie ein Edelstein aussieht? Und wollen Sie mir freundlichst sagen, was einem, zum Teufel, ein Edelstein nützt, wenn er nicht wie ein Edelstein aussieht? Hören Sie auf, zu kaufen und zu verkaufen, und fangen Sie an zu sehen! Öffnen Sie die Augen, und Sie werden in dem neuen Jerusalem aufwachen.

> Es ist alles Gold, was glänzt,
> Sowohl Bäume als Messingturmspitzen;
> Golden flutet die Abendluft
> Und vergoldet das Gras.
> Laßt den Ruf nach Jericho dringen,
> Wie gelber Schlamm verkauft wird;
> Es ist alles Gold, was glänzt,
> Denn der Glanz ist das Gold.«

»Und wer schrieb das?« fragte Rosamund amüsiert.

»Es wird niemals geschrieben werden«, erwiderte Smith und sprang mit einem Satz über das Grottenwerk.

»Er müßte wirklich in ein Irrenhaus geschickt werden«, sagte Rosamund Hunt zu Michael Moon. »Finden Sie nicht auch?«

»Wie, bitte?« fragte Michael ziemlich verstimmt. Sein länglicher, schwarzer Kopf hob sich dunkel vom Abendhimmel ab, und – war es Zufall, war es durch seine Stimmung hervorgerufen – er machte den Eindruck, mitten in dieser ganzen Pracht des Gartens allein und sogar feindselig zu stehen.

»Ich sagte nur, Herr Smith müßte in eine Irrenanstalt kommen«, wiederholte die Dame.

Das magere Gesicht schien immer länger zu werden; denn es war klar, daß Moon höhnisch wurde. »Nein«, sagte er, »ich halte das gar nicht für nötig.«

»Was meinen Sie?« fragte Rosamund – »Warum nicht?«

»Weil er sich jetzt schon in einer befindet«, antwortete Michael Moon ruhig, aber boshaft. »Wußten Sie das denn nicht?«

»Was?« rief das junge Mädchen, und ihre Stimme bebte, denn das Gesicht und die Stimme des Irländers wirkten tatsächlich fast unheimlich. Durch seine dunkle Gestalt und seine dunklen Worte machte er in dem strahlenden Sonnenschein den Eindruck eines Teufels im Paradies.

»Es tut mir leid«, fuhr er mit einer Art schroffer Bescheidenheit fort, »natürlich sprechen wir nicht viel darüber – aber ich dachte, wir wüßten es alle.«

»Was wüßten wir?«

»Nun, daß Haus Leuchtfeuer in gewisser Beziehung kein gewöhnliches Haus ist«, erwiderte Moon; »ein Haus, wo manche Schraube los ist, wollen wir sagen. Waren Sie nicht anwesend, als er schon früher einmal vorsprach? Da wir fast alle an Melancholie leiden, muß er natürlich übertrieben heiter sein. Uns erscheint selbstverständlich geistige Gesundheit als etwas sehr Anmaßendes, Außergewöhnliches. Über eine Mauer zu springen, einen Baum zu erklettern ist seine Art, seine Patienten zu behandeln.«

»Wie können Sie sich erlauben, so etwas zu sagen!« rief Rosamund wütend. »Wie können Sie sich erlauben, anzudeuten, daß ich . . .«

»Nicht mehr als ich selber«, warf Michael besänftigend ein; »nicht mehr als wir alle hier. Ist es Ihnen noch nie aufgefallen, daß Fräulein Duke nicht stillsitzen kann? Ein unverkennbares Symptom. Haben Sie niemals beobachtet, daß sich Inglewood andauernd die Hände wäscht? – Ein bekanntes Zeichen von Geistesgestörtheit. Ich leide natürlich an Säuferwahnsinn.«

»Ich glaube Ihnen nicht«, platzte seine Gefährtin erregt heraus. »Ich habe zwar gehört, daß Sie so manche schlechten Gewohnheiten haben . . .«

»Alle Gewohnheiten sind schlecht«, meinte Michael mit vernichtender Ruhe. »Nicht durch einen Ausbruch, sondern durch ein Nachgeben kommt Wahnsinn, durch das Sichverbohren in einen engen Kreis kleinlicher, gemeiner, sich immer wiederholender Ideen, denen man keinen Widerstand entgegensetzt. Geld hat Sie verrückt gemacht, weil Sie geerbt haben.«

»Das ist eine Lüge«, rief Rosamund wütend. »Ich bin niemals unanständig in Geldsachen gewesen.«

»Schlimmer als das waren Sie«, sagte Michael leise und doch heftig. »Sie haben andere Leute dafür gehalten. Sie dachten, daß jeder Mann, der in Ihre Nähe kam, nach Ihrem Geld trachtete. Sie haben sich deshalb nie so gegeben, wie Sie wirklich waren, und nie gezeigt, daß Sie gesunden Menschenverstand besitzen, und jetzt sind Sie verrückt, und ich bin verrückt, und das geschieht uns ganz recht.«

»Sie brutaler Kerl!« rief Rosamund. »Und ist das alles wahr?« Mit jener geistigen Grausamkeit, deren die Kelten fähig sind, wenn ihre niedrigsten Instinkte in Aufruhr sind, schwieg Michael einige Sekunden und trat mit einer ironischen Verbeugung zurück. »Natürlich nicht buchstäblich wahr«, sagte er, »jedoch ist es wahr. Könnte man es nicht eine Allegorie nennen, eine soziale Satire?«

»Ich hasse und verachte Ihre Satiren!« rief Rosamund Hunt, und gleich einem Wirbelwind brach ihre bisher zurückgehaltene, kraftvolle Weiblichkeit hervor, und jedes Wort sprach sie mit der Absicht zu verwunden. »Mir sind Sie verhaßt, wie mir Ihr ekelhafter Tabak verhaßt ist, und Ihr widerliches Herumlungern und Ihr Geschimpfe und Ihr Radikalismus und Ihre alten Anzüge und Ihr Käseblättchen und Ihr klägliches Mißlingen bei allem, was Sie unternehmen. Es ist mir ganz egal, ob Sie das Snobismus nennen oder nicht, ich liebe das Leben und den Erfolg – alles Schöne und Tatkräftige. Sie können mir als Diogenes nicht imponieren. Ich ziehe Alexander vor.«

»Victrix causa deae –«, sagte Michael düster, und sie ärgerte sich noch mehr, weil sie nicht verstand, und sie glaubte, er wollte witzig sein.

»Oh, ich kann mir denken, daß Sie Griechisch können«, sagte sie mit sorgloser Ungenauigkeit, »aber damit konnten Sie anscheinend auch nichts anfangen.« Und sie schritt durch den Garten und ging dem verschwundenen Innozenz und Mary nach. Unterwegs traf sie Inglewood, der mit nachdenklicher Miene ins Haus zurückkehrte. Er gehörte zu denen, die ganz klug sind, aber keinen sehr beweglichen Geist haben. Als er aus dem sonnenbeschienenen Garten in das dämmerige Wohnzimmer zurückkam, sprang Diana Duke rasch auf und begann das Teegeschirr wegzuräumen. Jedoch hatte Inglewood noch Zeit genug gehabt, ein Bild in sich aufzunehmen, so einzig, daß es sich gelohnt hätte, es mit seiner geliebten Kamera festzuhalten. Diana hatte nämlich vor ihrer angefangenen Arbeit gesessen, das Kinn in die Hand gestützt und aus reiner Zerstreutheit verträumt aus dem Fenster gestarrt.

»Sie sind beschäftigt«, sagte Artur, der sich seltsam befangen fühlte, daß er sie überrascht hatte. Er tat jedoch so, als hätte er nichts gesehen.

»Für Träumereien hat man in dieser Welt keine Zeit«, erwiderte die junge Dame, ohne sich umzudrehen.

»Ich habe mir in den letzten Tagen überlegt«, sagte Inglewood leise, »daß man zum Aufwachen keine Zeit hat.«

Sie schwieg, und er ging an das Fenster und schaute hinaus.

»Ich rauche nicht, noch trinke ich, wissen Sie«, sagte er unvermittelt, »weil das meiner Meinung nach Betäubungsmittel sind. Und wiederum scheint es mir, daß jedes Steckenpferd, so wie meine Kamera und mein Zweirad, ebenfalls Betäubungsmittel sind. Den Kopf unter ein schwarzes Tuch stecken, sich in ein dunkles Zimmer einsperren – heißt in ein Loch kriechen. – Mich mit Geschwindigkeit, Sonnenschein, Müdigkeit und frischer Luft betäuben – die Pedale der Maschine so schnell drehen, daß ich selber zur Maschine werde. Daran kranken wir alle, wir sind zu beschäftigt, um aufzuwachen.«

»Und wenn man aufwacht, was erwartet einen dann?« fragte das Mädchen schwerfällig.

»Es muß eben einen etwas erwarten, wenn man aufwacht!« rief Inglewood und drehte sich in sonderbarer Erregung um. »Unser ganzes Tun ist Erwartung. – Ihr Reinmachen – mein Gesundheitsbedürfnis und Warners wissenschaftliche Apparate. Immer erwarten wir etwas – etwas, das niemals eintritt. Ich lüfte das Haus, und Sie fegen es, aber was wird im Haus geschehen?«

Sie sah ihn ruhig an, doch ihre Augen glänzten, und sie schien nach Worten zu suchen, die sie nicht fand.

Bevor sie sprechen konnte, wurde die Tür aufgerissen, und die stürmische Rosamund Hunt in ihrem auffallenden weißen Hut, ihrer Boa und ihrem Sonnenschirm stand auf der Schwelle. Sie glühte, und auf ihrem offenen Gesicht lag ein Ausdruck kindlichen Erstaunens.

»Das ist eine schöne Geschichte!« sagte sie atemlos. »Was soll ich bloß tun? Ich habe nach Dr. Warner telegrafiert; etwas anderes ist mir nicht eingefallen.«

»Was ist denn passiert?« fragte Diana ziemlich schroff, aber sie machte ein paar Schritte auf sie zu, wie jemand, der gewohnt ist, zu Rate gezogen zu werden.

»Es handelt sich um Mary«, sagte die Erbin, »meine Gesellschafterin Mary Gray! Euer übergeschnappter Freund Smith hat ihr vorhin im Garten nach zehnstündiger Bekanntschaft einen Heiratsantrag gemacht, und er will jetzt mit ihr fortgehen, um sich auf dem Standesamt einen Heiratskonsens zu beschaffen.«

Artur Inglewood ging an die offenen Glastüren und sah in den vom goldenen Abendlicht noch besonnten Garten. Nichts bewegte sich dort, nur ein paar Vögel hüpften umher und zwitscherten, aber hinter der Hecke und dem Zaun stand auf der Straße vor der Gartentür eine Droschke, und oben lag die gelbe Reisehandtasche.

Der Garten des Gottes

Das plötzliche Eintreten des anderen jungen Mädchens und ihr Bericht schienen Diana Duke merkwürdig zu reizen.

»Nun«, meinte sie kurz, »ich nehme an, Fräulein Gray kann ihn abweisen, wenn sie ihn nicht heiraten will.«

»Aber sie will ihn ja heiraten!« rief Rosamund außer sich. »Sie ist eine ganz leichtfertige Närrin, und ich will mich nicht von ihr trennen.«

»Das mag sein«, sagte Diana eisig, »aber ich begreife nicht, was wir dazu tun können.«

»Der Mann ist ja übergeschnappt, Diana«, entgegnete ihre Freundin zornig. »Ich kann es doch nicht zulassen, daß meine nette Gesellschafterin einen Verrückten heiratet. Du oder irgend jemand muß es unbedingt verhindern! – Herr Inglewood, Sie sind ein Mann, gehen Sie und sagen Sie ihnen, daß es absolut unmöglich ist.«

»Leider scheint es mir, daß es absolut möglich ist«, meinte Inglewood bedrückt. »Ich habe viel weniger das Recht, Einspruch zu erheben, als Fräulein Duke, und dann ist auch mein moralischer Einfluß viel geringer als der ihre.«

»Sie haben alle beide nicht viel«, rief Rosamund, und ihr bisher mühsam zurückgehaltener und berüchtigter Jähzorn brach durch. »Ich sehe, ich muß mich woanders hinwenden, um etwas Verstand und Mut zu finden. Ich glaube, ich weiß jemand, der mir jedenfalls mehr helfen wird als Sie . . . er ist zwar ein recht-

haberisches Ekel, aber er ist ein Mann und weiß, was er will . . .«
Sie drehte den Sonnenschirm wie ein Feuerrad und stürzte mit
glühenden Wangen in den Garten.

Sie fand Michael Moon unter dem Baum im Garten, wo er
über die Hecke spähte. Mit hochgezogenen Schultern stand er
da und sah mit seiner großen Pfeife, die über sein langes blaues
Kinn hing, wie ein Raubvogel aus. Nach dem Unsinnigen dieser
neuen Verlobung und der Unbeständigkeit ihrer anderen
Freunde gefiel ihr gerade die Härte seines Gesichtsausdrucks.

»Es tut mir leid, daß ich so unfreundlich war, Herr Moon«,
sagte sie offen. »Ich konnte Sie Ihres Zynismus wegen nicht aus-
stehen, aber ich bin tüchtig dafür bestraft worden; denn ein
Zyniker ist gerade das, was ich jetzt brauche. Ich habe die Sen-
timentalität satt – sie steht mir bis an den Hals. Die Welt ist
verrückt geworden, Herr Moon – mit Ausnahme der Zyniker.
Dieser verrückte Smith will meine alte Freundin Mary heiraten,
und sie – sie scheint ganz damit einverstanden zu sein.«

Als sie sah, daß er, obgleich er ihr aufmerksam zuhörte, ruhig
weiterrauchte, fügte sie gereizt hinzu: »Ich spaße nicht, da
draußen steht Herrn Smiths Droschke. Er schwört, daß er Mary
jetzt sofort zu seiner Tante hinbringen und sich dann einen
Heiratskonsens beschaffen wird. Geben Sie mir einen vernünftigen Rat, Herr Moon.«

Herr Moon nahm die Pfeife aus dem Mund, hielt sie einen
Augenblick nachdenklich in der Hand, und dann warf er sie
fort. »Mein vernünftiger Rat besteht darin«, sagte er, »daß Sie
ihn ruhig nach seinem Heiratskonsens gehen lassen und ihn bitten sollten, einen zweiten für Sie und mich zu besorgen.«

»Soll das wieder einer Ihrer Witze sein?« fragte die junge
Dame. »Sagen Sie mir doch, was Sie wirklich meinen.«

»Ich meine, daß Innozenz Smith ein Geschäftsmann ist«, sagte
Moon, langsam und schwerfällig, »– ein schlichter, praktischer
Mann, ein Geschäftsmann, ein Mann der Tatsachen und der
Klarheit. Er hat mir zwanzig Zentner Bausteine plötzlich auf
den Kopf fallen lassen, und ich freue mich, sagen zu können,
daß sie mich aufgeweckt haben. Bis vor kurzem schliefen wir
auf diesem Rasenplatz hier in diesem selben Sonnenschein. Wir
haben ein fünfjähriges Schläfchen gemacht, aber jetzt werden
wir uns verheiraten, Rosamund, und ich sehe nicht ein, warum
diese Droschke . . .«

»Ich weiß wirklich nicht, was Sie meinen«, beharrte Rosamund.

»Aber Sie lügen!« rief Michael und ging mit funkelnden Augen auf sie zu, »an und für sich habe ich nichts gegen Lügen, aber sehen Sie denn nicht ein, daß sie heute abend nicht angebracht sind? Wir sind jetzt in eine Welt von Wirklichkeit geraten, mein Mädel! Das Gras, das wächst, die Sonne, die untergeht, und die Droschke, die vor der Tür steht, sind Wirklichkeiten. Bis jetzt haben Sie sich gequält und damit entschuldigt, daß Sie sagten, ich liefe Ihrem Gelde nach und hätte Sie nicht wirklich lieb. Aber wenn ich jetzt hier stände und sagte, ich liebte Sie nicht – würden Sie es mir nicht glauben: denn heute abend herrscht Wahrheit in diesem Garten.«

»Wirklich, Herr Moon ...«, sagte Rosamund schon nachgiebiger.

Er starrte sie mit seinen großen, blauen, bezwingenden Augen an. »Heiße ich wirklich Moon?« fragte er. »Heißen Sie wirklich Hunt? Bei meiner Ehre, diese Namen klingen mir so sonderbar und fremd, als wären sie die Namen von Indianern. Mir ist so, als hießen Sie, ›Schwimmerin‹ und ich ›Sonnenaufgang‹. Aber unsere richtigen Namen sind Mann und Weib, wie sie es waren, als wir damals einschliefen.«

»Es nützt nichts«, sagte Rosamund mit wirklichen Tränen in den Augen, »man kann niemals zurück.«

»Ich kann machen, was mir paßt«, rief Michael, »und ich kann Sie auf meinen Schultern forttragen.«

»Aber Michael, Sie müssen nun wirklich aufhören und überlegen!« rief das Mädchen ernst. »Ich glaube gern, daß Sie mich forttragen könnten und mich mit Leib und Seele mitreißen, aber es würde trotz alledem eine schlimme Geschichte daraus entstehen. Diese Art, die Dinge so romantisch zu überstürzen, wie Herr Smith es tut, mag für manche Frauen etwas Anziehendes haben, das will ich nicht leugnen. Wie Sie richtig bemerkten, sagen wir uns heute abend alle die Wahrheit. Die arme Mary ist das erste Opfer. Mich zieht diese Art auch an, Michael. Aber die nüchterne Tatsache bleibt bestehen: Unvorsichtig geschlossene Ehen führen doch immer zu Unglück und Enttäuschung – Sie haben sich ans Trinken und andere Dinge gewöhnt – ich werde nicht mehr lange hübsch sein ...«

»Unvorsichtig geschlossene Ehen«, brüllte Michael. »Und können Sie mir bitte sagen, wo auf Erden oder im Himmel vorsichtig geschlossene Ehen gemacht werden? Man könnte ebensogut von einem vorsichtigen Selbstmord sprechen. Sie und ich sind schon lange genug umeinander herumgegangen, und sind wir einer des anderen sicherer als Smith und Mary Gray es sind, die sich gestern abend erst begegneten? Vor der Ehe kennt keine Frau ihren Mann. Unglücklich? Natürlich werden Sie unglücklich sein! Wer, zum Teufel, sind Sie, daß sie nicht unglücklich sein sollten wie die Mutter, die Sie geboren hat? Enttäuscht? Natürlich werden wir enttäuscht sein. Ich zum Beispiel glaube nicht, daß ich bis zu meinem Tode ein so guter Mann sein werde, wie ich es in dieser Minute bin; denn jetzt bin ich tausend Fuß hoch – ein Turm, von dem alle Fanfaren blasen.«

»Sie sehen das alles ein«, sagte Rosamund mit edler Aufrichtigkeit auf ihrem ruhigen Gesicht, »und wollen mich wirklich heiraten?«

»Was kann man sonst tun, mein Liebling?« versuchte der Ire sie zu überzeugen. »Welche bessere Beschäftigung gäbe es für einen tätigen Mann auf dieser Welt, als Sie zu heiraten? Ist man nicht vor die Wahl gestellt, entweder zu schlafen oder zu heiraten? Es bedeutet nicht die Freiheit, Rosamund. Wenn Sie sich nicht mit Gott vermählen, wie es unsere Nonnen in Irland tun, müssen Sie einen Mann heiraten – mich also! Als Drittes bleibt, sich selbst zu heiraten – sich selbst zu leben – sich selbst – sich selbst – sich selbst – das ist der einzige Gefährte, der niemals zufrieden ist – und niemals befriedigt.«

»Michael«, sagte Fräulein Hunt sehr sanft, »wenn du nicht so viel redest, werde ich dich heiraten.«

»Es ist auch keine Zeit zum Reden!« rief Michael Moon; »Singen ist das einzig Richtige. Kannst du deine Mandoline nicht auftreiben, Rosamund?«

»Geh und hol sie mir!« sagte Rosamund gebieterisch und brüsk. Der nachlässig dastehende Herr Moon blieb eine halbe Sekunde verblüfft und regungslos; dann schoß er über den Rasen, als hätte er die befederten Schuhe aus einem griechischen Märchen an den Füßen.

Mit einem Satz war er leicht über drei Meter Rasen und fünfzehn Margeriten hinweggesprungen; aber als er noch ein oder zwei Meter von den offenen Glastüren des Wohnzimmers entfernt war, wurden seine beflügelten Füße wieder wie gewöhnlich bleischwer. Er drehte sich um und kam langsam und pfeifend zurück. Die Geschehnisse dieses verzauberten Abends hatten noch nicht ihr Ende erreicht.

In dem dunklen Wohnzimmer, in das Moon einen flüchtigen Blick geworfen hatte, war in dem Augenblick, nachdem Rosamund es stürmisch verlassen hatte, etwas Seltsames geschehen, und was geschehen war, schien Artur Inglewood eine Umkehrung des Himmels und der Erde, die Decke war das Meer und der Fußboden die Sterne. Worte können sein Erstaunen darüber nicht ausdrücken, denn alle schlichten Männer setzt ein solcher Anblick in grenzenloses Erstaunen. Doch anscheinend genügt ein Blättchen Papier oder ein Blättchen Stahl, den unbeugsamsten weiblichen Stoizismus zum Kapitulieren zu bringen. Es ist kein Zeichen von einem Sichergeben, weit weniger noch von Sympathie. Die härteste und rücksichtsloseste Frau kann anfangen zu weinen, genau wie der weiblichste Mann sich einen Bart wachsen lassen kann. Es hat nichts mit dem Geschlecht zu tun und ist absolut kein Beweis für die Charakterstärke der Betreffenden. Aber junge Leute, die so wenig Ahnung von Frauen haben wie Artur Inglewood, mußte der Anblick der weinenden Diana Duke so seltsam berühren, als hätte ein Auto plötzlich angefangen, Benzintränen zu vergießen.

Selbst wenn seine wahrhaft männliche Bescheidenheit es ihm gestattet hätte, so hätte er sich niemals vorher die unklarste Vorstellung davon machen können, wie er sich bei diesem unerwarteten Ereignis benehmen würde. Er handelte wie Menschen bei einem Theaterbrand, nämlich – ganz anders, als sie es sich vorher ausmalen – ob besser oder schlechter, ist nicht zu sagen –, jedenfalls ganz anders. Er erinnerte sich nur unklar an manche halberstickte klagende Ausrufe, wie zum Beispiel daß die Erbin die einzig richtige Zahlende sei und daß, wenn sie die Pension verließe, der Gerichtsvollzieher bestimmt kommen würde. Aber nachher wußte er nichts mehr von seinem eigenen Benehmen, nur konnte er sich an die Proteste, die es hervorrief, erinnern.

»Lassen Sie mich, Herr Inglewood – lassen Sie mich, Herr Inglewood, so können Sie mir nicht helfen!«

»Aber ich kann Ihnen helfen«, beharrte Artur, »ich kann es, ich kann es, ich kann es.«

»Aber Sie sagten doch«, rief das junge Mädchen, »daß Sie schwächer sind als ich!«

»Das bin ich auch«, sagte Artur bewegt, »aber in diesem Augenblick nicht.«

»Lassen Sie meine Hände los!« rief Diana, »ich lasse mich nicht tyrannisieren.«

In einer Beziehung war er wirklich stärker als sie – er besaß mehr Humor. Dieser erwachte plötzlich in ihm, und lachend sagte er: »Ich finde, du bist gemein. Du weißt ganz gut, daß du mich mein ganzes Leben hindurch tyrannisieren wirst. Da könntest du es wirklich einem Manne gönnen, eine Minute in seinem Leben der Tyrann zu sein.«

Sie lachen zu hören war für ihn so ungewöhnlich, wie sie weinen zu sehen, und zum ersten Male seit ihrer Kindheit war Diana unüberlegt.

»Meinst du etwa, daß du mich heiraten willst?« fragte sie.

»Aber sieh mal, da steht ja eine Droschke vor der Tür«, rief Inglewood und sprang mit unbewußter Energie auf und öffnete hastig die Glastüren, die in den Garten führten.

Als er sie bei der Hand nahm und sie hinausführte, wurde ihnen merkwürdigerweise zum ersten Male klar, daß das Haus und der Garten auf einer Anhöhe über London lagen. Sie hatten beide das Gefühl, als ob sie auf einem erhöhten Platz stünden, der doch wiederum abgeschlossen sei, und es war ihnen zumute, als stünden sie in einem runden, von Mauern umgebenen Garten auf einer der Himmelszinnen.

Inglewood blickte verträumt umher, seine braunen Augen verschlangen alle Einzelheiten mit unsagbarem Entzücken. Es fiel ihm zum erstenmal auf, daß der Gartenzaun hinter dem Strauchwerk wie kleine Lanzenspitzen geformt und blau angestrichen war. Auch bemerkte er, daß eine dieser blauen Lanzen lose geworden war und herunterhing, und bei diesem Anblick mußte er fast lachen. Diese Zaunlücke kam ihm, weshalb wußte er nicht, überaus gelungen und komisch vor, und der Gedanke schoß ihm durch den Kopf, daß er gern wissen möchte, wie dieses wohl gekommen sei, wer es getan habe und wie es dem Betreffenden gehen möge.

Als sie ein paar Schritte über das leuchtende Gras gegangen waren, bemerkten sie, daß sie nicht allein waren. Rosamund Hunt und der exzentrische Herr Moon, die sie beide zuletzt in tiefster Verstimmung gesehen hatten, standen zusammen auf dem Rasenplatz. Obgleich in ihrer Haltung nichts Außergewöhnliches lag, wirkten sie doch sonderbarerweise wie Personen aus einem Buch.

»Wie schön die Luft ist!« sagte Diana.

»Nicht wahr?« rief Rosamund mit so intensiver Freude, daß es wie eine Klage klang. »Sie ist wie jenes schreckliche, garstige, moussierende Zeug, das man mir zu trinken gab und das mich nachher so glücklich stimmte.«

»Ach nein, sie ist mit nichts zu vergleichen«, antwortete Diana, tief atmend. »Sie ist kühl, und doch brennt sie wie Feuer.«

»Wie ein erfrischender Trunk, würde man in der Fleet Street sagen«, meinte Herr Moon. »Wie ein erfrischender Trunk – der auf den Verstand wirkt.« Und er fächelte sich ganz überflüssigerweise mit seinem Strohhut Luft zu. Etwas Sprunghaftes, Pulsierendes, das sich in zielloser, nichtiger Energie äußerte, erfüllte alle diese Leute. Diana bewegte sich, und als ob sie gekreuzigt wäre, streckte sie steif die langen Arme aus wie zu einer Art qualvollen Ausruhens. Lange stand Michael Moon mit angespannten Muskeln still, dann drehte er sich wie ein Kreisel, um wieder stillzustehen. Rosamund trat nicht fehl, denn Frauen treten nie fehl, ausgenommen, wenn sie auf die Nase fallen, aber sie klopfte beim Gehen mit dem Fuße auf die Erde, wie zu einer unhörbaren Tanzmelodie, und Inglewood, der ruhig an einen Baum gelehnt stand, hatte unbewußt einen Zweig erfaßt und ihn mit Schöpfergewalt geschüttelt. Jene gigantischen Gesten des Menschen, durch welche Statuen geschaffen und Kriege entfesselt werden, schüttelten und quälten die Glieder aller dieser Leute. Wenn sie auch schweigend dahinschlenderten und umherstanden, drohten sie vor animalischem Magnetismus wie Batterien zu zerspringen.

»Und jetzt«, rief Moon ganz plötzlich und streckte nach beiden Seiten die Hände aus, »wollen wir um diesen Busch herumtanzen!«

»Wieso? Welchen Busch meinen Sie?« fragte Rosamund und sah sich mit einer gewissen übermütigen Keckheit um.

»Den Busch, der nicht vorhanden ist«, antwortete Michael, »den Ringelreihenbusch.«

Halb lachend, halb feierlich, faßten sie sich bei den Händen, und ehe sie sich wieder loslassen konnten, hatte Michael sie alle herumgewirbelt, gleich einem Dämon, der die Welt wie einen Kreisel dreht. Diana fühlte, wie sich der Horizont sofort um sie im Kreise drehte, und fern, überirdisch, spürte sie die Höhen, die London umgaben, und jene Winkel, die sie als Kind erklommen hatte. Fast schien sie die Krähen über den alten Kiefern von Highgate krächzen zu hören oder die Glühwürmchen zu sehen, die in den Wäldern von Boxhill eines nach dem anderen auftauchten und glühten.

Der Kreis zerbrach – wie alle solche vollendeten Kreise der Ausgelassenheit zerbrechen müssen – und schleuderte seinen Urheber, Michael, gegen die blauen Stäbe des Gatters. Als er dort taumelnd stehenblieb, stieß er hintereinander Schreie aus, die einen ganz neuen und dramatischen Klang hatten.

»Hallo! Da ist ja Warner!« rief er aus und schwenkte die Arme. »Es ist der lustige alte Warner – mit einem neuen seidenen Hut und dem alten seidenen Schnurrbart!«

»Ist das Dr. Warner?« rief Rosamund, und als sie sich plötzlich an ihn erinnerte, eilte sie amüsiert und doch bekümmert auf ihn zu. »Ach, es tut mir so leid. Sagt ihm doch, daß alles in Ordnung ist!«

»Wir wollen uns alle anfassen und es ihm sagen«, meinte Michael Moon. Denn in der Tat war, während sie geplaudert hatten, eine zweite Droschke schnell herangefahren und stand jetzt hinter der ersten dort wartenden. Dr. Herbert Warner hatte einen Kollegen in der Droschke gelassen, während er mit äußerster Behutsamkeit dem Wagen entstieg.

Wenn man ein bedeutender Arzt ist und von einer Erbin zu einem Tobsüchtigen telegrafisch herbeigerufen wird und dann von der Erbin, ihrer Wirtin und zwei der Herren Pensionäre begrüßt wird, indem sie im Kreise um einen herumtanzen und rufen: »Es ist alles in Ordnung! Es ist alles in Ordnung!«, so ist man geneigt, erregt und sogar ärgerlich zu werden. Warner war ein ruhiger, aber nicht leicht zu beruhigender Mann. Die beiden Eigenschaften sind durchaus nicht ein und dieselbe, und sogar als Moon ihm zu erklären begann, daß er, Warner, mit seinem hohen Hut und seiner großen, kräftigen Gestalt gerade einer solchen klassischen Statue gliche, wie sie von einem Kreis lachender Mädchen auf altem, goldenem griechischem Meeresgrund umtanzt werden müßte, schien er durchaus nicht den Grund dieses allgemeinen Jubels zu begreifen.

»Inglewood!« rief Dr. Warner und fixierte seinen ehemaligen Schüler mit starrem Blick. »Sind Sie verrückt?«

Artur errötete bis zu den Wurzeln seiner braunen Haare, aber er antwortete verhältnismäßig unbefangen und ruhig. »Nein, jetzt nicht mehr. Ich habe soeben eine ziemlich wichtige medizinische Entdeckung gemacht, Warner, die in Ihr Fach schlägt.«

»Was meinen Sie?« fragte der große Doktor steif. »Was für eine Entdeckung?«

»Ich habe entdeckt, daß Gesundheit ebenso ansteckend ist wie Krankheit«, antwortete Artur.

»Ja, geistige Gesundheit ist ausgebrochen und verbreitet sich«, sagte Michael, während er einen »pas seul« mit nachdenklichem Ausdruck vollführte. »Zwanzigtausend neue Fälle werden in die Krankenhäuser gebracht und Pflegerinnen Tag und Nacht verlangt.«

Dr. Warner musterte das ernste Gesicht und die tänzelnden Beine Michaels mit grenzenlosem Erstaunen. »Und ist das, wenn ich fragen darf«, sagte er, »die geistige Gesundheit, die sich verbreitet?«

»Ich muß Sie sehr um Entschuldigung bitten, Dr. Warner«, rief Rosamund Hunt herzlich. »Ich weiß, daß ich Sie nicht gut behandelt habe, aber es ist wirklich alles nur ein Mißverständnis. Ich war in fürchterlich schlechter Laune, als ich Sie herbeirief, aber jetzt erscheint mir alles wie ein Traum – und – Herr Smith wie der süßeste, vernünftigste, entzückendste alte Bursche, der jemals existiert hat, und er soll heiraten, wen er will – nur mich nicht.«

»Ich würde Frau Duke vorschlagen«, meinte Michael.

Dr. Warners Gesicht wurde immer ernster. Er zog einen rosa Zettel aus einer Westentasche, während seine blaßblauen Augen die ganze Zeit auf Rosamunds Gesicht gerichtet waren. Mit einer nicht unbegründeten Kälte sagte er alsdann:

»Sie haben mich wirklich noch immer nicht überzeugt, Fräulein Hunt. Erst vor einer halben Stunde telegrafierten Sie mir: ›Kommen Sie sofort, und bringen Sie, wenn möglich, einen Kollegen mit. Ein Mann – Innozenz Smith – ist in meinem Hause wahnsinnig geworden und richtet furchtbare Dinge an. Ist Ihnen irgend etwas über ihn bekannt?‹ Ich ging sofort zu einem angesehenen Kollegen, der zugleich Arzt und Privatdetektiv ist und eine Autorität auf dem Gebiet der Kriminalpsychologie. Er hat mich hierherbegleitet und wartet in einer Droschke vor dem Haus. Jetzt sagen Sie mir mit der allergrößten Ruhe, daß dieser kriminelle Wahnsinnige der entzückendste und geistig gesündeste Bursche der Welt ist, und geben mir Erklärungen, die mich über Ihre Begriffe von geistiger Gesundheit nachdenklich stimmen. Ich kann diese Veränderung nicht begreifen.«

»Aber wie kann man Veränderungen der Sonne, des Mondes und der Seele der Menschen erklären?« rief Rosamund verzweifelt. »Soll ich Ihnen eingestehen, daß wir alle die krankhafte Auffassung hatten, er sei verrückt, bloß weil er heiraten wollte; und dabei wußten wir nicht einmal, daß es nur daher kam, weil wir gern selber heiraten wollten! Wir werden uns vor Ihnen demütigen, wenn Sie wollen, Herr Doktor, denn wir sind so glücklich!«

»Wo ist dieser Herr Smith?« fragte Warner in schroffem Ton, zu Inglewood gewandt.

Artur fuhr zusammen. Er hatte die Hauptperson ihrer Posse vollkommen vergessen, weil sie schon über eine Stunde nicht mehr sichtbar war.

»Ich – ich glaube, er ist hinter dem Hause, bei den Müllkästen«, sagte er.

»Und wenn er sich auf dem Wege nach Rußland befindet, muß er gefunden werden«, sagte Warner. Darauf verschwand er mit großen Schritten um eine Ecke des Hauses am Sonnenblumenbeet.

»Ich hoffe«, sagte Rosamund, »daß er Herrn Smith kein Hindernis in den Weg legen wird.«

»Ebensogut könnte er den Gänseblümchen ein Hindernis in den Weg legen!« sagte Michael wütend. »Ein Mensch kann doch nicht eingesperrt werden, weil er sich verliebt – wenigstens ich hoffe es nicht.«

»Ich glaube, daß selbst ein Arzt ihm keine Krankheit einreden kann. Er würde den Arzt so wie die Krankheit abschütteln, meinen Sie nicht? Mir scheint, es handelt sich hier um eine Art heiliger Quelle. Ich halte Innozenz Smith einfach für eine unschuldige Seele, und darum ist er so merkwürdig.«

Rosamund hatte diese Worte gesprochen, während sie nervös mit der Spitze ihres weißen Schuhes Kreise im Grase zeichnete.

»Ich kann Smith gar nicht so merkwürdig finden«, meinte Inglewood. »Er wirkt nur darum so komisch, weil er so erstaunlich alltäglich ist. Wissen Sie nicht, wie es zugeht, wenn ein großer Familienkreis versammelt ist mit Tanten und Onkeln und ein Schuljunge zu den Ferien nach Hause kommt? Diese Tasche dort auf der Droschke ist nur die Reisetasche eines Schuljungen. Dieser Baum hier im Garten ist nur so ein Baum, auf den ein Schuljunge klettern würde. Ja, das ist es eben, was uns an ihm so gequält hat, wofür wir nicht den richtigen Ausdruck finden konnten. Ob er mein alter Schulkamerad ist oder nicht, er stellt jedenfalls alle meine alten Schulkameraden in einer Person dar. Er ist das ewig kuchenessende, ballspielende Geschöpf, das wir alle gewesen sind.«

»Das seid ihr nur, ihr lächerlichen Jungen«, sagte Diana. »Ich glaube nicht, daß irgendein Mädchen jemals so närrisch gewesen ist, und ich bin sicher, daß kein Mädchen je so glücklich war, außer ...« – sie hielt inne.

»Ich will Ihnen die Wahrheit über Innozenz Smith sagen«, meinte Michael Moon leise. »Doktor Warner wird ihn vergebens suchen. Er ist nicht hier. Ist es Ihnen nicht aufgefallen, daß wir ihn nicht mehr wiedergesehen haben, seitdem wir uns selbst gefunden haben? Er war ein Sternenkind, das wir hier geboren hatten; er war nur unsere eigene zurückgekehrte Jugend. Lange, ehe der arme alte Warner aus der Droschke kletterte, hatte sich das Wesen, das wir Smith nannten, in Tau und Licht auf diesem Rasenplatz aufgelöst. Noch ein- oder zweimal werden wir vielleicht durch die Barmherzigkeit Gottes das Wesen fühlen, aber den Mann werden wir nie wiedersehen. In einem Garten im Frühling werden wir den Duft, Smith genannt, spüren. In dem Knistern schwach brennender, trockener Zweige werden wir das Geräusch, Smith genannt, vernehmen. An den weißen Morgen, die den Himmel zerspalten, wie ein Junge weißes Tannenholz spaltet, und wenn all die unersättlichen und unschuldigen Lebewesen in den Gräsern Erde verschlingen, wie die Kinder Kuchen bei einem Feste, da können wir einen Augenblick vielleicht die Gegenwart einer starken Reinheit fühlen, aber Innozenz' Unschuld war zu eng mit der Unbewußtheit lebloser Dinge verknüpft, um sich nicht bei einer bloßen Berührung in den lieblichen Hecken und Himmeln wieder aufzulösen; er ...«

Michael wurde unterbrochen durch ein Geräusch hinter dem Hause, das wie das Zerplatzen einer Bombe klang. Fast in demselben Augenblick sprang der Fremde, der in der Droschke gesessen hatte, heraus und ließ den hin und her schwankenden Wagen auf der Straße stehen. Der Mann klammerte sich an den blauen Gartenzaun und spähte neugierig herüber in der Richtung, aus welcher das Geräusch gekommen war. Er war ein kleiner, schlotteriger, doch behender Mann, sehr dünn, mit einem Gesicht, das aus Fischgräten zu bestehen schien, und sein weit ins Genick zurückgeschobener seidener Hut war ebenso steif und glänzend wie der Warners.

»Mord!« schrie er mit hoher, weibischer, doch sehr durchdringender Stimme. »Haltet den Mörder!«

Noch während er schrie, erschütterte ein zweiter Schuß die unteren Fenster des Hauses, und gleichzeitig mit der Detonation kam Dr. Herbert Warner wie ein hüpfendes Kaninchen um die Ecke gesprungen. Doch bevor er die Gruppe erreichte, hatte eine dritte Explosion sie alle halb betäubt, und mit ihren eigenen Augen sahen sie durch zwei kleine runde Löcher in dem weiten Zylinderhut des unglücklichen Herbert zwei kleine Stückchen weißen Himmels. Im nächsten Augenblick strauchelte der flüchtende Arzt über einen Blumentopf, fiel auf die Hände

und glotzte wie eine Kuh. Der Hut mit den beiden Schuß-
löchern rollte auf dem Kiesweg vor seinem Besitzer hinunter,
und wie ein Eisenbahnzug kam Innozenz Smith um die Ecke
gesaust. Er sah doppelt so groß aus wie gewöhnlich – wie ein
grüngekleideter Riese –, der große Revolver rauchte noch in
seiner Hand; aus seinem lebhaften Gesicht leuchteten die Augen
wie Sterne, und sein gelbes Haar sträubte sich, so daß er wie ein
Struwwelpeter aussah.

Obgleich diese Szene nur einen Moment dauerte, hatte Inglewood doch Zeit, noch einmal das Gefühl zu haben, das ihn bewegt hatte, als er die beiden anderen Liebenden auf dem Rasenplatz hatte stehen sehen, nämlich das Gefühl einer gewissen
herausgeschnittenen farbigen Klarheit, die eher mit der Kunst
als mit der Erfahrung zu tun hatte. Der zerbrochene Blumentopf mit seinen glühendroten Geranien, die grüne kompakte
Gestalt von Smith und die schwarze Warners, dahinter die
blauen Spitzen des Zaunes, von den gelben, geierartigen Klauen
des Fremden umkrallt, sein darübergestreckter geierartiger Hals,
der seidene Hut auf dem Kies und das kleine Rauchwölkchen,
das über dem Garten so unschuldig wie der Rauch einer Zigarette lag – alles das schien unnatürlich deutlich und klar. Gleich
Symbolen war jedes für sich, in einer Ekstase der Trennung.
In der Tat trat jeder Gegenstand immer stärker hervor und
schien um so kostbarer, weil das ganze Bild anfing zu zerreißen.
Kurz vor dem Vergehen sieht alles immer am schönsten aus.

Lange bevor Arturs Phantasiegebilde begonnen, geschweige
denn aufgehört hatte, war er zu Smith hinübergegangen und
hatte einen seiner Arme gepackt. Gleichzeitig war der kleine
fremde Herr die Stufen hinaufgeeilt und hatte den anderen
Arm genommen. Smith brach in schallendes Gelächter aus und
übergab ihm bereitwillig seinen Revolver. Moon half dem
Doktor auf die Füße und ging dann an den Gartenzaun, an
den er sich mürrisch lehnte. Die jungen Mädchen sahen ruhig
und aufmerksam zu, wie es vernünftige Frauen meistens bei
einer Katastrophe tun, aber auf ihren Gesichtern war deutlich
zu lesen, daß der Himmel sich für sie verdunkelt hatte. Als der
Doktor aufgestanden war, seinen Hut und Verstand aufge-
lesen und sich mit der Miene höchsten Verdrusses den Staub
abgewischt hatte, wandte er sich mit einer kurzen Entschuldigung an die Damen. Durch den soeben ausgestandenen Schreck
war er sehr bleich, jedoch sprach er mit vollkommener Selbstbeherrschung.

»Sie werden uns entschuldigen, meine Damen«, sagte er, »mein
Freund und Herr Inglewood sind beide Gelehrte auf verschiedenen Gebieten. Ich halte es für das beste, wenn wir alle Herrn
Smith ins Haus führen und Ihnen später Bericht erstatten.«
Und unter der Bewachung der drei Naturphilosophen wurde
der entwaffnete Smith taktvoll ins Haus geführt, während er
sich noch vor Lachen schüttelte.
Während der nächsten zwanzig Minuten konnte man ab und
zu sein dröhnendes Lachen durch das halbgeöffnete Fenster
hören, aber es drang kein Echo von ruhigen Stimmen der
Ärzte zu den draußen Verweilenden. Die jungen Mädchen
gingen zusammen durch den Garten und munterten einander
auf, so gut sie konnten; Michael Moon lehnte sich noch schwer
gegen den Zaun. Ungefähr nach Ablauf dieser zwanzig Minuten kam Dr. Warner aus dem Hause. Er sah nicht mehr so
bleich aus, aber noch strenger, und der kleine Mann mit dem
Fischgrätengesicht schritt ernst hinter ihm her. Glich das Gesicht Warners im Sonnenlicht dem eines Richters, der die Todes-
strafe eben verhängt hat, so erinnerte das Gesicht des kleinen
Mannes hinter ihm an einen Totenkopf.
»Fräulein Hunt«, sagte Dr. Herbert Warner, »ich möchte
Ihnen meinen wärmsten Dank und meine Bewunderung aus-
sprechen. Dank der Geistesgegenwart und Besonnenheit, die Sie
veranlaßten, uns heute abend herzurufen, sind wir in der Lage,
einen der grausamsten und schrecklichsten Feinde der Menschheit festzunehmen und unschädlich zu machen – einen Verbrecher, dessen Raffiniertheit und Erbarmungslosigkeit noch
nie seinesgleichen gehabt hat.«
Mit blassem, verständnislosem Gesicht und blinzelnden Augen
sah ihn Rosamund an. »Wen meinen Sie?« fragte sie. »Sie können doch nicht Herrn Smith meinen?«
»Er hat schon viele Namen geführt«, sagte der Doktor ernst,
»aber nicht einen, an dem nicht Verwünschungen haften. Dieser
Mann, Fräulein Hunt, hat auf seinem Weg durch die Welt eine
Spur von Blut und Tränen hinterlassen. Ob er nur verrückt
oder auch schlecht ist, wollen wir im Interesse der Wissenschaft
nun feststellen. Jedenfalls werden wir ihn, ehe wir ihn in eine
Irrenanstalt bringen, erst dem Richter übergeben müssen. Aber
die Irrenanstalt, in die er eingesperrt wird, muß wie eine
Festung mit dicken Mauern und Kanonen umgeben werden,
sonst wird er wieder ausbrechen und von neuem Gemetzel und
Entsetzen in die Welt bringen.«

Rosamund sah die beiden Ärzte an und wurde immer bleicher. Dann irrten ihre Blicke zu Michael hinüber, der am Gitter lehnte. Aber ohne sich zu rühren, stand dieser dort und sah mit abgewandtem Gesicht auf die in der Dämmerung versinkende Straße.

Der allegorische Schabernackspieler

Der Kriminalpsychologe, der Dr. Warner begleitet hatte, sah bei näherer Betrachtung gesitteter und sogar schmucker aus als zuerst, da er sich noch an das Gitter angeklammert und mit vorgestrecktem Hals in den Garten geschaut hatte. Nachdem er den Hut abgenommen hatte, wirkte er sogar verhältnismäßig jung; denn das in der Mitte gescheitelte blonde Haar war auf beiden Seiten sorgfältig gelockt, und seine Bewegungen, besonders die der Hände, waren lebhaft. Er trug ein geckenhaftes Monokel, dessen breites schwarzes Band um den Hals geschlungen war. Seine Krawatte, zu einer großen Schleife gebunden, erweckte den Eindruck, als ob sich eine große amerikanische Motte auf ihm niedergelassen hätte. Seine Kleidung und seine Gesten waren die eines Knaben, erst wenn man das Fischgrätengesicht sah, merkte man, daß er etwas Scharfes und Altes hatte. Seine Manieren waren tadellos, aber sie verrieten den Nichtengländer. Er hatte zwei kaum bewußte Gewohnheiten, die jedem, der ihm nur einmal begegnete, in der Erinnerung haftenblieben. Die eine Eigenheit bestand darin, die Augen zu schließen, wenn er besonders höflich sein wollte, und die andere, den Daumen an die Spitze des Zeigefingers zu legen, als ob er eine Prise Schnupftabak hielte, und in dieser Stellung zu verharren, wenn er nach einem Wort suchte. Aber kannte man ihn länger, so vergaß man bald diese Eigenheiten über seinen sonderbaren, feierlichen Reden und seinen wirklich merkwürdigen Ansichten.

»Fräulein Hunt«, sagte Dr. Warner, »darf ich Sie mit Herrn Dr. Cyrus Pym bekannt machen?«

Während der Vorstellung schloß Dr. Cyrus Pym die Augen, als ob er gewissenhaft die Vorschriften eines Kinderspiels ausführte, und dann machte er eine schnelle kleine Verbeugung, die ihn sofort als einen Bürger der Vereinigten Staaten verriet.

»Dr. Cyrus Pym«, fuhr Dr. Warner fort (Dr. Cyrus Pym schloß wieder die Augen), »ist der erste Kriminalpsychologe

Amerikas. Wir schätzen uns sehr glücklich, diesen außergewöhnlichen Fall mit ihm beraten zu können.«

»Ich werde aus allen diesen Dingen nicht klug«, sagte Rosamund, »wie kann der arme Herr Smith so schrecklich sein, wie Sie ihn schildern?«

»Oder wie Ihr Telegramm besagte«, meinte Herbert Warner lächelnd.

»Ach, Sie verstehen nicht«, rief das junge Mädchen ungeduldig, »er hat uns allen mehr genützt als ein Gottesdienst.«

»Ich glaube, ich kann es der jungen Dame erklären«, sagte Dr. Cyrus Pym, »dieser Verbrecher oder Verrückte namens Smith ist ein wahres Genie des Bösen und hat eine eigene Methode, eine Methode, die die unverschämteste Raffiniertheit verrät. Wohin er geht, ist er beliebt; denn in jedes Haus kommt er wie ein übermütiges Kind hineingeschneit. Die Leute sind schon mißtrauisch gegen alle Verbrecher geworden, die sich in anständiger Kleidung einführen, darum benutzt er – wie soll ich mich ausdrücken – die Verkleidung eines Bohemien, eines harmlosen Bohemien. Er versteht es immer, die Leute für sich zu begeistern. Die Menschen sind schon an die Maske guten, schicklichen Benehmens gewöhnt. Er spielt den exzentrischen Gutmütigen. Man erwartet, daß ein Don Juan sich wie ein feierlicher solider spanischer Kaufmann verkleidet, aber man ist nicht darauf gefaßt, einen Don Juan in der Verkleidung eines Don Quijote zu sehen. Den guten, aber etwas sonderbaren Menschen zu spielen ist ein neues Inkognito der Verbrecher, Fräulein Hunt. Es ist ein origineller Gedanke und gewöhnlich erfolgreich, aber gerade der Erfolg macht ihn so grausam.«

»Aber woher wissen Sie«, rief Rosamund verzweifelt, »daß Herr Smith ein bekannter Verbrecher ist?«

»Ich stellte es aus der Akte fest«, sagte der Amerikaner, »als mein Freund Warner mich nach Empfang Ihres Telegramms aufsuchte. Es ist mein Beruf, Fräulein Hunt, diese Tatsachen zu kennen, und es besteht ebensowenig ein Zweifel über ihre Richtigkeit wie über die Züge im Reichskursbuch. Nur durch sein bewunderungswürdiges Heucheln von Kindlichkeit oder Irrsinn ist dieser Mann bisher dem Gesetz entronnen. Aber ich selbst, als Sachverständiger, habe achtzehn bis zwanzig Verbrechen unwiderlegbar festgestellt, die er durch diese List versucht oder ausgeführt hat. So wie er es hier getan hat, dringt er in irgendein Haus ein und macht sich außerordentlich beliebt. Er bringt alles in Gang. Die Dinge gehen auch ausgezeichnet, aber wenn er fort ist, so gehen die Dinge mit ihm. Sie sind fort, Fräulein Hunt, fort, das Leben eines Mannes oder seine silbernen Löffel, aber noch öfter ist es eine Frau, die fort ist. Ich versichere Ihnen, ich habe alle die Beweise darüber in Händen.«

»Ich habe sie auch gesehen«, sagte Warner schwerfällig, »ich kann Ihnen versichern, daß alles stimmt.«

»Meinem Empfinden nach«, wandte der amerikanische Doktor ein, »ist diese beständige Täuschung unschuldiger Frauen durch ein Heucheln von Unschuld eine höchst unmännliche Handlungsweise. Aus fast jedem Haus, in dem dieser große phantasievolle Teufel aufgetreten ist, hat er irgendein bedauernswertes Mädchen entführt. Manche behaupten, daß er, neben anderen merkwürdigen Eigenschaften, einen hypnotischen Blick habe und die Frauen ihm ganz automatisch folgen müssen. Was aus allen diesen armen Mädchen geworden ist, weiß niemand. Ich vermute, sie sind ermordet, denn wir haben außer diesem Beispiel noch eine Menge anderer Beweise, daß er zu morden versucht hat; trotzdem hat man ihn noch nicht durch das Gesetz fassen können. Jedenfalls ist es uns bis jetzt nicht einmal gelungen, durch unsere Recherchen irgendeine Spur dieser unglücklichen Frauen zu finden. Der Gedanke an diese armen Geschöpfe erregt mich wirklich, Fräulein Hunt. Und ich habe dem, was Dr. Warner gesagt hat, nichts hinzuzufügen.«

»Ganz recht«, sagte Warner, mit einem Lächeln, das in Marmor gemeißelt schien, »wir sind Ihnen alle für dieses Telegramm großen Dank schuldig.«

Der kleine Yankee-Gelehrte hatte mit offensichtlicher Aufrichtigkeit gesprochen, daß man die Eigentümlichkeiten in seiner Stimme und seinem Wesen vergaß; die geschlossenen Augen, die zunehmende Betonung der Worte und die in die Luft gestreckten beiden Finger – die sonst etwas komisch gewirkt hätten. Nicht daß er klüger als Warner gewesen wäre, vielleicht war er nicht so klug wie dieser, obgleich er berühmter war, aber er besaß das, was Warner fehlte – einen frischen, schlichten Ernst – die große Tugend der Amerikaner: die Einfachheit. Rosamund runzelte die Stirn und blickte düster auf das dunkle Haus, das dieses schwarze Wundertier barg.

Es war noch taghell, aber das Licht war schon von Gold zu Silber übergegangen, und nun verschmolz das Silber zu Grau. Die langen federartigen Schatten der wenigen Bäume im Garten wurden immer unsichtbarer in dem toten düsteren Hintergrund. In dem dunkelsten und tiefsten Schatten, der vor dem

Hause an den Glastüren herrschte, konnte Rosamund beobachten, wie eine eilige Beratung zwischen Inglewood (den man beauftragt hatte, den geheimnisvollen Gefangenen zu bewachen) und Diana stattfand, die zu seiner Hilfe von draußen gekommen war. Nach einigen von Gesten begleiteten Worten gingen sie hinein und schlossen die Glastüren nach dem Garten, der jetzt noch grauer zu werden schien.

Der amerikanische Herr namens Pym machte den Eindruck, als wollte er sich umdrehen, um den anderen zu folgen, aber bevor er sein Vorhaben ausführte, redete er Rosamund an. Er tat es mit einem Aufblitzen jener Arglosigkeit, die einen mit seiner kindlichen Eitelkeit aussöhnte, und mit etwas von jener spontanen Poesie, die es einem schwer machte, ihn einen Pedanten zu nennen, obgleich er pedantisch war.

»Es tut mir so leid, Fräulein Hunt«, sagte er, »aber es wäre wohl besser, wenn Dr. Warner und ich, als zwei qualifizierte Praktiker, Herrn Smith in der Droschke mitnähmen, und zwar so unauffällig wie nur möglich. Regen Sie sich nicht auf, Fräulein Hunt. Sie müssen sich eben sagen, daß wir ein Monstrum mitnehmen – etwas, was überhaupt nicht existieren dürfte, ein Ungeheuer, wie einer jener Götzen in Ihrem Britischen Museum, die ganz Flügel, Bärte, Beine und Augen sind, ohne Gestalt. Das ist Smith, und Sie sollen ihn bald los sein.«

Er hatte schon einen Schritt auf das Haus zu gemacht, und Warner war im Begriff, ihm zu folgen, als die Glastüren sich wieder öffneten und Diana Duke noch schneller als gewöhnlich heraustrat und über den Rasenplatz kam. Ihr Gesicht zuckte vor Aufregung und Besorgnis, und ihre dunkeln ernsten Augen waren nur auf das andere junge Mädchen gerichtet.

»Rosamund«, rief sie verzweifelt, »was soll ich mit ihr machen?«

»Mit ihr?!« rief Fräulein Hunt heftig zusammenfahrend, »hat er sich gar noch als eine Frau entpuppt?«

»Nein, nein«, sagte Dr. Pym beruhigend, als wollte er ganz gerecht sein. »Eine Frau? Nein, so schlimm ist er doch nicht.«

»Ich meine deine Freundin Mary Gray«, entgegnete Diana schroff, »was in aller Welt soll ich mit ihr machen?«

»Wie wir ihr das von Smith beibringen sollen, meinst du wohl?« antwortete Rosamund, und ein Schatten glitt über ihr Gesicht, das aber sofort wieder weich wurde. »Ja, das wird recht peinlich sein.«

»Aber ich habe es ihr doch schon gesagt«, platzte Diana heraus, noch jähzorniger als gewöhnlich. »Ich habe es ihr gesagt, und es

scheint sie nicht weiter aufzuregen. Sie sagt noch immer, sie
wolle mit Smith in der Droschke dort fortfahren.«
»Aber das ist ja unmöglich«, rief Rosamund aus – »Mary ist
doch ein wirklich frommes Mädchen. Sie . . .«
Sie hielt inne, denn sie hatte noch zur rechten Zeit gemerkt,
daß Mary ganz in ihrer Nähe auf dem Rasen stand. Ihre ruhige
Gefährtin war sehr leise in den Garten gekommen, aber es war
nicht zu leugnen, daß sie in Reisekleidung war. Sie trug eine
ordentliche, doch sehr alte blaugraue wollene Sportmütze und
zog gerade ein Paar ziemlich fadenscheinige graue Handschuhe
an. Doch paßten die beiden Farben vorzüglich zu ihrem schweren kupferfarbenen Haar, und zwar um so besser, weil sie etwas
verblichen waren; denn einer Frau steht ihre Kleidung nie so
gut, als wenn sie den Eindruck macht, ihr nur durch einen Zufall gut zu stehen.
Aber diese Frau besaß eine Eigenschaft, die noch seltener und
anziehender ist. In solchen grauen Stunden, wo die Sonne bereits gesunken und der Himmel schon traurig ist, geschieht es
oft, daß ein Widerschein aus irgendeinem zufälligen Winkel den
letzten Lichtstrahl auffängt und ihn festhält. Ein Stückchen
Fenster, eine Wasserpfütze, ein Stückchen Spiegel sind dann von
einem feurigen Glanz erfüllt, der der übrigen Welt entzogen ist.
Das eigentümliche, fast dreieckige Gesicht glich einem dreiecki-
gen Stück Spiegel, das noch den Glanz früherer Stunden wiedergeben konnte. Obgleich Mary immer graziös war, hätte man sie
nie schön nennen können, und doch wirkte ihr Glück in aller
dieser Herzensbedrängnis so schön, daß einem Mann bei ihrem
Anblick der Atem versagen konnte.
»Ach, Diana«, rief Rosamund jetzt leiser und änderte ihre
Frage, »aber wie hast du es ihr beigebracht?«
»Es ist ganz leicht, es ihr beizubringen«, antwortete Diana
ernst, »es macht gar keinen Eindruck auf sie.«
»Ich fürchte, ich habe alle warten lassen«, entschuldigte sich
Mary Gray, »aber jetzt müssen wir uns wirklich verabschieden.
Innozenz will mich zu seiner Tante nach Hampstead bringen,
und ich fürchte, sie geht früh zu Bett.«
Sie sprach ganz harmlos und unbefangen, aber es lag eine Art
schläfriger Glanz in ihren Augen, der verwirrender wirkte, als
wenn die Augen glanzlos gewesen wären, und sie sprach wie
jemand, der mit seinen Gedanken weit fort ist und das Auge
auf einen fernen Gegenstand gerichtet hat.
»Mary, Mary«, rief Rosamund, fast zusammenbrechend, »es

tut mir so schrecklich leid, aber es geht wirklich nicht. Wir –
wir haben alles über Herrn Smith erfahren.«

»Alles?« wiederholte Mary mit leiser, merkwürdiger Betonung,
»aber das muß ja furchtbar aufregend sein.«

Man hörte einen Augenblick keinen Laut, nichts regte sich,
nur der schweigende Michael Moon, der an das Gitter gelehnt
stand, hob den Kopf, als hätte er horchen wollen. Da Rosamund
noch immer sprachlos blieb, kam ihr Dr. Pym in seiner energischen Art zu Hilfe.

»Zuerst mal«, sagte er, »macht dieser Smith beständig Mordversuche. Der Kustos vom Brakespeare College . . .«

»Ich weiß«, sagte Mary mit einem unsicheren, aber strahlenden Lächeln, »Innozenz hat es mir erzählt.«

»Natürlich kann ich nicht wissen, was er Ihnen erzählt hat«,
fiel ihr Pym ins Wort, »aber ich fürchte, es hat nicht der Wahrheit entsprochen. In Wahrheit hat dieser Mann jedes menschliche Verbrechen, das es überhaupt gibt, auf dem Gewissen. Ich
versichere Ihnen, ich besitze alle Akten. Ich habe die schriftliche
Bestätigung eines bekannten englischen Geistlichen, daß Smith
einen Einbruch verübt hat. Ich habe . . .«

»Aber es waren ja zwei Geistliche«, rief Mary mit sanfter
Eindringlichkeit, »das war es eben, was es so viel komischer
machte.«

Die verdunkelten Glastüren des Hauses öffneten sich noch einmal, und Inglewood erschien einen Augenblick darin und
winkte. Der amerikanische Doktor verbeugte sich, der englische
Arzt nicht, aber beide gingen schweren Schrittes auf das Haus
zu. Sonst rührte sich niemand, nicht einmal Michael an dem
Gitter, aber in der Haltung seines Hinterkopfes und seiner
Schultern lag noch immer etwas Undefinierbares, das darauf
hindeutete, er lausche jedem Worte.

»Aber verstehst du mich nicht, Mary«, rief Rosamund verzweifelt, »weißt du denn nicht, daß vor unseren Augen furchtbare Dinge geschehen sind? Ich dachte, du hättest die Revolver-
schüsse oben gehört.«

»Ja, ich hörte die Schüsse«, sagte Mary fast heiter, »aber ich
war gerade mit Packen beschäftigt, und Innozenz hatte mir ja
gesagt, daß er auf Dr. Warner schießen wollte, da lohnte es sich
nicht, deshalb hinunterzugehen.«

»Ach, ich verstehe freilich nicht, was du meinst«, rief Rosamund Hunt und stampfte mit dem Fuß auf, »aber du mußt unbedingt verstehen, was ich meine. Es ist mir ganz gleichgültig,

ob ich dir weh tue, wenn ich dich nur retten kann. Ich will dir sagen, daß dein Innozenz Smith der allerschlechteste Mensch der Welt ist. Er hat schon auf viele andere Männer geschossen und ist schon mit vielen anderen Frauen in Droschken davongefahren. Anscheinend hat er diese Frauen auch getötet, denn niemand hat sie je wiedergesehen.«

»Er ist manchmal wirklich recht ungezogen«, sagte Mary Gray und lachte leise, während sie ihre alten grauen Handschuhe zuknöpfte.

»Ach, das muß tatsächlich Hypnose oder etwas Ähnliches sein«, rief Rosamund und brach in Tränen aus.

In demselben Augenblick traten die beiden schwarzgekleideten Ärzte aus dem Hause, und ihr grüngekleideter Gefangener ging zwischen ihnen. Er leistete keinen Widerstand, sondern lachte noch wie angeheitert und schwachsinnig. Artur Inglewood schritt hinter ihnen her und glich einer schwarzen und roten Studie in den letzten Schattierungen der Verzweiflung und Scham. In dieser düsteren, begräbnismäßigen, schmerzlich realistischen Art vollzog sich der Auszug des Mannes, der einen Tag vorher einen so glücklichen Einzug in dem Haus Leuchtfeuer gehalten hatte, indem er über die Mauer gesprungen war und den Baum so übermütig erklettert hatte. Keiner der im Garten Anwesenden rührte sich, außer Mary Gray, die ganz unbefangen vortrat und rief: »Bist du fertig, Innozenz? Unsere Droschke wartet schon so lange.«

»Meine Damen und Herren«, sagte Dr. Warner entschieden, »ich muß diese Dame ersuchen, sich zu entfernen. Es wird schwierig genug sein, uns drei in einer Droschke unterzubringen.«

»Aber es ist doch unsere Droschke«, beharrte Mary. »Da liegt doch Innozenz' gelbe Handtasche oben auf.«

»Entfernen Sie sich«, wiederholte Warner schroff. »Und Sie, Herr Moon, haben Sie die Freundlichkeit, einen Augenblick beiseite zu treten. Schnell! schnell! Je früher diese unangenehme Geschichte erledigt ist, um so besser ... und wie sollen wir das Gitter öffnen, wenn Sie sich dagegenlehnen?«

Michael Moon betrachtete nachdenklich seinen langen Zeigefinger und schien gründlich über diesen Einwand nachzudenken. »Ja«, sagte er schließlich, »aber wie kann ich mich an dieses Gitter lehnen, wenn Sie es fortwährend öffnen?«

»Aber gehen Sie doch aus dem Weg!« rief Warner in fast gutmütigem Ton. »Sie können sich doch zu jeder anderen Zeit gegen das Gitter lehnen.«

»Nein«, meinte Moon nachdenklich, »selten stimmen die Zeit, der Platz und das blaue Gitter überein, und es kommt alles darauf an, ob man aus einer alten Familie vom Lande stammt. Meine Vorfahren lehnten sich an Gitter, lange ehe jemand entdeckt hatte, wie man sie öffnet.«

»Michael!« rief Artur Inglewood wie in Todesangst, »werden Sie nun nicht bald aus dem Wege gehen?«

»Nein, ich glaube nicht«, sagte Michael nach einiger Überlegung und drehte sich langsam um, so daß er der Gesellschaft das Gesicht zuwandte, während er noch in nachlässiger Haltung den Weg versperrte.

»Hallo!« rief er plötzlich, »was machen Sie da mit Herrn Smith?«

»Wir nehmen ihn zur Untersuchung mit«, antwortete Warner kurz.

»Beim Arzt?« fragte Moon heiter.

»Nein, beim Gericht«, sagte der andere trocken.

»Welches andere Gericht«, rief Michael mit erhobener Stimme, »wagt es, über das, was auf dieser freien Scholle vorgefallen ist, ein Verhör anzustellen, als einzig und allein die alten und unabhängigen Herzöge von Leuchtfeuer? Welches andere Gericht als einzig und allein der Hohe Gerichtshof von Haus Leuchtfeuer wagt es, einen von uns einem Verhör zu unterziehen? Habt Ihr schon vergessen, daß wir erst heute nachmittag das Banner der Unabhängigkeit haben wehen lassen und uns von allen Nationen der Erde absonderten?«

»Michael«, rief Rosamund, die Hände ringend, »wie können Sie dastehen und solchen Unsinn reden? Sie haben doch selbst das Entsetzliche miterlebt. Sie waren dabei, als er verrückt wurde. Sie halfen doch dem Doktor aufstehen, als er über den Blumentopf fiel.«

»Und der Hohe Gerichtshof von Haus Leuchtfeuer«, erwiderte Michael hochmütig, »hat Spezialvollmacht in allen Fällen, die Wahnsinnige und Blumentöpfe angehen und Doktoren, die im Garten hinfallen. Es steht in unserer allererersten Urkunde, die aus der Zeit Eduard I. stammt: ›Si medicus quisquam in horto prostratus . . .‹«

»Aus dem Weg!« rief Warner mit plötzlicher Wut, »sonst werden wir Sie dazu zwingen müssen.«

»Was?« rief Michael Moon mit einem Schrei wilden Grimmes, »soll ich für die Verteidigung dieser geheiligten Einfriedigung mein Leben hingeben? Wollen Sie dieses blaue Gitter mit meinem Blut rot färben?«, und er faßte nach einer der blauen Eisenspitzen hinter sich. Wie Artur Inglewood früher am Abend bemerkt hatte, war an dieser Stelle der Zaun lose und schief, und einer der angestrichenen eisernen Stäbe mit der eisernen Spitze blieb in Michaels Hand, als er ihn schüttelte.

»Seht!« rief er und schwang diesen zerbrochenen Wurfspieß in der Luft, »sogar die Lanzen um ihren Leuchtfeuerturm springen von ihren Plätzen, um ihn zu verteidigen. Ach, und auf einem solchen Platz und zu solcher Stunde ist es etwas Schönes, allein zu sterben!« Und mit einer Stimme, die wie eine Fanfare klang, sang er die edlen Worte Ronsards:

»Ou pour l'honneur de Dieu, ou pour le droit de mon prince,
Navré poitrine ouverte, au bord de mon province.«

»Um Himmels willen!« rief der Amerikaner fast ehrfurchtsvoll. Dann fügte er hinzu: »Sind hier denn zwei Wahnsinnige?«

»Nein, es sind fünf«, donnerte Moon. »Smith und ich sind die einzigen, die noch ihren Verstand haben.«

»Michael!« rief Rosamund; »Michael, was bedeutet das alles?«

»Das bedeutet Blödsinn!« brüllte Michael und schleuderte seinen angestrichenen Speer nach dem anderen Ende des Gartens. »Das bedeutet, daß die Doktoren blödsinnig sind, daß die Kriminologie Blödsinn ist und Amerikaner blödsinnig sind – viel blödsinniger als unser Gerichtshof von Leuchtfeuer. Es bedeutet, ihr Schafsköpfe, daß Innozenz Smith nicht verrückter ist als der Vogel auf diesem Baum.«

»Aber mein lieber Moon«, begann Inglewood in seiner bescheidenen Art, »diese Herren . . .«

»Auf das Wort von zwei Ärzten«, platzte Moon wieder heraus, ohne jemand zuzuhören, »in eine Privathölle eingeschlossen zu werden, auf das Wort von zwei Ärzten! Und solchen Ärzten! Ach du meine Güte! Schauen Sie sich die mal an! Schauen Sie sich die mal an! Würden Sie ein Buch lesen oder einen Hund kaufen oder in ein Hotel gehen auf den Rat von zwanzig solcher Männer? Meine Familie stammt aus Irland, und wir waren Katholiken. Was würden Sie sagen, wenn ich einen Menschen auf das Wort von zwei Priestern verrucht nennen würde?«

»Aber es ist nicht nur ihr Wort, Michael«, belehrte Rosamund, »sie haben auch Beweise.«

»Haben Sie sie gesehen?« fragte Moon.

»Nein«, sagte Rosamund mit gelindem Erstaunen, »diese Herren haben doch die Angelegenheit übernommen.«

»Und alles andere auch, scheint mir«, sagte Michael, »sie haben nicht einmal den Anstand gehabt, Frau Duke zu befragen.«

»Ach, das hat keinen Zweck«, sagte Diana leise zu Rosamund, »Tante würde es nicht einmal wagen, ›blödes Viech‹ zu einer Gans zu sagen.«

»Es freut mich, das zu hören«, antwortete Michael, »denn mit einer solchen Schar Gänse, wie sie hier beisammen ist, müßte sie diesen furchtbaren Ausdruck beständig gebrauchen. Ich für mein Teil lehne einfach ab, daß die Dinge so leichtfertig und oberflächlich behandelt werden. Ich appelliere an Frau Duke – es ist schließlich ihr Haus.«

»Frau Duke?« wiederholte Inglewood zweifelnd.

»Ja, Frau Duke«, sagte Michael entschieden.

»Wenn Sie Tante fragen«, meinte Diana ruhig, »so wird sie dafür sein, daß man gar nichts tut. Ihr Prinzip ist, die Dinge totzuschweigen oder sie laufenzulassen. So macht sie es immer.«

»Ja«, erwiderte Michael Moon, »und eigentlich machen wir es alle immer so. Sie sind älteren Leuten gegenüber ungeduldig, Fräulein Duke; aber wenn Sie selbst alt sein werden, werden Sie wissen, was Napoleon wußte, nämlich daß die Hälfte der Briefe sich selbst beantwortet, wenn man nur der Begierde, sie zu beantworten, widerstehen kann.«

Er stand noch immer nachlässig angelehnt in derselben lächerlichen Haltung, mit dem Ellenbogen auf das Gitter gestützt, aber zum dritten Male veränderte sich seine Stimme plötzlich. Gerade wie sie sich vorhin vom Schein-Heroischen zum Entrüstet-Menschlichen verwandelt hatte, bekam sie jetzt den hochtrabenden einschneidenden Ton eines Rechtsanwalts, der einen juristischen Rat erteilt.

»Es ist nicht nur Ihre Tante, die diese Sache vertuschen möchte«, sagte er, »alle möchten wir sie vertuschen, wenn wir es könnten. Sehen Sie die hauptsächlichen Punkte dieses Falles an – ich glaube, diese gelehrten Herren haben einen höchst gelehrten Irrtum begangen. Ich halte Herrn Smith für so harmlos wie ein Gänseblümchen. Ich gebe zu, daß Gänseblümchen nicht oft geladene Revolver in Privathäusern abfeuern; ich gebe zu, daß hier etwas einer Erklärung bedarf. Aber ich bin fest überzeugt, daß irgendein blödes Mißverständnis oder ein Scherz oder irgendeine Allegorie oder irgendein Zufall dahintersteckt. Nun, setzen wir aber den Fall, daß ich unrecht habe. Wir haben Smith entwaffnet, wir sind hier fünf Männer, um ihn festzuhalten; er könnte also ebensogut später wie sofort eingelocht werden. Aber wir wollen nun auch die Möglichkeit ins Auge fassen, daß ich vielleicht recht habe. Hat jemand hier Interesse daran, diese schmutzige Wäsche öffentlich zu waschen?

Kommen Sie, ich werde Sie jetzt alle der Reihe nach verhören. Ist Smith einmal außerhalb dieses Gitters, so steht er bereits auf der ersten Seite der Abendzeitungen. Ich weiß es, denn ich habe selbst für die Zeitungen die erste Seite geschrieben. Möchten Sie, Fräulein Duke, oder möchte Ihre Tante, daß gleichsam ein Plakat über Ihrer Pension hängt: ›Hier schießt man auf Ärzte‹? Nein, nein, Ärzte sind überflüssiger Blödsinn, wie ich schon vorhin sagte, aber Sie wollen nicht, daß alles Überflüssige hier erschossen wird. Also, Artur, ich kann recht oder unrecht haben, jedenfalls ist Smith als ein alter Schulkamerad von Ihnen hierhergekommen. Machen Sie sich meine Worte klar; wird er als schuldig erkannt, so wird es in allen Zeitungen heißen, Sie haben ihn hier eingeführt, wird er als unschuldig erkannt, wird es heißen, Sie haben ihn festnehmen lassen. Rosamund, meine Liebe, ich kann recht oder unrecht haben, aber wird er für schuldig erkannt, so wird man sagen, Ihre Gesellschafterin hat sich mit ihm verlobt; wird er als unschuldig erkannt, so wird man jenes Telegramm abdrucken. Ich kenne die Zeitungen, Gott verdamme sie!«

Er hielt einen Augenblick inne, denn dieser rationalistische Redestrom ließ ihn atemloser, als es seine theatralischen oder seine echten Anklagereden jemals getan hatten. Aber offensichtlich meinte er es ernst, und er war ebenso positiv wie klar, das bewies er dadurch, daß er sogleich weitersprach, als er seinen Atem wieder zurückgewonnen hatte.

»Mit unseren medizinischen Freunden ist es genau dasselbe«, rief er. »Sie werden sagen, Dr. Warner hätte Grund zur Klage. Ich gebe das zu. Aber hat er Lust, von allen Journalisten prostratus in horto geknipst zu werden? Es war natürlich nicht seine Schuld, aber die Situation würde nicht gerade dazu beitragen, seine Würde zu heben. Er muß gerechtfertigt werden; aber will er etwa nicht nur auf den Knien, sondern auf Händen und Knien Gerechtigkeit fordern? Will er vor dem Gerichtshof auf allen vieren erscheinen? Ärzte dürfen keine Reklame machen; und ich bin überzeugt, daß es keinen Arzt gelüstet, auf solche Weise bekannt zu werden. Und selbst unser amerikanischer Gast hier müßte dasselbe Interesse haben. Nehmen wir an, er besitzt ausschlaggebende Akten. Setzen wir den Fall, er kann Enthüllungen machen, die wirklich lesenswert sind. Gut, bei einer gerichtlichen Untersuchung (oder selbst bei einer medizinischen Untersuchung) wette ich zehn gegen eins, daß er nicht Gelegenheit haben wird, sie vorzulesen. Man wird ihn alle zwei oder drei Minuten mit einem Wirrwarr von alten Regeln unterbrechen. Heutzutage kann man nicht in der Öffentlichkeit die Wahrheit sagen. Aber privatim kann er es noch tun; dort in jenem Hause kann er es tun.«

»Das stimmt«, sagte Dr. Cyrus Pym, der dieser ganzen Rede mit einem Ernst zugehört hatte, dessen nur ein Amerikaner bei einer solchen Szene fähig ist. »Es stimmt, daß ich bei privaten Untersuchungen immer weniger behindert bin.«

»Aber Herr Doktor!« rief Warner, wie von einem plötzlichen Zorn ergriffen, »Sie wollen doch nicht etwa zugeben . . .«

»Smith mag verrückt sein«, fuhr der melancholische Moon fort, in einem Monolog, von dem jedes Wort wie ein Axthieb wirkte, »aber in dem, was er von ›Home Rule‹ für jedes Heim sagte, steckt doch etwas. Und wenn man es richtig überlegt, hat auch der Hohe Gerichtshof von Haus Leuchtfeuer sein Gutes. Es ist wirklich wahr, die Menschen würden oft zu einer Art häuslicher Gerechtigkeit kommen, wo sie jetzt nur gesetzliche Ungerechtigkeit erfahren. Ich bin auch Rechtsanwalt, und ich besitze Erfahrung. Daß es zuviel offizielle und indirekte Macht gibt, stimmt. Soundso oft gibt es Streitigkeiten, die von einer ganzen Nation nicht geschlichtet werden können, die aber eine Familie sofort in Ordnung bringen würde. Dutzende von jungen Verbrechern haben Geldstrafen zahlen müssen und sind ins Gefängnis geworfen worden, anstatt tüchtig durchgeprügelt und ins Bett geschickt zu werden. Ich bin überzeugt, daß es Dutzende von Männern gibt, die zu lebenslänglichem Zuchthaus verurteilt worden sind, wo ihnen acht Tage in Brighton mehr genützt hätten. In Smiths Idee von häuslicher Selbstregierung steckt entschieden etwas, und ich schlage vor, sie in die Praxis umzusetzen. Sie haben den Gefangenen, Sie haben die Akten. Kommen Sie, wir sind eine Gesellschaft von freien, weißen Christen, denen es geschehen könnte, daß sie in einer Stadt belagert oder auf eine einsame Insel geworfen werden. Lassen Sie uns diese Angelegenheit selbst regeln. Wir wollen in das Haus gehen, uns hinsetzen und mit eigenen Augen und Ohren feststellen, ob die Sache auf Wahrheit beruht oder nicht; ob dieser Smith ein Mensch oder ein Ungeheuer ist. Wenn wir nicht einmal eine so geringfügige Sache entscheiden können, welches Recht haben wir dann, Kreuze auf Wahlzettel zu setzen?«

Inglewood und Pym tauschten einen Blick aus, und Warner, der nicht dumm war, ersah aus diesem Blick, daß Moon an Boden gewann. Die Beweggründe, die Artur dazu veranlaßten, nachgiebiger zu werden, waren freilich ganz andere als die, welche Dr. Cyrus Pym hegte. Nach Arturs Empfinden mußte alles privatim und höflich erledigt werden; er war so sehr Engländer, daß er lieber Unrecht erlitt, als sich sein Recht durch Szenen und ernste Aussprachen zu erkämpfen. So den Narren und zugleich den fahrenden Ritter zu spielen, wie sein irischer Freund es tat, würde eine wahre Qual für ihn gewesen sein, selbst die halb offizielle Rolle, die er an jenem Nachmittag spielte, war ihm recht peinlich. Nichts war ihm lieber, als wenn jemand ihn überzeugen konnte, es sei seine Pflicht, eine Sache laufenzulassen.

Cyrus Pym gehörte hingegen einem Lande an, wo Dinge möglich sind, die in England als verrückt gelten würden. Es existieren in Amerika wirklich Verordnungen und Behörden, die genauso närrisch sind wie einer von Innozenz' Streichen oder eine von Michaels Satiren. Verordnungen, die mit der größten Selbstverständlichkeit von Schutzleuten aufrechterhalten und hastenden Geschäftsleuten auferlegt werden. Pym waren ganze Staaten bekannt, die unendlich groß und doch verborgen und wunderlich sind. Jeder dieser Staaten ist so groß wie eine Nation und doch so abgeschieden wie ein einsam liegendes Dorf. Staaten, wo kein Mensch eine Zigarette haben kann, Staaten, wo jeder Mann zehn Frauen besitzen darf, Staaten, wo es strenge Verbote gibt, und wiederum Staaten, wo die Ehescheidungsgesetze locker sind ... durch alle diese im großen Maßstabe ausgeführten närrischen Einfälle hatte Cyrus Pym ein größeres Verständnis für kleinere närrische Einfälle in einem kleineren Lande gewonnen. Da er unendlich viel weiter von England entfernt gelebt hatte als irgendein Bewohner Rußlands oder Italiens, so war er nicht imstande, die englischen Sitten zu begreifen, und deshalb konnte er die soziale Unmöglichkeit des Gerichtshofes von Leuchtfeuer nicht einsehen. Alle bei diesem Experiment Beteiligten waren fest davon überzeugt, daß Pym bis zum Schluß an diesen phantomhaften Gerichtshof glaubte und ihn für irgendeine britische Institution hielt.

Der Versammlung, die jetzt an einen toten Punkt gelangt war, näherte sich durch die zunehmende Dämmerung eine kleine dunkle Gestalt. Etwas an diesem Wesen, das ihm zu gleicher Zeit vertraut und doch nicht dazugehörig vorkam, veranlaßte Michael, in einen noch lebhafteren Redestrom auszubrechen.

»Ach, da ist der kleine Gould«, rief er aus. »Genügt nicht sein bloßer Anblick, um alle eure krankhaften Vorstellungen zu verbannen?«

»Aber ich kann durchaus nicht begreifen«, meinte Dr. Warner, »was Herr Gould mit dieser Angelegenheit zu tun hat, und ich frage noch einmal . . .«

»Hallo! Wer wird hier beerdigt, meine Herren?« fragte der Neuangekommene, mit der Miene eines übermütigen Schiedsrichters. »Wünscht der Doktor etwas? Das ist immer so in einer Pension, wissen Sie. Immer eine Menge Nachfragen, aber kein Bedarf.«

So taktvoll und objektiv, wie es ihm nur möglich war, setzte Michael die Lage auseinander und gab im großen und ganzen zu verstehen, daß Smith sich gewisser gefährlicher und zweifelhafter Handlungen schuldig gemacht hatte und daß man behauptet habe, er sei verrückt.

»Nu, ob er es ist«, sagte Moses Gould gelassen, »um das herauszufinden, braucht man keinen Sherlock Holmes! Über das falkenartige Gesicht von Sherlock Holmes«, fügte er behaglich hinzu: »glitt eine leichte Enttäuschung, als er merkte, daß der Bluthund Gould schon vor ihm da war.«

»Wenn er verrückt ist«, begann Inglewood.

»Nun«, sagte Moses, »wenn einer in der ersten Nacht gleich aufs Dach kriecht, pflegt bei ihm meistens im Oberstübchen etwas nicht zu stimmen.«

»Sie fanden bis jetzt nichts Besonderes darin«, sagte Diana Duke leicht pikiert, »und Sie sind doch sonst nicht so zurückhaltend mit Ihren Beschwerden.«

»Ich beschwere mich auch nicht«, sagte Moses edelmütig, »es ist doch ein ganz harmloser Kerl – man könnte ihn vielleicht hier im Garten anbinden, damit er Skandal macht und die Einbrecher verscheucht.«

»Moses«, sagte Moon mit feierlicher Inbrunst, »Sie sind die Verkörperung des gesunden Menschenverstandes. Sie halten Herrn Innozenz für verrückt. Gestatten Sie, daß ich Sie der Verkörperung der wissenschaftlichen Theorie vorstelle. Sie hält Herrn Innozenz auch für verrückt. – Herr Doktor, ich stelle Ihnen meinen Freund, Herrn Gould, vor – Moses, das ist der berühmte Doktor Cyrus Pym.« Der berühmte Dr. Cyrus Pym schloß die Augen und verbeugte sich. Er murmelte auch mit leiser Stimme die Begrüßung, die seiner Nation eigen ist: »Freut mich, Ihre Bekanntschaft zu machen.«

»Nun könnt ihr beide«, sagte Michael vergnügt, »da ihr doch beide denkt, daß unser armer Freund verrückt ist, in das Haus dort hineingehen und es beweisen. Welche Vereinigung könnte mächtiger sein als die der wissenschaftlichen Theorie mit der des gesunden Menschenverstandes? Vereint steht ihr, geteilt fallt ihr. Ich will nicht etwa so unhöflich sein und andeuten, daß Dr. Pym keinen gesunden Menschenverstand besitzt. Ich beschränke mich nur darauf, den chronologischen Zufall festzustellen, daß er uns bis jetzt noch keine Beweise davon gegeben hat. Und was Moses anbetrifft, so könnte ich, wenn ich als alter Freund mir die Freiheit zu dieser Bemerkung nehmen darf, mein letztes Hemd dafür einsetzen, daß er keine Ahnung von wissenschaftlicher Theorie hat. Doch bin ich bereit, vor dieser starken Koalition zu erscheinen, nur mit einer Intuition bewaffnet – was amerikanisch gleichbedeutend mit Erraten ist.«

»Herrn Goulds Beistand ehrt mich«, sagte Pym und öffnete plötzlich die Augen. »Man hat mir zu verstehen gegeben, daß, obwohl er und ich dieselbe Diagnose gestellt haben, doch trotzdem eine Uneinstimmigkeit zwischen uns besteht, etwas, was vielleicht so zu nennen wäre...« Er legte den Daumen an die Spitze seines Zeigefingers, breitete die anderen Finger vornehm in die Luft und schien darauf zu warten, daß ein anderer den Satz vollende.

»Fliegenfangen vielleicht?« schlug der entgegenkommende Moses vor.

»Nein – eine Abweichung«, sagte Dr. Pym, mit einem vornehmen Seufzer der Erleichterung; »eine Abweichung. Zugegeben, daß der in Frage kommende Mann geistesgestört ist, darum braucht er noch nicht das zu sein, was die Wissenschaft mit einem mordlustigen Irrsinnigen bezeichnet...«

»Ist es Ihnen nicht eingefallen«, bemerkte Moon, der noch immer am Gitter lehnte, ohne sich umzudrehen, »wieso er, wenn er ein mordlustiger Irrsinniger ist, uns nicht alle hier, während wir uns unterhalten, umgebracht hat?«

In allen den Köpfen explodierte etwas lautlos, wie versiegeltes Dynamit in vergessenen Kellern. Jetzt erinnerten sie sich alle zum ersten Male seit einer oder zwei Stunden daran, daß das Ungeheuer, von dem sie sprachen, die ganze Zeit schweigend zwischen ihnen gestanden hatte. Wie eine Gartenstatue hatten sie ihn im Garten stehen lassen; ein Delphin hätte sich um seine Beine schlingen oder ein Springbrunnen aus seinem Munde sprudeln können, so wenig hatten sie Innozenz beachtet. Mit seinem Schopf blonden Haares, das der Wind zerzaust und ihm ein wenig ins Gesicht geweht hatte, mit seinen roten Backen und den etwas kurzsichtigen Augen, stand er geduldig da und starrte auf die Erde, die breiten Schultern hochgezogen und die Hände in die Hosentaschen gesteckt. Soviel sie sehen konnten, hatte er sich überhaupt noch nicht bewegt. Sein grüner Rock hätte aus dem grünen Rasen, auf dem er stand, geschnitten sein können. In Smiths Schatten hatte Pym Vorträge gehalten, hatte Rosamund protestiert, hatte Michael Tiraden geschwungen und Moses geschwatzt. Wie in Stein gehauen, war er unbeweglich geblieben; der Gott des Gartens. Ein Sperling hatte sich auf eine seiner breiten Schultern gesetzt und war, nachdem er sein Federkleid in Ordnung gebracht hatte, weggeflogen.

»Nun«, rief Michael mit schallendem Gelächter, »der Gerichtshof von Leuchtfeuer hat die Sitzung eröffnet – und sie gleich wieder geschlossen. Ihr wißt jetzt alle, daß ich recht habe. Euer vergrabener gesunder Menschenverstand hat euch gerade das gesagt, was mein vergrabener gesunder Menschenverstand mir gesagt hatte. Wenn Smith statt einer Pistole hundert Kanonen abgefeuert hätte, würdet ihr trotzdem ebensogut wie ich wissen, daß Smith harmlos ist. Also jetzt wollen wir alle ins Haus zurückgehen und ein Zimmer für die Diskussion ausräumen. Denn der Hohe Gerichtshof von Leuchtfeuer, der bereits eine Entscheidung gefaßt hat, wird nun mit der Untersuchung beginnen.«

»Also los!« rief der kleine Moses, der sich in einer Art merkwürdiger unbegründeter Aufregung zu befinden schien, wie sie ein Tier bei Musik oder bei Gewitter äußert. »Mir nach zu dem Hohen Gerichtshof, der euch alle möglichen Genüsse bieten wird! Mir nach, meine Mädels!«

Da aber die Mädels keine Neigung zeigten, ihm zu folgen, tänzelte er in größter Aufregung voraus. Er war um den ganzen Garten herumgelaufen, bevor er wieder auftauchte, atemlos, aber noch strahlend. Moon hatte den Mann richtig beurteilt, als er sich klarmachte, daß niemand, der Moses Gould kennenlernte, ganz ernst bleiben konnte, selbst wenn er wütend wäre. Die Glastüren waren an der Seite geöffnet, an der Moses Gould stand, und da die Füße dieses fröhlichen Narren augenscheinlich sich dieser Richtung zuwandten, gingen alle anderen den gleichen Weg, und zwar einstimmig, einem übermütigen Festzug gleich. Nur Diana Duke bewahrte genügend Festigkeit, um das zu sagen, was seit den letzten paar Stunden auf ihren stolzen Lippen gebrannt hatte. Solange die Angelegenheit drohte, eine Tragödie zu werden, hatte sie die Worte als gefühllos zurückgehalten. »Dann also«, sagte sie schroff, »können diese Droschken fortgeschickt werden.«

»Ja, aber Innozenz muß doch seine Tasche erst zurückbekommen«, sagte Mary mit einem Lächeln, »der Droschkenkutscher wird sie uns wohl herunterreichen.«

»Ich werde die Tasche holen«, sagte Smith und sprach seit Stunden zum erstenmal. Seine Stimme klang fern und rauh, etwa wie die Stimme einer Statue.

Allen denjenigen, die um den unbeweglichen Mann so lange herumgehüpft waren und sich über ihn gestritten hatten, versagte der Atem über seine plötzliche Hast. Mit einem Satz war er aus dem Garten, in der Straße, mit einem Sprung war er tatsächlich auf dem Dach der Droschke. Der Kutscher stand gerade bei dem Pferd und hatte dem Tier den leeren Futtersack abgenommen. Smith schien einen Augenblick lang auf dem Dach der Droschke hin und her zu rollen, während er von seiner eigenen Reisetasche gleichsam umarmt wurde. Im nächsten Augenblick jedoch war er wie durch einen glücklichen Zufall auf den hohen Kutschersitz dahinter gerollt, und mit einem plötzlichen durchdringenden Schrei hatte er das Pferd angetrieben, das in wilder Jagd die Straße hinunterraste.

Sein Verschwinden vollzog sich so plötzlich und rasch, daß jetzt die anderen an der Reihe waren, wie Gartenstatuen auszusehen. Herr Moses Gould jedoch, der physisch und geistig ungeeignet war, lange als Skulptur zu dienen, kehrte zuerst ins Leben zurück. Er wandte sich an Moon mit der Miene eines Mannes, der eine Unterhaltung mit einem Fremden auf einem Omnibus anknüpft, und bemerkte: »Schraube los, was? Jedenfalls Droschke los!« Eine unheimliche Stille folgte, und dann sagte Dr. Warner mit einem Hohn, der wie ein Keulenschlag wirkte:

»So! Das kommt von Ihrem Gerichtshof von Leuchtfeuer! Sie haben einen Verrückten auf die Menschheit losgelassen.«

Wie schon gesagt worden ist, stand Haus Leuchtfeuer am Ende einer langen, halbkreisförmigen Reihe von Häusern. Der kleine Garten, der es umgab, bildete ein Dreieck, dessen Spitze wie ein grünes Kap in das Meer der beiden angrenzenden Straßen hinauslief. Smith und seine Droschke schossen auf der einen Seite des Dreiecks hinauf, und sicher erwartete keiner von den im Garten Stehenden, ihn jemals wiederzusehen. An der Spitze des Dreiecks jedoch lenkte er das Pferd scharf um und fuhr mit gleichem Ungestüm an der anderen Seite des Gartens entlang, der ganzen Gruppe sichtbar. Von dem gleichen Impuls getrieben, lief die kleine Gesellschaft über den Rasen, gleichsam, um ihn anzuhalten, aber bald mußten sie sich ducken und zurückweichen. Gerade als er die Straße zum zweitenmal hinauffuhr und verschwand, ließ er die große gelbe Reisetasche aus der Hand fliegen, so daß sie mitten in den Garten fiel und wie eine Bombe die Gesellschaft zersprengte und dabei Dr. Warners Hut zum drittenmal fast ruinierte. Lange bevor sie sich wieder gesammelt hatten, war die Droschke mit einem Schrei, der in ein Flüstern ausklang, davongerast.

»Nun«, sagte Michael Moon mit einem eigentümlichen Klang in der Stimme, »jetzt könnten wir eigentlich alle hineingehen, es fängt an kalt und dunkel zu werden. Wir haben wenigstens zwei Andenken an Herrn Smith, seine Braut und seine Reisetasche.«

»Weshalb möchten Sie denn, daß wir hineingehen?« fragte Artur Inglewood, dessen gerötete Stirn und zerzaustes braunes Haar verrieten, daß seine Verzweiflung den Höhepunkt erreicht hatte.

»Ich möchte, daß alle die anderen hineingehen«, sagte Michael mit klarer Stimme, »weil ich den ganzen Garten brauche, um mit Ihnen zu sprechen.«

Eine Unschlüssigkeit machte sich bemerkbar; es wurde wirklich kälter, und der Nachtwind begann bereits in den paar Bäumen des Gartens zu spielen. Jedoch lag in der Stimme von Dr. Warner, der jetzt sprach, keine Spur von Unentschlossenheit.

»Ich weigere mich, auf irgendeinen derartigen Vorschlag zu hören«, erklärte er, »Sie haben diesen Schurken entkommen lassen, und ich muß ihn wiederfinden.«

»Ich verlange gar nicht, daß Sie auf irgendeinen Vorschlag hören«, sagte Moon ruhig. »Ich verlange nur, daß Sie mir zuhören.«

Er machte eine schweigengebietende Bewegung, und sofort konnte man das pfeifende Geräusch, das in den dunklen Straßen auf der einen Seite des Hauses verhallt war, wieder von einer ganz anderen Richtung her vernehmen. Durch das nächtliche Labyrinth der Straßen steigerte sich der Lärm mit unglaublicher Schnelligkeit, und im nächsten Augenblick hielten vor dem blau angestrichenen Gitter die fliegenden Hufe und blitzenden Räder dort, wo sie ursprünglich gehalten hatten. Mit zerstreuter Miene stieg Herr Smith von seinem hohen Sitz herab, und nachdem er den Garten betreten hatte, stellte er sich wieder mit derselben elefantenmäßigen Schwerfälligkeit wie vorher auf.

»Geht hinein! Geht hinein!« rief Moon ausgelassen, und wie einer, der eine Schar Katzen wegjagt: »Schnell! Schnell! Los! Los! Ich sagte doch, ich wollte mit Inglewood sprechen!«

Wie er es fertiggebracht hatte, sie alle ins Haus zu treiben, das ist hinterher schwer zusagen. Sie waren an einem Punkt angelangt, wo sie von allen diesen Narreteien so erschöpft waren, wie Leute bei einer Komödie vor Lachen krank sind, und das plötzliche Zunehmen des Sturmes, der die Bäume schüttelte, schien dem ganzen Vorgang die Schlußnote zu geben. Inglewood blieb hinter den anderen zurück und sagte mit einer gewissen liebenswürdigen Verzweiflung: »Sagen Sie mal, möchten Sie mich wirklich sprechen?«

»Ja«, sagte Michael, »sehr dringend sogar.«

Die Nacht war schneller gekommen, als das Zwielicht es verheißen hatte. Während der Himmel für das Auge noch einen hellgrauen Eindruck machte, tauchte plötzlich hinter der Masse von Dächern und Bäumen ein riesiger, leuchtender Mond auf, der durch seinen Kontrast den Himmel bereits dunkelgrau zeigte. Ein Haufen von trockenen Blättern, die über den Rasen wehten und eine Masse zerrissener Wolken, die über den Himmel getrieben wurden, schienen beide von demselben starken und doch mühselig kämpfenden Wind aufgewirbelt worden zu sein.

»Artur«, sagte Michael, »zuerst hatte ich nur eine Intuition, aber jetzt bin ich meiner Sache sicher. Wir beide werden Ihren Freund vor diesem wunderbaren Gerichtshof von Leuchtfeuer verteidigen und ihn auch von dem Stigma des Verbrechens und des Wahnsinns reinwaschen. Hören Sie mir einen Augenblick zu, ich muß Ihnen einen Vortrag halten.« Sie gingen in dem immer dunkler werdenden Garten auf und ab, und Michael Moon begann:

»Können Sie die Augen schließen«, fragte er, »und sich jene alten eigentümlichen Hieroglyphen vorstellen, wie sie die weißen Mauern in den alten heißen Ländern bedecken? Wie steif und doch wie farbenfreudig waren sie! Denken Sie sich irgendein Alphabet von phantastischen Zeichen in Schwarz und Rot oder Weiß und Grün gemalt und davor eine Menge Semiten,

Vorfahren Goulds, die diese Buchstaben anstarren, und versuchen Sie zu begreifen, warum sie dieses Alphabet überhaupt zusammenstellten!«

Inglewoods erster Gedanke war, sein sonderbarer Freund habe tatsächlich zu guter Letzt den Verstand verloren. Es schien ein so gewaltiger Gedankensprung von den bemalten Mauern der Tropen, die er sich vorstellen sollte, bis zu dem grauen, windgefegten und etwas kühlen Vorortgarten, in welchem er augenblicklich so zwecklos herumlief. Wieso er in der einen Umgebung glücklicher sein sollte, wenn er sich die andere vorstellte, konnte er nicht begreifen. Beide waren (jedes für sich) unangenehm.

»Wieso gibt jeder Mensch Rätsel auf, auch wenn er die Lösung vergessen hat?« fuhr Moon plötzlich fort. »Rätsel sind eigentlich leicht zu behalten, weil sie schwer zu erraten sind. Darum konnten die Leute jene alten Symbole in schwarzen, roten und grünen Farben leicht behalten, weil sie so schwer zu erraten gewesen waren. Ihre Farben waren deutlich und klar, ihre Formen auch, alles war klar, außer der Bedeutung der Symbole.«

Inglewood war im Begriff, den Mund zu öffnen, um einen liebenswürdigen Protest auszusprechen, aber Moon fuhr fort, während er den Garten immer schneller auf und ab raste und immer eifriger rauchte. »Tänze auch«, sagte er, »Tänze waren nicht frivol. Tänze waren schwerer zu verstehen als Inschriften und Texte. Die alten Tänze waren steif, zeremoniell, farbenfreudig, aber lautlos. Haben Sie irgend etwas Eigentümliches an Smith bemerkt?«

»Ist das eine Frage!« rief Inglewood und konnte vor Lachen nicht weitergehen. »Fragen Sie lieber, ob ich außerdem etwas an ihm bemerkt habe.«

»Haben Sie aber folgendes an ihm bemerkt?« beharrte Moon unerschütterlich, »nämlich daß er so viel getan und so wenig gesagt hat? Als er zuerst erschien, sprach er zwar, aber in atemloser, abgerissener Weise, als wäre er gar nicht an das Sprechen gewöhnt. Alle seine Äußerungen waren eigentlich Handlungen – er malte rote Blumen auf schwarze Gewänder und warf gelbe Taschen auf das Gras. Ich sage Ihnen, diese große grüne Gestalt ist sinnbildlich – so wie irgendeine grüne Hieroglyphe auf irgendeiner weißen orientalischen Mauer.«

»Mein lieber Michael«, rief Inglewood mit zunehmender Gereiztheit, die sich mit dem zunehmenden Wind steigerte, »Sie werden lächerlich und exzentrisch.«

»Ich denke an das, was sich gerade ereignet hat«, beharrte Michael. »Der Mann hat seit Stunden nicht gesprochen, und doch hat er die ganze Zeit geredet. Er feuerte drei Schüsse aus einem sechsläufigen Revolver ab, und dann gab er ihn uns, obgleich er uns, wie wir hier gehen und stehen, hätte erschießen können. Wie hätte er besser sein Vertrauen zu uns ausdrücken können? Er wollte von uns verhört werden. Wie konnte er es besser zeigen, als ganz still zu stehen und über sich verhandeln zu lassen? Er wollte zeigen, daß er freiwillig blieb und leicht entkommen konnte, wenn er wollte. Wie hätte er es besser beweisen können, als indem er in der Droschke ausrückte und wieder zurückkam? Innozenz ist kein Wahnsinniger – er ist ein Ritualist. Nicht mit dem Mund, sondern mit den Armen und Beinen möchte er seine Gedanken zum Ausdruck bringen – nach den Worten des Traugottesdienstes: ›mit meinem Leibe bete ich dich an‹. Ich beginne jetzt die alten Spiele und Festzüge zu verstehen. Nun begreife ich, weshalb die Leichendiener stumm sind. Ich sehe jetzt auch ein, warum die Statisten stumm sind. Durch ihre Stummheit wollen Sie etwas ausdrücken, und Smith will ebenfalls etwas damit sagen. Sonst sind Possen lärmend, so wie zum Beispiel Goulds Possen. Die einzigen Leute, die stumme Possen spielen, sind die Schabernackspieler; wenn man es richtig überlegt, ist der arme Smith ein allegorischer Schabernackspieler. Was er in diesem Haus angestellt hat, ist so toll wie ein Kriegstanz, aber so schweigsam wie ein Gemälde gewesen.«

»Ich vermute, Sie wollen damit sagen«, bemerkte der andere zweifelnd, »wir müßten dahinterkommen, was alle seine Verbrechen zu bedeuten haben, als wären sie soundso viele bunte Bilderrätsel. Aber gesetzt den Fall, sie bedeuten etwas... nun, um Himmels willen!...«

Als er gedankenlos um eine Ecke im Garten bog und die Augen zum Monde erhob, der jetzt groß und leuchtend am Himmel stand, erblickte er eine riesige halbmenschliche Gestalt, die auf der Gartenmauer saß. Sie hob sich so scharf vom Monde ab, daß Inglewood im ersten Moment bezweifelte, ob es ein Mensch sei, denn die hochgezogenen Schultern und das gesträubte Haar verliehen der Gestalt eher das Aussehen einer großen Katze. Sie ähnelte insofern auch einer Katze, als sie aufgescheucht aufsprang und oben auf der Mauer leichtfüßig entlanglief. Jedoch als dieses Wesen zu laufen begann, dachte man unwillkürlich beim Anblick der breiten Schultern und des kleinen gebeugten

Kopfes an einen Pavian. Aber kaum war die Gestalt in erreichbare Nähe eines Baumes gelangt, als sie einen affenartigen Sprung vollführte und in den Zweigen verschwand. Inzwischen war der Sturm so heftig geworden, daß er jeden Strauch im Garten schüttelte und das Erkennen noch schwieriger machte, denn die hin und her wogenden Arme des Flüchtlings waren nicht von den unzähligen, hin und her wogenden Armen des Baumes zu unterscheiden.

»Wer ist da?« rief Artur laut. »Wer sind Sie? Sind Sie Innozenz?«

»Nicht ganz, denn Innozenz heißt ›unschuldig‹«, antwortete eine verborgene Stimme aus den Blättern, »und ich habe Sie einmal um ein Federmesser betrogen.«

Der Wind hatte noch an Heftigkeit zugenommen und warf nun den Baum mit dem Mann darauf hin und her, gerade wie er es an jenem heiteren goldenen Nachmittag getan hatte, als der Fremde angekommen war.

»Aber sind Sie Smith?« fragte Ingelwood wie in Todesqualen.

»Beinahe«, sagte die Stimme aus dem schwankenden Baum.

»Aber Sie müssen doch einige richtige Namen haben«, schrie Inglewood verzweifelt. »Sie müssen sich doch irgendwie benennen.«

»Mich irgendwie benennen«, donnerte der Verborgene und schüttelte den Baum so, daß alle seine zehntausend Blätter auf einmal zu sprechen schienen: »Ich nenne mich Roland Oliver Jesaiah Charlemagne Artur Hildebrand Homer Danton Michelangelo Shakespeare Brakespeare . . .«

»Aber Menschenskind!« begann Inglewood aufs höchste verärgert.

»Sie haben es getroffen! Sie haben es getroffen! Sie haben es getroffen!« brüllte es aus dem schaukelnden Baum, »das ist mein richtiger Name.« Und er brach einen Zweig ab, und ein oder zwei Herbstblätter flatterten über den Mond hinweg.

Zweiter Teil: Innozenz Smiths Erklärungen

Das Auge des Todes oder die Mordanklage

Das Eßzimmer von Dukes war für die Sitzung des Gerichtshofes von Leuchtfeuer mit einem gewissen improvisierten Pomp
hergerichtet worden, durch den die Gemütlichkeit des Raumes
merkwürdigerweise erhöht worden war. Das große Zimmer
war in kleinere Räume geteilt, und zwar durch halbhohe Tren-
nungswände, das heißt ungefähr so, wie Kinder es machen,
wenn sie Kaufladen spielen. Diese Teilung hatten Moses Gould
und Michael Moon (die beiden tätigsten Mitglieder dieser be-
merkenswerten Untersuchung) mit dem gewöhnlichen Mobiliar
des Zimmers ausgeführt. An dem einen Ende des langen Maha-
gonitisches stand der gewaltige Gartenstuhl und darüber war
das alte zerrissene Zelt oder der Schirm gespannt, den Smith
selbst als Krönungsbaldachin vorgeschlagen hatte. Unter diesem
Aufbau konnte man die untersetzte Gestalt von Frau Duke
sehen, von Kissen gestützt und mit einem Gesicht, das bereits
den nahenden Schlummer anzeigte. Am anderen Ende saß der
Angeklagte Smith auf einer Art Anklagebank, denn er war sorgfältig ringsherum eingeschlossen, und zwar von leichten Schlaf-
zimmerstühlen, von denen er jeden mit dem großen Zeh aus dem
Fenster hätte schleudern können. Smith war mit Federn und
Papier versehen worden, aber aus dem Papier machte er
während der ganzen Verhandlung wie ein zufriedenes Kind
Papierboote, Papierpfeile und Papierpuppen. Die ganze Zeit
über sprach er kein Wort und sah auch nicht auf, sondern schien
so unbewußt wie ein Kind, das man auf den Fußboden eines
leeren Kinderzimmers zum Spielen hingesetzt hat.
Auf einer Reihe von Stühlen, die, um sie zu erhöhen, auf ein
langes Sofa gestellt waren, saßen die drei jungen Damen mit
dem Rücken gegen das Fenster, Mary Gray in der Mitte. Diese
Sitze machten den Eindruck, ein Zwischending zu sein zwischen einer Geschworenenbank und der Loge der Königin der
Schönheit bei einem Turnier. Moon hatte den langen Tisch von
oben bis unten durch eine niedrige Barriere geteilt, die er aus
acht gebundenen Exemplaren der Monatsschrift »Gute Worte«

gemacht hatte, um die moralische Mauer darzustellen, welche die streitenden Parteien trennte. Rechts saßen die beiden Vertreter der Anklage, Dr. Pym und Dr. Gould, hinter einer Barrikade von Büchern und Akten, die hauptsächlich (wenigstens was Dr. Pym betraf) aus dicken Bänden über die Kriminalpsychologie bestanden. Auf der anderen Seite saßen Moon und Inglewood als Verteidiger, ebenfalls hinter einer Festung aus Büchern und Papieren. Was das Opfer und den Kläger selbst betraf, das heißt Dr. Warner, so war es ursprünglich Moons Wunsch gewesen, ihn vollkommen unsichtbar hinter einem hohen Wandschirm in der Ecke zu halten; denn er behauptete, es würde unzart sein, wenn er bei Gericht erschiene, jedoch heimlich erteilte er ihm die unoffizielle Erlaubnis, dann und wann über den Schirm zu spähen. Dr. Warner konnte aber nicht das nötige Verständnis für soviel Zartgefühl aufbringen, und nach einer kleinen Störung und Diskussion wurde ihm ein Sitz auf der rechten Seite des Tisches angewiesen, in einer Reihe mit den Vertretern der Anklage.

Vor diesem festbegründeten Gericht erhob sich nun Dr. Cyrus Pym, nachdem er sich die honigfarbenen Haare von den Ohren zurückgestrichen hatte, um mit der Untersuchung zu beginnen. Seine Darlegung war klar und sogar sachlich, und solche Abweichungen, wie sie vorkamen, wenn er seine bilderreiche Sprache anwandte, fielen nur durch eine gewisse undefinierbare Abgerissenheit auf, die bei der mit Floskeln geschmückten amerikanischen Sprache nicht selten ist.

Dr. Pym stützte die Spitzen seiner dünnen Finger auf den Mahagonitisch, schloß die Augen und öffnete den Mund. »Die Zeit ist vorbei«, begann er, »wo man einen Mord als eine sittliche und individuelle Handlung ansehen konnte, wichtig vielleicht für den Mörder, vielleicht für den Ermordeten. Die Wissenschaft hat unsere Ansichten stark ...«, hier hielt er inne, balancierte seinen zusammengepreßten Zeigefinger und Daumen in der Luft, als hielte er eine Idee, die ihm sonst entschlüpft wäre, sehr fest am Schwanze, kniff die Augen zusammen, sagte »gemildert« und ließ sie laufen ..., »hat unsere Ansichten über den Tod stark gemildert. In abergläubischen Jahrhunderten betrachtete man ihn als eine Beendigung des Lebens, als katastrophal, ja sogar tragisch, und er wurde oft mit ernster Feierlichkeit umgeben. Die Dämmerung lichterer Tage bricht jedoch an, und wir erblicken jetzt in dem Tod etwas Universelles und Unvermeidliches, einen Teil jenes großen seelenerschütternden und herzerhebenden Vorganges, den wir der Bequemlichkeit halber Naturordnung nennen. Auf dieselbe Weise sind wir dazugekommen, den Mord ›sozial‹ zu betrachten. Könnten wir uns über die bloßen Privatgefühle eines Menschen stellen, der durch Gewalt seines Lebens beraubt wird, so würden wir das Vorrecht genießen, den Mord als ein mächtiges Ganzes zu betrachten, als den gewaltigen Kreislauf des Kosmos, der, ebenso wie er die goldenen Ernten und die goldbärtigen Schnitter bringt, auch die ewige Wiederkehr des Erschlagers und des Erschlagenen.«

Er sah nieder, und von seiner eigenen Beredsamkeit etwas gerührt, hüstelte er leicht, hob vier seiner spitzen Finger mit den vornehmen Manieren des Bostoners in die Höhe und fuhr fort: »Nur ein Ergebnis dieses glücklicheren und menschlicheren Standpunktes betrifft diesen unglücklichen Mann vor uns, nämlich jenes Ergebnis, das ein Milwaukeer Arzt, unser großer geheimniserratender Dr. Sonnenschein, in seinem großen Werk ›Der zerstörende Typus‹ gründlich erläutert hat. Wir klagen Smith nicht als einen Mörder, sondern als einen mit mörderischen Trieben behafteten Mann an. Sein Typus gehört zu denen, die allein schon durch ihr Dasein, ich möchte sogar sagen, selbst durch ihre Gesundheit, tötend wirken. Manche sind der Ansicht, daß dieser Typ, richtig gesagt, keine Abweichung ist, sondern ein neues und sogar höheres Geschöpf. Mein lieber alter Freund, Dr. Bulger, der Frettchen hielt...« (hier stieß Moon plötzlich ein lautes »Hurra!« aus, aber er nahm wieder so schnell seinen ernsten Ausdruck an, daß Frau Duke nach dem Urheber dieses Lautes überall umherspähte und nur ihn nicht vermutete)... Dr. Pym fuhr mit etwas strenger Miene fort: »... welcher im Interesse der Wissenschaft Frettchen hielt, war der Ansicht, daß die Bissigkeit und Wildheit dieser Tiere nicht utilitarisch sind, sondern absolut ihren Endzweck in sich selbst haben. Wie es sich damit auch immer bei den Frettchen verhalten mag, bei diesem Gefangenen ist es sicher der Fall. Die typische Gerissenheit eines Verrückten können Sie in seinen anderen Missetaten erkennen; hingegen haben seine Mordversuche immer die Einfachheit der gesunden Vernunft. Aber es ist die furchtbare Vernunft der Sonne und der Elemente... eine grausame, eine böse Vernunft. Ebensowenig wie man die in Regenbogenfarben schillernden Katarakte in unserem jungfräulichen Westen eindämmen kann, ebensowenig kann man die Naturkraft, die ihn zum Erschlagen hinausschickt, hemmen.

Keine Umgebung, und sei sie auch noch so wissenschaftlich, hätte diese Neigungen in ihm mildern können. Bringt diesen Mann in die stille Reinheit des bleichsten Klosters, und er wird doch irgendeine Gewalttat mit dem Bischofsstab und der Albe vollbringen. Zieht ihn in einer glücklichen Kinderstube auf, zwischen unseren braven, unschuldigen, angelsächsischen Kindern, und er wird doch eine Gelegenheit finden, mit dem Springseil zu erwürgen oder mit den Bauklötzen zu erschlagen. Die Umstände mögen noch so günstig sein, die Erziehung noch so wunderbar und die Hoffnungen noch so verheißungsvoll, die gewaltige elementare Gier von Innozenz Smith nach Blut wird zu ihrer festgesetzten Zeit wie eine gut abgepaßte Bombe alles zersprengen.«

Einen Augenblick sah Artur Inglewood neugierig das große Geschöpf am Ende des Tisches an, das einer Papierpuppe einen Dreispitz aus Papier aufsetzte, und dann blickte er wieder zu Dr. Pym zurück, der in einem ruhigeren Ton seine Rede beschloß.

»Uns bleibt also nur«, sagte er, »tatsächliche Beweise seiner früheren Mordversuche vorzubringen. Durch ein mit dem Gerichtshof und den Verteidigern bereits getroffenes Abkommen ist es uns gestattet, authentische Briefe von Zeugen dieser Szenen vorzuzeigen, und der Verteidigung steht es frei, diese Briefe zu prüfen. Von mehreren solcher gewalttätigen Fälle haben wir beschlossen, einen ... den unwiderlegbarsten und skandalösesten herauszugreifen. Ohne weiteren Zeitverlust will ich deshalb meinen jüngeren Herrn Kollegen, Herrn Gould, bitten, zwei Briefe vorzulesen – der eine ist von dem Unterkustos und der andere von dem Pförtner des Brakespeare College in Cambridge.«

Wie ein Springteufel schnellte Gould in die Höhe, er hielt ein akademisch aussehendes Papier in der Hand, und fieberhafte Wichtigkeit lag auf seinem Gesicht. Mit lauter, hoher, schriller Stimme, die so jäh abriß wie das Krähen eines Hahnes, begann er vorzulesen:

»Geehrter Herr! – Ich bin der Unterkustos des Brakespeare College in Cambridge ...«

»Gott sei uns gnädig«, murmelte Moon, mit einer plötzlichen Bewegung nach rückwärts, wie einer, der vor dem Knall eines abgefeuerten Gewehrs zurückweicht.

»Ich bin der Unterkustos des Brakespeare College in Cambridge«, verkündete der unerbittliche Moses, »und ich kann die

Beschreibung bestätigen, die Sie in bezug auf den unglücklichen Smith machten. – Es war nicht nur meine traurige Pflicht, ihm öfter wegen vieler harmloser Gewalttätigkeiten während seiner Studentenzeit einen Verweis zu erteilen, sondern ich war tatsächlich Zeuge seiner letzten groben Missetat, die diese Zeit abschloß. Ich ging zufällig an dem Hause meines Freundes, des Kustos vom Brakespeare College, vorbei. Dieses Haus ist mit dem College zum Teil verbunden, und zwar durch zwei oder drei sehr alte Gewölbebrücken oder Stützsäulen, die über einen in den Fluß mündenden Wasserarm führen. Zu meinem großen Erstaunen sah ich, wie mein verehrter Freund in der Luft hing und sich an eine jener Säulen anklammerte, und an seinem Gesicht und seiner Haltung konnte man deutlich erkennen, daß er die schlimmsten Befürchtungen für sein Leben hegte. Nach kurzer Zeit hörte ich zwei sehr laute Schüsse und sah deutlich, wie der unglückliche Student Smith sich weit aus dem Fenster der Kustoswohnung lehnte und wiederholt mit einem Revolver auf den Kustos zielte. Als Smith mich sah, brach er in lautes Gelächter aus (aus dem Frechheit ebenso wie Verrücktheit klang) und schien von seinem Plan abzulassen. Ich schickte den Pförtner nach einer Leiter, und es gelang mir, den Herrn Kustos aus seiner peinlichen Lage zu befreien. Smith wurde aus der Universität verwiesen. Diese Photographie, die ich beilege, ist der Gruppe der Preisschützen von dem Schützenverein der Universität entnommen und zeigt Smith als Student der Universität.

Ihr ganz ergebener
Amos Boulter.«

»Der andere Brief«, fuhr Gould mit glühendem Triumph fort, »ist von dem Pförtner des College und sehr schnell vorgelesen:
Sehr geehrter Herr, – – Es entspricht vollkommen der Wahrheit, daß ich der Pförtner des Brakespeare College bin und daß ich dem Herrn Kustos herunterhalf, als der junge Mann nach ihm schoß, wie Herr Boulter in seinem Brief aussagt. Dieser junge Mann war Herr Smith, derselbe, dessen Photographie Herr Boulter Ihnen schickt. – – –

Ihr ergebenster
Samuel Barker.«

Gould reichte die beiden Briefe Moon hinüber, der sie prüfte und feststellte, daß Gould sie beide dem Wortlaut getreu vorgelesen hatte. Man merkte den beiden Schreiben an, daß sie echt waren. Moon schob sie Inglewood herüber, der sie Moses Gould schweigend zurückgab.

»Was nun die erste Anklage wegen fortgesetzten Mordversuches betrifft«, sagte Dr. Pym und stand zum letzten Male auf, »so ist das meine Angelegenheit.«

Michael Moon erhob sich, um die Verteidigungsrede zu halten, aber er sah so deprimiert aus, daß die Freunde des Gefangenen von vornherein wenig Hoffnung hatten. Wie er sagte, beabsichtigte er nicht, dem Beispiel des Doktors zu folgen und so abstrakte Fragen zu erörtern. »Ich weiß nicht genug, um ein Agnostiker zu sein«, sagte er ziemlich müde, »ich beherrsche nur die bekannten und anerkannten elementaren Grundlagen solcher wissenschaftlichen Streitfragen. Was die Wissenschaft und die Religion anbetrifft, so sind die bekannten und anerkannten Tatsachen recht wenige und klar genug. Alles, was die Prediger sagen, ist unbewiesen. Alles, was die Ärzte sagen, ist widerlegt. Das ist der einzige Unterschied, der jemals zwischen der Wissenschaft und der Religion bestanden hat oder je bestehen wird. Und doch bewegen mich, ich weiß nicht wieso, diese neuen Entdeckungen«, sagte er und sah kummervoll auf seine Stiefel. »Sie erinnern mich an meine liebe alte Großtante, die sich in ihrer Jugend daran zu erfreuen pflegte. Es treibt mir die Tränen in die Augen. Ich kann noch den alten Eimer am Gartenzaun sehen und die Reihen schimmernder Pappeln dahinter . . .«

»Stop! Anhalten! Anhalten!« rief Moses Gould und sprang so erregt auf, daß man erwartete, er würde gleich in Schweiß ausbrechen. »Wir wollen schon der Verteidigung freien Spielraum geben, wie es Gentlemen untereinander tun, wissen Sie, aber jeder Gentleman würde gegen schimmernde Pappeln ein Veto einlegen.«

»Ach was, verdammt noch einmal!« sagte Moon mit beleidigter Miene, »wenn Dr. Pym einen alten Freund mit Frettchen haben kann, weshalb soll ich nicht eine alte Tante mit Pappeln haben?«

»Ich bin der Meinung«, sagte Frau Duke gereizt und bemühte sich, eine Autorität, wenn es auch eine wackelige war, zur Schau zu tragen, »daß Herr Moon so viel Tanten haben darf, wie es ihm beliebt.«

»Ja, ›beliebt‹, aber was das Lieben anbetrifft ...«, begann Moon, »ich ... aber vielleicht gehört sie wirklich kaum hierher. Ich wiederhole, ich beabsichtige nicht, diesen abstrakten Spitzfindigkeiten zu folgen; denn in der Tat, meine Antwort an Dr. Pym ist einfach und streng konkret. Dr. Pym hat nur eine Seite der Psychologie des Mörders behandelt. Wenn es wirklich Menschen gibt, die einen natürlichen Trieb zum Morden haben, ist es nicht ebenso wahr ...«, hier senkte er seine Stimme und sprach mit erdrückender Ruhe und Ernsthaftigkeit, »ist es nicht ebenso wahr, daß es Menschen gibt, die einen natürlichen Trieb haben, ermordet zu werden? Könnte man nicht die Hypothese ins Auge fassen, daß Dr. Warner ein solcher Mann ist? Meine Worte stützen sich ebenfalls auf ein Buch, wie die meines gelehrten Freundes. Diese ganze Frage ist in Dr. Mondenscheins monumentalem Werk: ›Der zerstörbare Doktor‹ behandelt worden. Dieses Buch enthält Tafeln mit Darstellungen der verschiedenen Mittel, durch welche jemand wie Dr. Warner in seine Elemente aufgelöst werden kann. Im Lichte dieser Feststellungen ...«

»Stop! Anhalten! Anhalten!« rief Moses, der aufgesprungen war und in großer Erregung gestikulierte. »Mein Chef hat etwas zu sagen. Mein Chef will auch ein bißchen sprechen.«

Dr. Pym war in der Tat aufgestanden und sah bleich und etwas bissig aus. »Ich habe mich aufs gewissenhafteste auf Bücher beschränkt«, sagte er näselnd, »in denen man meine Feststellungen sofort bestätigt finden kann. Sonnenscheins Werk ›Der zerstörende Typus‹ liegt hier auf dem Tisch, falls die Verteidigung es zu sehen wünscht. Wo ist dieses prachtvolle Werk von der Zerstörbarkeit, von dem Herr Moon spricht? Existiert es? Kann er es beschaffen?«

»Es beschaffen?« rief der Ire mit köstlichem Hohn: »Ich kann es in acht Tagen beschaffen, wenn Sie die Tinte und das Papier bezahlen wollen.«

»Würde es eine Autorität sein?« fragte Pym und setzte sich.

»Oh, Autorität!« sagte Moon leichthin, »das hängt von der Religion eines Menschen ab.«

Dr. Pym sprang wieder auf. »Unsere Autorität ist auf eine Menge genauer Einzelheiten gegründet«, sagte er. »Sie behandelt ein Gebiet, in dem Dinge gehandhabt und geprüft werden können. Mein Gegner wird wenigstens zugeben, daß der Tod eine Tatsache ist, die auf Erfahrung beruht.«

»Nicht auf meiner«, sagte Moon und schüttelte kummervoll

den Kopf, »in meinem ganzen Leben habe ich diese Erfahrung nicht gemacht.«

»Aber das ist die Höhe«, sagte Dr. Pym und setzte sich so energisch hin, daß alle Papiere knisterten.

»Da sehen wir also«, fuhr Moon mit derselben melancholischen Stimme fort, »daß ein Mann wie Dr. Warner durch das geheimnisvolle Wirken der Evolution zu solchen Angriffen verurteilt ist. Der Überfall meines Klienten, wenn er überhaupt stattgefunden hat, ist kein Einzelfall. Ich besitze Briefe von mehr als einem Bekannten Dr. Warners, auf die dieser merkwürdige Mann in der gleichen Weise gewirkt hat. Nach dem Beispiel meiner gelehrten Freunde will ich nur zwei dieser Schreiben vorlesen. Das erste ist von einer ehrenwerten und fleißigen Matrone, die in der Nähe der Harrow-Straße wohnt:

Herrn Moon. Geehrter Herr! ... Ja, ich habe einen Kochtopf auf ihm geworfen. Und wenn schon? Es war allens, was ich zu werfen hatte; denn alle die weichen Dinge hatte ich gerade versetzt. Und wenn es Ihrem Dr. Warner nicht paßt, daß man ihm mit Kochtöpfen schmeißt, dann sagen Sie ihm, er soll den Hut nicht auf dem Kopf behalten in der guten Stube von eine ehrenwerte Dame, und dann soll er nicht grienen, und wenn er grient, dann soll er auch sagen, warum.

Mit Hochachtung Hannah Miles

Der andere Brief ist von einem ziemlich bekannten Arzt aus Dublin, mit dem Dr. Warner einmal eine Konsultation hatte. Er schrieb folgendes:

Sehr geehrter Herr! ... Den von Ihnen erwähnten Vorfall bedaure ich lebhaft, und er gehört zu den Dingen, die ich mir niemals werde erklären können. Ich bin selbst kein Nervenarzt, und es wäre mir darum sehr angenehm, die Ansicht eines Nervenspezialisten über meine eigentümliche, nur einen Augenblick dauernde und in der Tat fast automatische Handlung zu hören. Wenn ich sage, daß ich an Dr. Warners Nase gezupft habe, bin ich ungenau, und es erscheint mir äußerst wichtig, die richtige Bezeichnung für meine Tat anzugeben. Daß ich seine Nase mit der Faust bearbeitete, muß ich mit Vergnügen zugeben (ich brauche nicht ›mit Bedauern‹ zu sagen). ›Zupfen‹ erscheint mir eine Präzision der Handlungsweise und eine Genauigkeit des Zielens vorauszusetzen, die ich mir nicht vorwerfen kann. Im Vergleich zum Zupfen war der Faustschlag eine äußere, nur eine Sekunde dauernde und sogar natürliche Geste.

Mit vorzüglicher Hochachtung
Burton Lestrange.

Ich habe zahlreiche andere Briefe«, fuhr Moon fort, »die alle bekunden, daß dieses Gefühl meinem bedeutenden Freund gegenüber ein weitverbreitetes ist. Und deshalb bin ich der Meinung, Dr. Pym hätte diese Seite der Frage in seinem Überblick in Betracht ziehen sollen. Wie Dr. Pym so richtig sagt, stehen wir einer natürlichen Kraft gegenüber. So zwecklos es sein würde, zu versuchen, die Wolkenbrüche Londons anzuhalten, ebenso zwecklos wäre es, zu versuchen, den mächtigen Trieb Dr. Warners, von jemand ermordet zu werden, zu hemmen. Stellte man diesen Mann in eine Quäkerversammlung zwischen die friedlichsten Christen, würde er sofort mit Schokoladestangen zu Tode geprügelt werden. Stellte man ihn zwischen die Engel von Neu-Jerusalem, so würde er mit Edelsteinen gesteinigt werden. Die Umstände mögen noch so schön und wundervoll sein, der Vorgang noch so herzerhebend, der Schnitter noch so goldbärtig, der Doktor noch so gut Geheimnisse erraten können, die Kaskaden in noch so schönen Regenbogenfarben schillern, das angelsächsische Kind mag noch so brav und unschuldig sein, aber trotz aller dieser Wundergeschöpfe wird der gewaltige elementare Trieb Dr. Warners, ermordet zu werden, unbeirrt seinen Weg nehmen, bis er schließlich glücklich über alles triumphiert.«

Den Schluß seiner Rede trug er anscheinend mit großer Bewegung vor. Aber eine noch größere Bewegung machte sich an der anderen Seite des Tisches bemerkbar. Dr. Warner hatte sich in seiner ganzen Breite über die kleine Gestalt von Moses Gould gelehnt und flüsterte erregt mit Dr. Pym. Dieser Sachverständige nickte häufig, dann sprang er auf, und ein Ausdruck tiefen Ernstes prägte sich auf seinem Gesicht aus.

»Meine Damen und Herren«, rief er entrüstet, »wie mein Kollege vorhin sagte, würden wir uns außerordentlich freuen, der Verteidigung gegenüber Weitherzigkeit zu zeigen ... wenn es überhaupt eine Verteidigung wäre. Aber Herr Moon scheint zu denken, daß er hier ist, um Witze zu machen ... es mögen sehr gute Witze sein, aber sie sind keineswegs geeignet, seinem Klienten von Nutzen zu sein. Er reißt die Wissenschaft herunter. Er reißt die gesellschaftliche Beliebtheit meines Klienten herunter. Er reißt meinen literarischen Stil herunter, weil er nicht nach seinem hochstehenden europäischen Geschmack zu sein scheint. Aber inwiefern hat dieses Herunterreißen einen Einfluß auf das Endergebnis? Dieser Smith hat zweimal den Hut meines Klienten heruntergerissen, und hätte er um ein paar Zentimeter besser gezielt, so hätte er ihm auch den Kopf heruntergerissen. Alle Witze der Welt können das, was er angerichtet hat, nicht wiedergutmachen oder der Verteidigung von irgendeinem Nutzen sein.«

Inglewood sah etwas verlegen nieder, als wäre er von der offensichtlichen Richtigkeit dieser Worte getroffen, aber Moon starrte seinen Gegner weiter träumerisch an. »Die Verteidigung?« sagte er, wie abwesend, ». . . ach, damit habe ich noch gar nicht begonnen.«

»Nein, das kann man wohl sagen«, sagte Pym erregt unter dem Beifallsgemurmel seiner Anhänger, auf das die andere Partei unmöglich etwas erwidern konnte. »Vielleicht, wenn Sie etwas zur Verteidigung Ihres Klienten vorzubringen hätten, was von Anfang an zweifelhaft gewesen ist . . .«

»Solange Sie noch stehen«, meinte Moon, in derselben, fast schläfrigen Weise, »könnte ich vielleicht eine Frage an Sie richten.«

»Eine Frage? Gewiß«, sagte Pym steif. »Es war zwischen uns ausdrücklich verabredet worden, daß, da wir die Zeugen nicht verhören können, wir nach Belieben Fragen aneinander stellen dürfen. Wir sind in der Lage, auf alle Fragen eingehen zu können.«

»Ich glaube, Sie sagten«, bemerkte Moon zerstreut, »keiner der Schüsse, die der Gefangene auf den Doktor abfeuerte, hätte ihn getroffen.«

»Im Interesse der Wissenschaft«, rief Pym wohlgefällig, »glücklicherweise nicht.«

»Doch waren sie nur aus einem knappen Meter Entfernung abgefeuert worden.«

»Ja, aus ungefähr einem Meter.«

»Und keiner von den Schüssen hat den Kustos getroffen, obgleich sie aus unmittelbarer Nähe abgefeuert wurden, nicht wahr?« fragte Moon.

»Jawohl«, erwiderte der Zeuge ernst.

»Ich glaube gehört zu haben«, sagte Moon und unterdrückte ein Gähnen, »daß ihr Unterkustos den Studenten Smith einen der besten Schützen der Universität nannte.«

»Nun, was das betrifft...«, begann Pym nach einem Augenblick des Schweigens.

»Eine zweite Frage«, fuhr Moon in etwas schroffem Tone fort. »Sie sagten, es gäbe andere Fälle, wo der Angeklagte versucht habe, Menschen zu töten. Wie kommt es, daß Sie keine Zeugen dafür haben?«

Der Amerikaner stützte die Spitzen seiner Finger wieder auf den Tisch. »In jenen Fällen«, erklärte er gedehnt, »war kein Augenzeuge, wie in dem Cambridger Fall, vorhanden, sondern nur das Zeugnis der tatsächlichen Opfer.«

»Warum haben Sie sich nicht deren Aussagen verschafft?«

»Die Opfer selbst«, sagte Pym, »bereiteten einige Schwierigkeiten und machten Ausflüchte und –«

»Meinen Sie«, fragte Moon, »daß keines der betreffenden Opfer gegen den Gefangenen aussagen würde?«

»Das wäre vielleicht zuviel gesagt«, begann der andere.

»Nun, eine dritte Frage«, warf Moon so plötzlich ein, daß alle zusammenfuhren. »Die Aussage des Unterkustos, der einige Schüsse hörte, liegt vor, wo ist aber das Zeugnis des Kustos selber, auf den geschossen wurde? Der Kustos von Brakespeare lebt und erfreut sich einer blühenden Gesundheit.«

»Wir haben eine Aussage von ihm verlangt«, sagte Pym etwas nervös, »aber sie war derart eigentümlich abgefaßt, daß wir nicht davon Gebrauch machten, und zwar aus Rücksicht gegen einen alten Herrn, dessen einstige Verdienste um die Wissenschaft sehr bedeutend gewesen sind.«

»Sie meinen, vermute ich«, sagte Moon und beugte sich vor, »daß seine Aussage zugunsten des Gefangenen abgefaßt war.«

»Es hätte so aufgefaßt werden können«, erwiderte der amerikanische Doktor, »aber es war in der Tat schwierig, überhaupt einen Sinn aus dem Schriftstück herauszufinden. Wir sandten es ihm deshalb zurück.«

»Sie besitzen also diese von dem Kustos von Brakespeare unterschriebene Aussage nicht mehr?«

»Nein.«

»Ich frage nur«, erklärte Michael ruhig, »weil wir eine haben. Um mein Plädoyer zu beschließen, will ich meinen jüngeren Kollegen, Herrn Inglewood, bitten, einen Bericht des wahren Verlaufes der Begebenheit vorzulesen, einen Bericht, dessen Wahrheit von dem Kustos selbst einwandfrei bestätigt worden ist.«

Artur Inglewood nahm mehrere Papiere zur Hand und stand

auf. Obgleich er wie immer etwas Vornehmes und Reserviertes hatte, so fühlten doch die Zuschauer zu ihrem Erstaunen, daß seine Anwesenheit eigentlich wirksamer und nutzbringender war als die seines Vorgesetzten. Tatsächlich gehörte er zu jenen bescheidenen Leuten, die nur sprechen können, wenn man sie dazu auffordert, dann aber gut reden. Moon war das strikte Gegenteil. Unter vier Augen machten ihm seine Keckheiten Spaß, aber vor der Öffentlichkeit brachten sie ihn etwas in Verlegenheit. Er kam sich lächerlich vor, wenn er sprach. Inglewood hingegen kam sich lächerlich vor, wenn er nicht sprechen konnte. Im Moment, wo er etwas zu sagen hatte, konnte er reden, und in dem Moment, wo er reden konnte, schien ihm das Reden ganz natürlich. Michael Moon schien nichts auf der Welt ganz natürlich.

»Wie mein Kollege eben erklärt hat«, sagte Inglewood, »sind da zwei Rätsel oder Widersprüche, auf denen wir unsere Verteidigung aufbauen. Zuerst handelt es sich um eine einfache physische Tatsache. Durch das Zugeständnis aller, ja durch die beigebrachten Beweise des Klägers, ist es festgestellt, daß der Angeklagte den Ruf eines besonders guten Schützen hatte. Doch beide Male, bei denen er beschuldigt wurde, auf einen Mann zu schießen, war es aus einer Entfernung von vier oder fünf Fuß, und er soll vier- oder fünfmal auf ihn geschossen haben, ohne ihn überhaupt zu treffen. Das ist der erste frappierende Umstand, auf den wir unser Argument stützen. Der zweite, den mein Kollege geltend macht, ist die eigentümliche Tatsache, daß sich keiner dieser angeblich Angegriffenen finden läßt, der für sich selbst spricht. Untergebene sprechen für ihn. Pförtner klettern auf Leitern für ihn, aber er selbst schweigt. Meine Damen und Herrren, ich schlage vor, sofort sowohl das Rätsel der Schüsse als auch das Rätsel dieses Schweigens zu erklären. Zuallererst will ich den Begleitbrief zu dem Schriftstück vorlesen, welches die wahre Darstellung des Cambridger Zwischenfalls enthält, und dann das Schriftstück selbst. Wenn Sie beides gehört haben, wird über Ihre Entscheidung kein Zweifel bestehen. Der Begleitbrief lautet folgendermaßen:

Sehr geehrter Herr! Beiliegendes ist eine sehr genaue und sogar lebendige Schilderung des Zwischenfalles, wie er sich tatsächlich in Brakespeare College ereignet hat. Wir, die Unterzeichneten, sehen keinen triftigen Grund, weshalb die Autorschaft des Dokuments nur einem Autor zugeschrieben werden soll. In Wahrheit ist es eine gemeinsame Schöpfung, und wir hatten sogar einige Meinungsverschiedenheiten über die Adjektive. Aber jedes Wort davon ist wahr.

Mit vorzüglicher Hochachtung

Wilfried Emerson Eames,
Kustos des Brakespeare College, Cambridge
Innozenz Smith

Der beiliegende Bericht«, fuhr Inglewood fort, lautet folgendermaßen:

Die Rückseite eines berühmten englischen Universitätsgebäudes erhebt sich so jäh am Ufer eines Flusses, daß es sozusagen durch alle möglichen Brücken und halbangebauten Gebäude gestützt und verbunden werden muß. Der Fluß teilt sich in mehrere kleine Gewässer und Kanäle, so daß die Landschaft an ein oder zwei Stellen an Venedig erinnert; besonders dort, wo sich dieser Zwischenfall abspielte und wo einige Schwebebogen oder luftige Steinrippen, einen schmalen Streifen Wasser überbrückend, Brakespeare College mit dem Haus des Kustos von Brakespeare verbinden.

Das Land um dieses College ist flach, aber es erscheint nicht flach, wenn man zwischen allen diesen Gebäuden steht. Mitten in diesem Flachland stößt man andauernd auf zerstreut liegende Seen und träge dahinfließende Gewässer. Und diese verwandeln jenes Bild von sonst horizontalen Linien in ein Bild vertikaler Linien. Überall, wo es Wasserflächen gibt, erscheint jedes Gebäude doppelt so hoch, wie es in Wirklichkeit ist, und ein alltägliches britisches Ziegelsteinhaus sieht aus wie ein babylonischer Turm. In jener schimmernden, ruhigen Fläche hängen die Häuser herab, den Kopf nach unten, und man sieht sie darin bis zu ihrem höchsten oder niedrigsten Schornstein. Die korallenfarbene Wolke, die man in diesem Abgrund erblickt, ist so weit unter der Welt, wie sein Original darübersteht. Jedes Fleckchen Wasser ist nicht nur ein Fenster, sondern ein Dachfenster. Unter den Füßen der Menschen zerspaltet sich die Erde in abgrundtiefen, luftigen Pespektiven, in welchen ein Vogel dahinschweben könnte, wie –«

Dr. Cyrus Pym erhob sich protestierend. Die Schriftstücke, die er als Beweise vorgelegt hätte, wären nur kalte Bestätigungen von Tatsachen gewesen. Natürlich hätte die Verteidigung das unbestreitbare Recht, ihren Fall auf ihre Weise darzustellen, aber diese ganze Landschaftsmalerei schiene ihm (Dr. Cyrus

Pym) nicht zur Sache zu gehören. »Möchte der Herr Verteidiger mir nicht sagen«, fragte er, »was es eigentlich mit der Angelegenheit zu tun hat, daß eine Wolke korallenfarbig ist oder daß der Fluß ruhig fließt und glänzt oder daß ein Vogel irgendwo flattert?«

»Ach, das kann ich Ihnen nicht sagen«, meinte Michael und stand träge auf, »Sie wissen noch nicht, was wir für die Verteidigung für Absichten haben. Bis Sie das wissen, können Sie nicht beurteilen, was wichtig ist oder nicht. Setzen wir den Fall«, sagte er plötzlich, »wir wollten beweisen, daß der alte Kustos farbenblind sei. Nehmen wir an, ein schwarzer Mann mit weißem Haar hätte auf ihn geschossen und er hätte sich eingebildet, es sei ein weißer Mann mit gelbem Haar gewesen. Festzustellen, ob diese Wolke wirklich und wahrhaftig korallenfarben gewesen ist, kann von höchster Bedeutung sein.«

Mit einer Ernsthaftigkeit, die von den anderen kaum geteilt wurde, hielt er inne und fuhr dann mit demselben Wortschwall fort: »Oder setzen wir den Fall, wir wollten die Behauptung aufstellen, daß der Kustos einen Selbstmordversuch machte und daß er nur Smith veranlaßte, die Pistole zu halten, so wie der Sklave des Brutus das Schwert hielt. In diesem Fall würde es sehr viel ausmachen, ob der Kustos sich deutlich in ruhigem Wasser sehen konnte. Ruhiges Wasser hat Hunderte von Selbstmorde verursacht: man sieht sich so sehr – nun so sehr deutlich darin.«

»Wollen Sie vielleicht die Behauptung aufstellen«, fragte Pym mit herber Ironie, »daß Ihr Klient irgendein Vogel war – sagen wir, ein Flamingo?«

»Die Frage zu erörtern, ob er ein Flamingo gewesen sei«, sagte Moon mit plötzlicher Strenge, »behält sich mein Klient für seine Verteidigungsrede vor.«

Da niemand so recht zu wissen schien, was man aus diesen Worten machen sollte, nahm er seinen Platz mit äußerst ernster Miene wieder ein, und Inglewood fuhr mit dem Lesen seines Schriftstückes fort:

»Ein Mystiker würde in einem solchen Land der Spiegelungen seine Freude haben. Denn ein Mystiker gehört zu denen, die der Anschauung huldigen, daß zwei Welten besser sind als eine. Im Grunde genommen ist alles Denken Reflexion.

Diese Verdoppelung der Mentalität, gleichsam wie in einem Spiegel, ist, wir wiederholen es, der Kern der Philosophie. Es liegt eine mystische, ja sogar eine gewaltige Wahrheit in der

Behauptung, daß zwei Köpfe besser sind als einer. Aber sie müßten beide aus demselben Körper wachsen.«

»Ich weiß, es klingt zuerst ein wenig transzendental«, warf Inglewood ein und blickte lächelnd und wie um Entschuldigung bittend im Kreise umher, »aber Sie sehen, dieses Schriftstück ist eine gemeinsame Arbeit von einem Dozenten und einem ...«

»Besoffenen, wie?« schlug Moses Gould vor, dem die Sache jetzt anfing, Spaß zu machen.

»Ich bin eher der Meinung«, fuhr Inglewood unbeirrt und kritisch fort, »daß dieser Teil des Berichts von dem Dozenten geschrieben wurde. Ich möchte nur den Gerichtshof darauf aufmerksam machen, daß der Bericht, wenn er auch unzweifelhaft genau den Tatsachen entspricht, hie und da die Urheberschaft von zwei Verfassern verrät.«

»In diesem Fall«, sagte Dr. Pym und lehnte sich mit wegwerfender Miene zurück, »bin ich nicht der Meinung, daß zwei Köpfe besser seien als einer.«

»Die Unterzeichneten halten es für überflüssig, dasselbe Problem zu behandeln, das schon so oft von Universitätsreformkomitees diskutiert worden ist, nämlich die Frage, ob Professoren doppelt sehen, weil sie betrunken sind, oder ob sie betrunken werden, weil sie doppelt sehen. Es genügt ihnen (den Unterzeichneten), wenn sie ihr eigenes, besonderes und nutzbringendes Thema verfolgen können – das heißt: Pfützen. Was (fragen sich die Unterzeichneten) ist eine Pfütze? Eine Pfütze gibt die Unendlichkeit wieder und ist voll Licht, jedoch analysiert man eine Pfütze objektiv, so ist sie weiter nichts als etwas schmutziges Wasser, das sehr dünn über Schmutz ausgebreitet liegt. Die beiden großen historischen Universitäten Englands haben diese weiten glänzenden Flächen, in denen sich alles widerspiegelt. Sie geben die Unendlichkeit wieder. Sie sind voll Licht. Trotzdem oder vielmehr darum sind die Pfützen – Pfützen, Pfützen, Pfützen, Pfützen. Die Unterzeichneten bitten um Entschuldigung wegen des Nachdrucks, er ist jedoch von starker Überzeugung unzertrennlich.«

Inglewood ignorierte einen etwas wilden Ausdruck auf den Gesichtern einiger Anwesenden und fuhr äußerst liebenswürdig fort:

»Auf solche Gedanken kam aber der Student Smith nicht, als er vorsichtig um die Wasserläufe und die glitzernden Regenpfützen herumging, die an der Rückseite von Brakespeare College liegen. Wenn ihn diese Art Gedanken beschäftigt hätte, würde er glücklicher gewesen sein, als es der Fall war. Unglücklicherweise wußte er nicht, daß seine Probleme nur Pfützen waren. Es war ihm nicht bekannt, daß der akademische Geist nur darum die Unendlichkeit widerspiegelt und voll Licht ist, weil er seicht ist und stillsteht. Daher lag für ihn etwas Feierliches und sogar Unheilschwangeres in der angedeuteten Unendlichkeit. Es war eine besternte Nacht von verwirrendem Glanz, die schon weit fortgeschritten war. Sterne leuchteten über und unter ihm. In der verdrießlichen Stimmung, in welcher der junge Smith sich befand, schienen ihm die Himmel unter ihm noch hohler als die Himmel über ihm: der fürchterliche Gedanke plagte ihn, daß, wenn er die Sterne zählte, er einen zuviel in der Pfütze finden würde.

Während er die schmalen Pfade und Brücken überschritt, war es ihm, als ginge er über die schwarzen und dünnen Rippen eines komischen Eiffelturmes. Denn ihm und fast der ganzen gebildeten Jugend jener Epoche schienen die Sterne grausame Dinge. Obgleich sie jede Nacht in der großen Kuppel glühten, waren sie ein gewaltiges und häßliches Rätsel; sie gaben die Nacktheit der Natur preis, sie ließen einen flüchtigen Blick von den eisernen Rädern und Kränen hinter den Kulissen erhaschen. Denn die jungen Leute dieser traurigen Zeit dachten, daß der Gott immer aus der Maschine käme. Sie wußten nicht, daß in Wirklichkeit die Maschine nur von Gott kommt. Kurz, sie waren alle Pessimisten, und das Sternenlicht war ihnen verhaßt – verhaßt, weil es wahr ist. Ihr ganzes Weltall war schwarz mit weißen Punkten.

Smith schaute erleichtert von den glitzernden Pfützen unten zu dem glitzernden Himmel oben und zu der großen schwarzen Masse des Universitätsgebäudes auf. Das einzige Licht außer dem Sternenschein schimmerte durch einen olivgrünen Vorhang in dem oberen Teil des Gebäudes und verriet damit, wo Dr. Emerson Eames bis in den Morgen hinein arbeitete und seine Freunde und Lieblingsschüler zu jeder Stunde der Nacht empfing. Und zu jenen Zimmern lenkte der melancholische Smith seine Schritte. Smith hatte die erste Hälfte des Vormittags damit verbracht, Dr. Eames' Kolleg zu hören, und war die zweite Hälfte in einem Fechtsaal gewesen, um sich im Fechten und Schießen zu üben. In den ersten Nachmittagsstunden hatte er wie wahnsinnig gerudert und in den späteren (ebenso wahnsinnig) Grillen gefangen. Er war dann zu einem Abendessen gegangen, wo er sehr übermütig gewesen war, und hatte sich darauf in einen Redeübungsverein begeben, in dem es einfach unerträglich war, und der melancholische Smith wurde noch melancholischer. Dann, als er in seine Bude gehen wollte, fiel ihm unterwegs sein exzentrischer Freund und Lehrer ein, der Kustos von Brakespeare, und verzweifelt entschloß er sich, diesen Herrn in seiner Privatwohnung aufzusuchen.

Emerson Eames war in vieler Hinsicht ein exzentrischer Mensch, aber sein Lehrstuhl für Philosophie und Metaphysik war von internationaler Bedeutung, die Universität hätte ihn nicht gern entbehrt, und überdies braucht ein Dozent irgendeine seiner schlechten Gewohnheiten nur lange genug zu bewahren, und sie wird ein Teil der britischen Konstitution. Die schlechten Gewohnheiten von Emerson Eames bestanden darin, die ganze Nacht aufzubleiben und ein Jünger Schopenhauers zu sein. Der magere, sich nachlässig haltende Mann trug einen blonden Spitzbart. An Jahren war er nicht viel älter als sein Schüler Smith, aber durch zwei wesentliche Umstände, das heißt infolge seines europäischen Rufes und seiner Glatze, war er um Jahrhunderte älter.

›Ganz gegen jede Regel bin ich zu dieser unmöglichen Stunde gekommen‹, sagte Smith, der weiter nichts in die Augen Fallendes hatte, als daß er wie ein großer Mann erschien, der sich klein zu machen versuchte, ›weil ich zu der Überzeugung gekommen bin, daß das Leben wirklich zu widerlich ist. Ich kenne alle Argumente der Philosophen, die anders denken . . . Bischöfe und Agnostiker und aller Art Leute. Und da ich wußte, daß Sie die größte lebende Autorität unter den pessimistischen Denkern sind . . .‹

›Alle Denker‹, sagte Eames, ›sind pessimistische Denker.‹

Nach einer kleinen Pause, die nicht die erste war – denn in dieser nichts weniger als erheiternden Unterhaltung, die schon einige Stunden dauerte, wechselte Zynismus mit Schweigen –, fuhr der Kustos mit seiner Miene müder Geistreichheit fort: ›Alles ist nur eine Frage falscher Berechnung. Die Motte fliegt in die Kerze, weil sie zufällig nicht weiß, daß alles nur Schein ist. Die Wespe kriecht in die Marmelade und macht herzhafte und hoffnungsfreudige Anstrengungen, die Marmelade in sich aufzunehmen. In derselben Weise wollen die Ungebildeten das Leben genießen, geradeso wie sie Schnaps genießen – weil sie zu dumm sind, einzusehen, daß sie einen zu hohen Preis für diesen Genuß bezahlen. Daß sie nie das Glück finden – daß sie nicht einmal wissen, was sie tun müssen, um es zu suchen –, beweisen die lähmende Ungeschicklichkeit und Häßlichkeit aller ihrer Handlungen. Ihre schreienden Farben sind Schmerzensschreie. Sehen Sie sich nur die Backsteinhäuser hinter dem College auf dieser Seite des Flusses an. Dort ist eins mit betupften Gardinen. Sehen Sie es sich an! Sehen Sie es sich nur an!‹

›Natürlich‹, meinte er verträumt, ›gibt es Menschen, wenn auch nur sehr wenige, die die Wirklichkeit nüchtern von weitem schon sehen – sie verlieren den Verstand. Ist Ihnen aufgefallen, daß Verrückte meistens etwas zu vernichten suchen oder (wenn sie nachdenklicher Natur sind) sich selbst vernichten? Der Verrückte ist der Mann hinter der Bühne, wie der Mann, der hinter den Kulissen eines Theaters umhergeht. Er hat nur die falsche Tür geöffnet und ist doch an den richtigen Platz gekommen. Er sieht die Dinge vom rechten Winkel, aber die gewöhnliche Welt . . .‹

›Zum Henker mit der Welt!‹ sagte der verdrießliche Smith und schlug in lässiger Verzweiflung mit der Faust auf den Tisch. ›Sie meinen wohl, wie das Sprichwort sagt: man muß einen Hund hängen, wenn er erst einen schlechten Ruf hat, so müßte man auch der Welt erst einen schlechten Ruf machen, bevor sie zum Henker geht‹, meinte der Professor ruhig. ›Ein tollwütiger Hund würde wahrscheinlich um sein Leben kämpfen, während wir ihn töten, aber wenn wir gütig wären, würden wir ihn trotzdem töten. Ebenso würde ein allwissender Gott uns von unserem Erdenleid befreien. Er würde uns totschlagen.‹

›Warum schlägt er uns denn nicht tot?‹ fragte der Student zerstreut und steckte die Hände in die Taschen.

›Er ist selbst tot‹, meinte der Philosoph; ›darum eben ist er so beneidenswert.‹

›Für jeden denkenden Menschen‹, fuhr Eames fort, ›sind die trivialen und bald fade werdenden Freuden des Lebens nur Köder, um uns in eine Folterkammer zu locken. Wir sehen alle ein, daß für jeden denkenden Menschen das einfache Auslöschen das . . . Was machen Sie da? Sind Sie verrückt? Legen Sie das Ding fort.‹

Dr. Eames hatte seinen müden, aber noch gesprächigen Kopf zur Seite gewandt und sah zu seinem Erstaunen in ein kleines rundes, schwarzes Loch, umrahmt von einem sechskantigen kleinen Stahlreifen mit einer Eisenspitze, die oben in die Höhe ragte. Dieses Loch fixierte ihn wie ein eisernes Auge. Während eines jener Augenblicke, die wie eine Ewigkeit erscheinen, und in denen die Vernunft betäubt ist, wußte er nicht einmal, was es war. Dann sah er dahinter den Lauf und den aufgerichteten Schlaghammer eines Revolvers und hinter diesem das gerötete und ziemlich schwerfällige Gesicht von Smith, das anscheinend ganz unverändert war und sogar noch milder als vorher aussah.

›Ich werde Sie schon aus Ihrer Klemme befreien, alter Junge‹, sagte Smith mit rauher Zärtlichkeit. ›Ich werde das Hündchen von seinem Erdenleid erlösen.‹

›Haben Sie die Absicht, mich zu töten?‹ rief Emerson Eames, während er nach dem Fenster zurückwich.

›Ich täte es nicht für jeden‹ sagte Smith bewegt, ›aber Sie und ich sind heute nacht so vertraut miteinander geworden, ich weiß nicht, warum. Ich kenne jetzt allen Ihren Kummer und auch die einzige Abhilfe, alter Bursche.‹

›Legen Sie das Ding fort!‹ schrie der Kustos.

›Es wird ja bald vorüber sein‹, sagte Smith mit der Miene eines teilnahmsvollen Zahnarztes. Und als der Kustos nach dem Fenster und dem Balkon stürzte, folgte ihm sein Wohltäter festen Schrittes und mit mitleidsvollem Ausdruck.

Beide Männer waren vielleicht überrascht, als sie das grauweiße Licht sahen, das der Morgendämmerung vorangeht. Der eine war jedoch zu sehr von anderen Gefühlen erfüllt, um Erstaunen zu empfinden. Das Brakespeare College war eines der wenigen Universitätsgebäude, das noch wahre Spuren gotischer Ornamente aufwies, und gerade unter Dr. Eames' Balkon war etwas, was vielleicht einst ein Schwebebogen gewesen war; die formlosen Gestalten grauer Tiere und Teufel waren darauf noch sichtbar, wenn auch durch Moos und Regen fast unkenntlich geworden. Mit einem ungeschickten, aber äußerst mutigen Satz war Eames auf diese antike Brücke gesprungen, weil er darin die einzige Möglichkeit sah, dem Wahnsinnigen zu entrinnen. Rittlings saß er darauf, noch in seiner akademischen Robe; seine langen, dünnen Beine baumelten herab, und er überlegte, welche weiteren Fluchtmöglichkeiten sich ihm noch böten. Sowohl unter als auch über ihm rief das immer weißer werdende Tageslicht jenen Eindruck vertikaler Unendlichkeit hervor, die schon an den kleinen Seen um Brakespeare herum bemerkt wurde. Als die beiden Männer hinunterblickten und in den Teichen die umgekehrten Türme und Schornsteine sahen, fühlten sie sich allein im Weltenraum. Es war ihnen zumute, als spähten sie über den Rand des Nordpols und sähen den Südpol unter sich.

›Zum Henker mit der Welt, sagten wir‹, bemerkte Smith, ›und der Henker holt sie. Er hänget die Erde an nichts, sagt die Bibel. Gefällt es Ihnen, an nichts gehängt zu werden? Ich für mein Teil werde schon an etwas gehängt werden, denn ich werde Ihretwegen aufgebaumelt werden . . . liebe vertraute alte Redensart‹, murmelte er, ›niemals so wahr, wie in diesem Augenblick. Ich werde für Sie baumeln, für Sie, lieber Freund, um Ihretwillen. Auf Ihren ausdrücklichen Wunsch.‹

›Hilfe!‹ schrie der Kustos von Brakespeare College. ›Hilfe!‹

›Der kleine Hund sträubt sich‹, sagte der Student mit mitleidsvollem Blick, ›der arme kleine Hund sträubt sich. Wie gut ist es, daß ich weiser und gütiger bin als er‹, und er legte seine Waffe so an, daß er genau nach dem oberen Teil von Eames kahlem Kopf zielte.

›Smith‹, sagte der Philosoph, den plötzlich eine Art grauenhafter Klarheit gepackt zu haben schien, ›ich verliere den Verstand.‹

›Dann werden Sie die Dinge von dem richtigen Gesichtspunkt aus betrachten‹, bemerkte Smith mit sanftem Seufzer. ›Ach, aber Wahnsinn ist im besten Fall nur ein Linderungsmittel, ein Betäubungsmittel. Die einzig wahre Abhilfe ist eine Operation . . . eine Operation, die immer erfolgreich ist: der Tod.‹

Als er so sprach, ging die Sonne auf. Mit der Geschwindigkeit eines Schnellmalers schien sie alles in Farbe zu tauchen. Eine Schar kleiner Wölkchen, die über den Himmel schwebte, verwandelte sich von Taubengrau in Rosa. Überall in der kleinen Universitätsstadt nahmen die Dächer der Gebäude andere Tönungen an; hier hob die Sonne die grüne Glasur eines Turmes hervor, dort die scharlachroten Ziegel einer Villa; hier die Kupferornamente eines Kunstladens und dort den meerblauen Schiefer irgendeines alten und steilen Kirchendaches. Jede dieser farbensatten Bekrönungen schien etwas sonderbar Individuelles und Bedeutsames an sich zu haben, so wie von berühmten Rittern der Helmschmuck, der in einem Festzug oder auf einem Schlachtfeld die Blicke fesselt: Jedes einzelne fiel ins Auge, besonders fielen sie in das rollende Auge von Emerson Eames, als er an jenem Morgen, den er als seinen letzten ansah, um sich schaute. Durch eine Ritze zwischen einer schwarzen, aus Holz erbauten Kneipe und einem großen, grauen Universitätsgebäude konnte er eine Uhr sehen, deren Zeiger von der Sonne in Flammen gehüllt wurden. Wie hypnotisiert starrte er darauf, und plötzlich begann die Uhr zu schlagen, als wenn sie ihm antwortete. Wie auf ein Signal nahm eine nach der anderen den Ruf auf: Alle Kirchen erwachten gleich Hühnern beim Hahnenschrei. Die Vögel lärmten bereits in den Bäumen hinter Brakespeare College. Die Sonne stieg höher, und auf ihrem Wege nahm sie so gewaltig an Pracht zu, daß der weite Himmel diese Pracht kaum fassen zu können schien, und die seichten Wasser darunter waren gleichsam golden und überfließend und tief genug für den Durst der Götter. Gerade hinter der Universität, und von seinem erhöhten und unsicheren Platz aus sichtbar, waren die leuchtendsten Flecke in jener farbenfreudigen Landschaft – die Villa mit den betupften Gardinen, welche er zum Thema seines Vortrags in dieser Nacht gemacht hatte. Zum ersten Male fragte er sich, wer wohl dahinter wohnen mochte.

Plötzlich rief er in jenem mürrischen, befehlenden Ton, den er anwandte, wenn er einen Studenten aufforderte, die Tür zu schließen:

›Lassen Sie mich hier herunter! Ich kann es nicht aushalten.‹

›Ich glaube, der Pfeiler wird Sie nicht aushalten‹, sagte Smith zweifelnd, ›aber bevor Sie sich den Hals brechen oder ich Ihnen eine Kugel durch den Kopf schieße oder Sie in dieses Zimmer zurücklasse (über diese verwickelten Punkte bin ich mir noch nicht einig), möchte ich den metaphysischen Punkt aufklären. Verstehe ich recht, daß Sie ins Leben zurückzukehren wünschen?‹

›Ich würde alles in der Welt dafür hergeben, um zurückzugelangen‹, erwiderte der unglückliche Professor.

›Alles dafür hergeben!‹ rief Smith, ›dann sollen Sie uns für Ihre unerhörte Frechheit ein Lied geben!‹

›Was meinen Sie?‹ fragte der verzweifelte Eames, ›was für ein Lied?‹

›Ein Kirchenlied würde, meine ich, das Geeignetste sein‹, antwortete der andere ernst. ›Ich werde Sie befreien, wenn Sie mir folgende Worte nachsagen:

Gepriesen sei die Gnade fort und fort,
Die mich durchs Leben leitete so lind,
Und jetzt mich bannt an diesen sonderbaren Ort,
Ein glücklich frohes, braves Britenkind.‹

Nachdem Dr. Emerson Eames schnell diesen Wunsch erfüllt hatte, befahl ihm sein Quälgeist, die Hände hochzuhalten. Da er dieses Verlangen unklar mit der üblichen Forderung von Banditen und Straßenräubern in Zusammenhang brachte, hielt Herr Eames die Hände hoch, sehr steif und ohne besonderes Erstaunen an den Tag zu legen. Ein Vogel, der sich auf den Steinsitz des Professors herabließ, beachtete ihn so wenig, als wäre er eine komische Statue.

›Sie halten jetzt einen Gottesdienst ab‹, bemerkte Smith streng, ›und ich lasse Sie nicht eher los, als bis Sie Gott für alles gedankt haben, selbst für die Enten auf dem Teich.‹

Der berühmte Pessimist drückte undeutlich seine vollkommene Bereitwilligkeit aus, Gott für die Enten auf dem Teich zu danken.

›Und nicht die Enteriche vergessen‹, erklärte Smith unnachgiebig. (Eames bewilligte mit schwacher Stimme die Enteriche.) ›Vergessen Sie nichts. Sie sollen Ihrem Schöpfer danken für die Kirchen, für die Kapellen, für die Häuser, für das Volk, für die Pfützen, Pfannen, Töpfe, Holzstückchen, Lumpen, Knochen und betupften Gardinen.‹

›Jawohl, jawohl‹, beteuerte das verzweifelte Opfer, ›Holzstückchen und Lumpen und Knochen und Gardinen.‹

›Betupfte Gardinen, denke ich, sagen wir‹, bemerkte Smith verschmitzt, aber unbarmherzig und schwenkte den Pistolenlauf vor ihm wie einen langen Metallfinger.

›Betupfte Gardinen‹, sagte Emerson Eames schwach.

›Mehr können Sie nicht tun‹, gab der jüngere Mann zu, ›und nun will ich Ihnen zum Schluß nur folgendes sagen. Wären Sie wirklich das, was Sie zu sein vorgeben, so begreife ich nicht, was es irgendeiner Schnecke oder einem Cherub ausmachen sollte, wenn Sie sich hier den gottlosen, starren Nacken brächen oder Ihr jämmerliches, teufelanbetendes Gehirn auf den Steinen zerschellten. Aber den strikten biographischen Tatsachen nach sind Sie ein guter Kerl, der nur geneigt ist, Blödsinn zu reden, und ich liebe Sie wie einen Bruder. Ich werde daher nur alle meine Patronen um Ihren Kopf herum abfeuern, aber ohne Ihnen ein Haar zu krümmen (ich bin ein guter Schütze, dieses zu erfahren, wird sie sicher erfreuen), und dann werden wir hineingehen und zusammen frühstücken.‹

Er feuerte zwei Schüsse in die Luft; der Professor ertrug es mit erstaunlichem Mut und sagte dann: ›Aber verschießen Sie nicht alle Ihre Patronen.‹

›Warum nicht?‹ fragte der andere vergnügt.

›Behalten Sie sie‹, erwiderte sein Gefährte, ›für den nächsten

Mann, dem Sie begegnen und der dieselben Reden führt wie wir vorhin.‹

In diesem Augenblick sah Smith herunter und bemerkte das vor Entsetzen dunkelrote Gesicht des Unterkustos und hörte den vornehmen Schrei, mit welchem er den Pförtner mit der Leiter herbeirief.

Dr. Eames brauchte einige Zeit, um sich von der Leiter loszumachen, und noch längere Zeit, um sich von dem Unterkustos zu befreien. Aber sobald er es unauffällig tun konnte, suchte er den Gefährten der soeben erlebten merkwürdigen Szene auf. Zu seinem Erstaunen fand er den riesigen Smith ganz zusammengebrochen am Tisch sitzend, den struppigen Kopf in die Hände gestützt. Als Eames ihn anredete, erhob er den Kopf, und sein Gesicht war leichenblaß.

›Nun, was ist denn los?‹ fragte Eames, dessen eigene Nerven unterdessen wie die Morgenvögel sich ruhig gezwitschert hatten.

›Ich muß Sie um Nachsicht bitten‹, sagte Smith ganz vernichtet. ›Ich muß Sie bitten, sich klarzumachen, daß ich soeben dem Tode entronnen bin.‹

›Sie sind dem Tode entronnen?‹ wiederholte der Professor mit verzeihlicher Gereiztheit. ›Na aber, eine solche Frechheit ...‹

›Ach, verstehen Sie denn nicht, verstehen Sie denn nicht?‹ rief der bleiche junge Mann ungeduldig. ›Ich mußte es tun, Eames. Ich mußte beweisen, daß Sie unrecht hatten, oder sterben. Jeder junge Mensch hat jemand, der für ihn das Höchste an Klugheit bedeutet, ... jemand, der alles weiß, wenn es überhaupt jemand gibt, der alles weiß. Nun, das waren Sie für mich; Sie sprachen mit Autorität und nicht ›wie die Schriftgelehrten‹. Niemand konnte mich trösten, wenn Sie sagen, es gäbe keinen Trost. Wenn Sie wirklich dachten, alles sei nichtig, so war es, weil Sie sich Beweise dafür verschafft hatten. Begreifen Sie also, es blieb mir nichts anderes übrig, als zu beweisen, daß es Ihrer innersten Überzeugung nicht entsprach – oder mich in den Kanal zu werfen!‹

›Nun‹, meinte Eames zögernd, ›vielleicht verwechseln Sie ...‹

›Ach, sagen Sie doch so etwas nicht!‹ rief Smith mit dem plötzlichen Scharfblick eines seelisch Leidenden; ›sagen Sie mir nicht, daß ich Freude am Leben mit dem Willen zum Leben verwechsle! Was ich in Ihren Augen leuchten sah, als Sie auf jener Brücke zappelten, war die Freude am Leben und nicht der Wille zum Leben. Als Sie auf jenem verdammten

Wasserspeier saßen, wußten Sie, daß die Welt, im Grunde genommen, doch wunderbar und schön ist, ich weiß es, weil ich es im selben Augenblick auch erkannte. Ich sah die grauen Wölkchen rosa werden und die kleine vergoldete Uhr in der Ritze zwischen den Häusern. Es waren jene Dinge, die Sie so ungern verlassen hätten, nicht das Leben, wenigstens nicht das, was man unter Leben versteht. Eames, wir sind zusammen am Rande des Todes gewesen, wollen Sie nicht zugeben, daß ich recht habe?‹

›Ja‹, sagte Eames sehr langsam, ›ich glaube, Sie haben recht. Sie sollen Ihr Examen mit Eins bestehen!‹

›Recht!‹ rief Smith und sprang wie neugeboren auf. ›Ich habe mein Examen mit Auszeichnungen bestanden, und nun lassen Sie mich gehen und alles anordnen, daß ich verwiesen werde.‹

›Sie brauchen nicht verwiesen zu werden‹, sagte Eames mit der ruhigen Zuversicht eines Menschen, der zwölf Jahre Intrigen kennt.

›Bei uns hat der Mann an der Spitze großen Einfluß auf die Leute, die gerade um ihn herum sind: Ich bin der Mann an der Spitze, und ich werde den Leuten um mich herum die Wahrheit sagen.‹

Der riesige Herr Smith stand auf und ging langsam an das Fenster, aber er sprach mit derselben Festigkeit. ›Ich muß verwiesen werden, und den Leuten darf die Wahrheit nicht gesagt werden.‹

›Und warum nicht?‹ fragte der andere.

›Weil ich beabsichtige, Ihrem Rat zu folgen‹, antwortete der riesige Jüngling, in tiefgründige Gedanken versunken. ›Ich beabsichtige, die übrigen Patronen für Leute aufzubewahren, die in demselben schändlichen Zustand sind, in dem Sie und ich in der letzten Nacht waren – ich wünschte, wir könnten zu unserer Entschuldigung Betrunkenheit angeben. Ich beabsichtige, diese Kugel für Pessimisten aufzubewahren – Pillen für Bleichsüchtige. Und so will ich durch die Welt wandern, wie eine wunderbare Überraschung – so ziellos schweben wie Distelwolle und so lautlos kommen wie der Sonnenaufgang, ebensowenig erwartet werden wie der Donnerkeil, und ebensowenig soll man mich zurückrufen können wie eine hinsterbende Brise. Ich möchte nicht, daß die Leute mich schon im voraus erwarten wie einen bekannten Schabernackspieler. Ich möchte, daß meine beiden Gaben – der Tod und das Leben nach dem Tode – jungfräulich und ungestüm kommen. Ich werde eine Pistole an den

Kopf des modernen Mannes halten. Aber ich will sie nicht benutzen, um ihn zu töten – sondern nur, um ihm das Leben zu bringen. Ich fange schon an, eine neue Bedeutung darin zu sehen, das Skelett beim Festmahl zu sein.‹

›Man könnte Sie kaum ein Skelett nennen‹, sagte Dr. Eames lächelnd.

›Das kommt daher, weil ich bei so vielen Festmahlen gewesen bin‹, antwortete der Riesenjüngling. ›Kein Skelett kann seine schlanke Figur beibehalten, wenn es immerfort zu Diners eingeladen wird. Aber das ist es eigentlich nicht, was ich sagen wollte: ich meinte, daß ich einen flüchtigen Blick von der Bedeutung des Todes und allem, was dazu gehört, erhalten habe – von dem Totenschädel – dem memento mori. Diese Dinge sollen uns nicht nur an ein künftiges Leben erinnern, sondern auch an ein gegenwärtiges. In der Ewigkeit würden wir mit unserem schwachen Geist alt werden, wenn der Tod uns nicht jung erhielte. Die Vorsehung hat uns die Unsterblichkeit in Stückchen zerteilt, so wie Kinderpflegerinnen Butterbrot in Stückchen schneiden.‹

Dann fügte er mit einer Stimme hinzu, die plötzlich unnatürlich sachlich klang: ›Aber ich weiß jetzt etwas, Eames. Ich wußte es, als die Wolken rosig wurden.‹

›Was meinen Sie?‹ fragte Eames. ›Was wußten Sie?‹

›Ich wußte zum erstenmal, daß Mord wirklich unrecht ist.‹

Er ergriff Dr. Eames' Hand und tastete sich etwas unsicher zur Tür. Bevor er ganz aus dem Zimmer verschwand, fügte er hinzu: ›Es ist doch sehr gefährlich, wenn ein Mann, und sei es auch nur für den Bruchteil einer Sekunde, denkt, daß er den Tod versteht.‹

Dr. Eames blieb einige Stunden, nachdem sein Angreifer von vorhin ihn verlassen hatte, unbeweglich und nachdenklich. Dann stand er auf, nahm Hut und Stock und ging fort, um einen Dauerlauf zu machen, wenn er auch dabei immer im Kreise umherlief. Mehrere Male jedoch blieb er vor der Villa mit den betupften Gardinen stehen und betrachtete sie genau, den Kopf leicht zur Seite geneigt. Einige Vorübergehende hielten ihn für einen Verrückten, andere für jemand, der die Villa zu kaufen beabsichtige. Er ist sich noch nicht ganz sicher, ob das eine das andere ausschließt.

Die obige Erzählung ist nach einem Prinzip verfaßt worden, das nach Meinung der Unterzeichneten neuartig in der Literatur ist. Jeder der beiden Handelnden ist beschrieben, wie ihn

der andere sah. Aber die Unterzeichneten garantieren absolut
für die Richtigkeit der Erzählung, und wenn ihre Version des
Vorgefallenen angezweifelt wird, so möchten die Unterzeichneten zum Teufel noch einmal wissen, wer darüber Bescheid
weiß, wenn sie es nicht wissen.

Die Unterzeichneten werden sich jetzt nach dem ›Gefleckten
Hund‹ begeben, um etwas Bier zu trinken. Auf Wiedersehen!
(Unterzeichnet)

James Emerson Eames,
Kustos des Brakespeare College, Cambridge
Innozenz Smith.«

Die beiden Hilfsgeistlichen
oder die Anklage wegen Einbruchs

Artur Inglewood reichte das Dokument, das er soeben gelesen
hatte, den Klägern, welche die Köpfe zusammensteckten, um
es zu prüfen. Sowohl der Jude wie auch der Amerikaner ent-
stammten einer sensitiven, leicht erregbaren Rasse, und sie verrieten durch das Schütteln und Wackeln des schwarzen und des
gelben Kopfes, daß es keine Möglichkeit gab, das Dokument
für ungültig zu erklären. Das Schreiben des Kustos war ebenso
authentisch wie das des Unterkustos, wenngleich zwischen beiden Briefen ein bedauerlicher Unterschied in der Würde und in
dem gesellschaftlichen Ton lag.

»Sehr wenig Worte«, sagte Inglewood, »sind vonnöten, um unsere Verteidigung zu beschließen. Es muß jetzt jedem klar sein,
daß unser Klient seine Pistole nur mit der exzentrischen, aber
unschuldigen Absicht bei sich trug, um denen, die er für Spötter
hielt, einen heilsamen Schreck einzujagen. In jedem Fall war
der Schreck so heilsam, daß das betreffende Opfer stets diesen
Tag als den Anfang eines neuen Lebens ansah. Weit davon entfernt, ein Wahnsinniger zu sein, ist Smith eher ein Irrenarzt zu
nennen – einer, der durch die Welt geht und Wahnsinnsausbrü-
che heilt, aber sie nicht herbeiführt. Das ist die Antwort auf
die beiden nicht zu beantwortenden Fragen, die ich den Klägern stellte. Deshalb wagten sie nicht, von irgendeinem Menschen, der tatsächlich der Pistole gegenübergestanden hatte,
eine einzige Zeile herbeizuschaffen. Alle diejenigen, die ihr tatsächlich gegenübergestanden hatten, gaben zu, daß es für sie
von Vorteil gewesen sei. Darum hat auch Smith, obwohl er ein

guter Schütze ist, nie jemand getroffen. Er traf niemand, gerade weil er ein guter Schütze ist. Seine Gedanken waren so rein von Mordabsichten wie seine Hände von Blut. Ich wiederhole, das ist die einzig mögliche Erklärung dieser und aller anderen Geschehnisse. Niemand kann das Benehmen des Kustos erklären, wenn er seiner Erzählung nicht Glauben schenkt. Sogar Dr. Pym, der die reine Fabrik von Spitzfindigkeiten ist, konnte keine andere Erklärung für diesen Fall finden.«

»Die Hypnose und das Führen eines Doppellebens bieten verheißungsvolle Perspektiven«, sagte Dr. Cyrus Pym verträumt, »die Wissenschaft der Kriminalpsychologie ist in ihrer Kindheit, und . . .«

»Kindheit!« rief Moon und streckte seinen roten Bleistift plötzlich in die Luft, als hätte er eine Erleuchtung, »nun, das erklärt alles!«

»Ich wiederhole«, fuhr Inglewood fort, »weder Dr. Pym noch sonst jemand kann eine andere Erklärung als die unsere für die Unterschrift des Kustos, für die fehlgegangenen Schüsse und für das Fehlen der Zeugen geben.«

Der kleine Yankee war aufgesprungen, und sein Wesen drückte wiederkehrende kampflustige Kaltblütigkeit aus. »Die Verteidigung«, rief er, »übergeht eine höchst bedeutsame Tatsache. Sie sagt, wir schafften keines der wirklichen Opfer herbei. Doch haben wir hier eines: Englands berühmten und zu Boden gestreckten Warner. Von dem kann man doch nicht sagen, daß er nicht vorhanden sei. Und die Verteidigung behauptet, auf alle die Gewalttätigkeiten sei eine Versöhnung erfolgt. Nun, daß Englands Warner hier anwesend ist, kann wohl nicht bezweifelt werden, und er ist nichts weniger als versöhnt.«

»Mein gelehrter Freund«, sagte Moon, während er langsam und gewichtig aufstand, »darf nicht vergessen, daß die Wissenschaft des Schießens auf Dr. Warner sich noch in ihrer Kindheit befindet. Selbst dem unaufmerksamsten Beobachter würde es einleuchten, daß es besonders schwierig sein dürfte, einem Menschen wie Dr. Warner die Herrlichkeit Gottes durch einen Schreck klarzumachen. Wir geben zu, es ist unserem Klienten in diesem einen Fall nicht gelungen, die Operation war nicht erfolgreich. Aber ich bin von meinem Klienten ermächtigt worden, Dr. Warner das Angebot zu machen, eine zweite Operation an sich vornehmen zu lassen, und zwar sobald es Dr. Warner paßt und ohne weitere Honorarberechnung.«

»Verdammt noch einmal, Michael«, rief Gould, zum erstenmal

in seinem Leben ganz ernst, »Sie könnten uns wirklich endlich einmal zur Abwechslung etwas sagen, was Sinn hat.«

»Wovon sprach gerade Dr. Warner, als der erste Schuß fiel?« fragte Moon schroff.

»Der Kerl«, sagte Dr. Warner hochmütig, »fragte mich mit dem für ihn charakteristischen Denkvermögen, ob heute mein Geburtstag sei.«

»Und Sie antworteten mit der für Sie charakteristischen Blasiertheit«, entgegnete Moon und schnellte einen langen, mageren Finger so starr und einhaltgebietend in die Luft, wie Smith seine Pistole, »daß Sie Ihren Geburtstag nicht feierten.«

»So etwas Ähnliches«, meinte der Doktor.

»Dann«, fuhr Moon fort, »fragte er, warum Sie es nicht täten, und Sie erwiderten, weil Sie in der Geburt keinen Grund sähen, sich zu freuen. Stimmt das? Ist jemand hier, der an der Wahrheit unserer Erzählung zweifelt?«

Eine eisige Stille herrschte im Zimmer, und Moon sagte: »›Pax populi vox Dei‹; Volkes Schweigen ist Gottes Stimme. Oder in Dr. Pyms zivilisierter Sprache, es käme ihm zu, den nächsten Punkt der Klage zu erörtern. Hier fordern wir einen Freispruch.«

Es war ungefähr eine Stunde später. Dr. Cyrus Pym hatte ungewöhnlich lange mit geschlossenen Augen verharrt und den Zeigefinger und Daumen in die Luft gestreckt. Fast schien es, als ob – wie in dem Ammenmärchen – gerade die Uhr geschlagen hätte, während er diese Stellung einnahm, und er nun sein ganzes Leben in dieser Haltung verharren müßte. In dieser Totenstille fühlte sich Michael Moon veranlaßt, den Bann durch irgendeine Bemerkung zu brechen. Seit der letzten halben Stunde oder noch länger hatte der angesehene Kriminalpsychologe auseinandergesetzt, daß die Wissenschaft stets denselben Standpunkt einnähme: ganz gleich, ob es sich um Vergehen gegen das Eigentumsrecht handle oder um das Trachten nach dem Leben eines Mitmenschen. »Fast jeder Mord«, hatte er gesagt, »ist eine Variation der krankhaften Sucht zu morden, so wie auch fast jeder Diebstahl eine Version von Kleptomanie ist. Ich stimme zweifellos mit meinen gelehrten Kollegen von der Verteidigung in der Ansicht überein, daß diese Auffassung notwendigerweise eine tolerantere und menschlichere Bestrafungsmethode mit sich bringen muß als jene grausame, wie sie die alten Strafgesetzbücher vorschreiben. Zweifellos werden die Herren das Bewußtsein einer gähnenden Kluft haben, die ganz gewaltig, alle Gedanken fesselnd, ja ...« Hier hatte der Redner innegehalten und sich jene vornehme Geste geleistet, auf die wir schon angespielt haben, und Michael konnte es nicht länger ertragen.

»Jaja«, sagte er ungeduldig, »die Kluft wollen wir Ihnen schon lassen. Die alten, grausamen Strafgesetzbücher klagten einen Mann des Diebstahls an und steckten ihn zehn Jahre ins Gefängnis. Der tolerante und menschliche Mann von heute klagt ihn um nichts an und sperrt ihn dafür lebenslänglich ein. Die Kluft ist also einstimmig angenommen.«

Wenn sich der berühmte Pym in einer seiner Wortschwallekstasen befand, so pflegte er in seiner Rede fortzufahren, ohne sich seiner Pausen oder der Unterbrechung des Gegners bewußt zu sein.

»... ja, fortschrittlich«, fuhr Dr. Pym fort, »und von hohen Hoffnungen für die Zukunft erfüllt ist. Die Wissenschaft betrachtet daher sowohl Diebe wie auch Mörder im abstrakten Sinne nicht als Sünder, die man für eine willkürlich festgesetzte Zeit bestrafen muß, sondern als Patienten, die unter Aufsicht gehalten und gepflegt werden müssen, und zwar« (seine beiden ersten Finger schlossen sich wieder zu der bekannten Geste, während er zögerte), »und zwar für den erforderlichen Zeitraum. Aber der vorliegende Fall ist ein ganz spezieller. Kleptomanie ist meistens verknüpft mit ...«

»Ich bitte um Entschuldigung«, sagte Michael, »aber vorhin wollte ich meine Frage nicht stellen, weil ich, offen gestanden, dachte, daß Dr. Pym, obwohl er sich anscheinend in einer vertikalen Lage befindet, in Wirklichkeit einen wohlverdienten Schlummer genießen wird, während er eine Prise duftlosen und zarten Staubes in seinen Fingern hält. Aber jetzt, wo etwas Bewegung in die Angelegenheit gekommen zu sein scheint, möchte ich gern etwas wissen. Ich habe an Dr. Pyms Lippen gehangen, natürlich mit einem Interesse, für das der Ausdruck ›Begeisterung‹ eine zu schwache Bezeichnung wäre, aber bisher bin ich nicht imstande gewesen, eine Vermutung anzustellen über das, was der Angeklagte in dem gegenwärtigen Fall verbrochen haben soll.«

»Wenn Herr Moon sich etwas gedulden will«, sagte Pym würdevoll, »wird er sehen, daß es gerade diese Frage ist, auf die ich näher eingehen wollte. Kleptomanie, wiederhole ich, ist eine Art physischer Anziehung, die gewisse genau begrenzte Gegenstände auf den Betreffenden ausüben, und es ist festgestellt worden (von keinem Geringeren als Harris), daß diese Tatsache die endgültige Erklärung ist für das strenge Spezialistentum und den sehr eng begrenzten beruflichen Standpunkt der meisten Verbrecher. Der eine wird sich physisch unwiderstehlich von Perlen-Manschettenknöpfen angezogen fühlen, während er an den elegantesten und kostbarsten Brillant-Manschettenknöpfen, die ihm greifbar nahe liegen, vorbeigehen wird. Ein anderer wird seine Flucht durch siebenundvierzig Paar Knöpfstiefel behindern, während Gummizugstiefel ihn kalt lassen und sogar seinen Sarkasmus erregen. Das Spezialistentum des Verbrechers, wiederhole ich, ist eher ein Zeichen des Wahnsinns als der Geschäftstüchtigkeit. Aber es gibt manche Diebe, bei denen man diese Theorie auf den ersten Blick schwer anwenden kann. Und dazu gehört, meine ich, unser Mitbürger, der Einbrecher.

Es ist von einigen unserer kühnsten jungen Wahrheitssucher behauptet worden, das Auge eines Einbrechers hinter der Gartenmauer könnte kaum durch eine silberne Gabel gefesselt und hypnotisiert werden, die sich in einem verschlossenen Kasten unter des Hausdieners Bett befindet. Der amerikanischen Wissenschaft hat man über diesen Punkt den Fehdehandschuh hingeworfen. Man behauptet, daß Brillant-Manschettenknöpfe niemals in greifbarer Nähe dort umherlägen, wo sich die niedrigeren Klassen aufhalten, so wie das Calypso College sie bei seinem berühmten Experiment hinlegte. Wir hoffen, dieses Experiment wird die Antwort auf jene stürmische Aufforderung der Jugend sein und auch den Einbrecher wieder in dieselbe Kategorie bringen wie seine Mitverbrecher.«

Moon, über dessen Gesicht seit fünf Minuten alle Phasen tiefster Verwunderung gegangen waren, erhob plötzlich die Hand und ließ sie dann in einer Explosion der Erleuchtung auf den Tisch fallen.

»Ach, jetzt verstehe ich!« rief er. »Sie wollen sagen, daß Smith ein Einbrecher ist.«

»Ich dächte, ich hätte es hinreichend klargemacht«, sagte Pym und ließ die Augenlider wieder fallen. Es war typisch für dieses verdrehte Privatverhör, daß alle die beredten Überflüssigkeiten, die ganze Rhetorik sowie die Abschweifungen beider Parteien nur aufreizend und unverständlich auf die Gegenpartei wirkten. Moon konnte nicht aus der Feierlichkeit einer neuen Zivilisation klug werden, Pym hingegen konnte nicht aus der Ungezwungenheit einer alten Welt klug werden.

»Alle die Fälle, in welchen Smith als Enteigner auftrat«, fuhr der amerikanische Doktor fort, »sind Einbruchsfälle. Da wir dieselbe Politik wie in dem vorangegangenen Fall verfolgen, greifen wir ein unanfechtbares Beispiel aus den übrigen heraus und nehmen ein unantastbares, einwandfreies Zeugnis. Ich will jetzt meinen Kollegen, Herrn Gould, bitten, einen Brief vorzulesen, den wir von dem ernsten, untadelhaften Kanonikus von Durham, dem Kanonikus Hawkins, empfangen haben.«

Herr Moses Gould sprang mit seiner gewöhnlichen Bereitwilligkeit auf, um den Brief von dem ernsten und untadelhaften Hawkins vorzulesen. Moses Gould konnte Tierstimmen nachahmen und auch die neuen Autohupen – diese letzteren geradezu künstlerisch –, aber seine Nachahmung eines Kanonikus von Durham war nicht überzeugend, in der Tat wurde der Sinn des Briefes durch die eigentümlichen Sprünge und Mängel seiner Aussprache so verdunkelt, daß es vielleicht ratsamer wäre, den Brief so drucken zu lassen, wie ihn Moon, als er ihm ein wenig später über den Tisch gereicht wurde, vorlas.

»Geehrter Herr! Es überrascht mich nicht, daß der von Ihnen erwähnte Zwischenfall, so privater Natur er auch war, in unsere sensationslüsternen Zeitungen durchgesickert und in das Publikum gedrungen ist, denn die höhere gesellschaftliche Stellung, die ich seitdem einnehme, hat mich, glaube ich, mehr in das Licht der Öffentlichkeit gerückt, und der in Frage kommende Vorfall war gewiß der seltsamste einer ereignisreichen und nicht gewöhnlichen Karriere. Ich bin keineswegs, wenn es sich um Aufstände der Zivilbevölkerung handelt, unerfahren. Ich habe früher manche politische Krise in dem Primrose-Verein in Herne Bay durchgemacht, und manche Nacht verbrachte ich in dem christlich-sozialen Verein. Aber dieser von Ihnen erwähnte Vorfall ist mir noch ganz unbegreiflich. Ich kann ihn nur mit einer losgelassenen Hölle vergleichen, wiewohl es sich für mich als einen Geistlichen nicht schickt, dieses Wort in den Mund zu nehmen.

Es geschah zu der Zeit, als ich vorübergehend Hilfsprediger in Huxton war, daß der zweite Hilfsgeistliche, mein damaliger Kollege, mich überredete, zu einer Versammlung zu gehen, die er als dazu angetan bezeichnete – ich muß sagen, es war eine Blasphemie –, das Reich Gottes zu fördern. Ich fand im Gegenteil, daß die Versammlung nur aus Männern bestand, die fettige Arbeitskleider trugen, sehr roh waren und reaktionäre Ansichten hatten.

Von meinem damaligen Kollegen möchte ich mit vollster Achtung und Freundlichkeit sprechen, und darum will ich ihn wenig erwähnen. Niemand kann mehr davon überzeugt sein als ich, daß Politik auf der Kanzel schädlich ist; ich gebe meiner Gemeinde in Wahlfragen nie einen Rat, ausgenommen in Fällen, bei denen ich der festen Überzeugung bin, daß ein Mitglied meiner Gemeinde sonst eine irrige Wahl treffen würde. Aber wenn ich auch nicht beabsichtige, politische oder soziale Probleme zu berühren, muß ich doch sagen, daß, wenn ein Geistlicher selbst im Scherz solchen verrufenen Geheimmitteln ausschweifender Demagogen des Sozialismus oder Radikalismus Vorschub leistet, er einen Vertrauensbruch begeht. Es sei fern von mir, ein Wort gegen den Reverend Raymond Percy, den oben erwähnten Kollegen, zu sagen. Er war wohl sehr geistreich, und auf einige Leute wirkte er anscheinend faszinierend, aber ein Pfarrer, der wie ein Sozialist spricht, Künstlerlocken trägt und sich wie ein Betrunkener gebärdet, wird es nie zu einer hohen Stellung in seinem Beruf bringen oder sich die Bewunderung der Guten und Weisen erwerben. Es kommt mir auch nicht zu, mein persönliches Urteil über das Aussehen der Leute in jenem Saal auszusprechen. Doch ein Blick enthüllte mir Reihen von niedrigen und neidischen Gesichtern . . .«

»Um eine Lieblingsredensart Seiner Hochwürden zu gebrauchen«, platzte Moon heraus, dem die Geduld zu reißen begann, »darf ich wohl sagen, daß, wenn mir auch Folterqualen nicht eine Bemerkung über seinen Verstand entreißen würden, er doch ein verdammter alter Esel ist.«

»Nun protestiere ich aber«, rief Dr. Pym.

»Sie müssen sich ruhig verhalten, Michael«, sagte Inglewood, »die andere Partei hat doch das volle Recht, ihre Geschichte vorzulesen.«

»Ich rufe den Redner zur Ordnung!« rief Gould und rutschte ausgelassen auf seinem Stuhl hin und her, und Pym warf einen Blick nach dem Baldachin, der die höchste Instanz des Gerichtshofs von Leuchtfeuer beschirmte.

»Aber wecken Sie die alte Dame nicht auf«, sagte Moon und sprach in brummiger Gutmütigkeit jetzt selbst leiser. »Ich bitte um Entschuldigung. Ich werde nicht wieder unterbrechen.«

Schon ehe sich die Unruhe über diesen Zwischenfall gelegt hatte, wurde der Brief des Pfarrers weiter vorgelesen.

»Die Versammlung wurde mit einer Ansprache meines Kollegen eröffnet, über die ich lieber schweigen möchte. Sie war entsetzlich. Eine ganze Anzahl der Zuhörer waren Irländer, und sie zeigten die Schwächen dieses impulsiven Volkes. Wenn sie sich zu Versammlungen und Verschwörungen zusammenrotten, so scheinen sie ganz und gar jene Eigenschaften zu verlieren, welche ihre Nation auszeichnen, das heißt die liebenswürdige Gutmütigkeit und Bereitwilligkeit, alles zu glauben, was man ihnen sagt.«

Michael fuhr leicht zusammen, stand auf, verbeugte sich feierlich und setzte sich wieder.

»Verhielten sich diese Zuhörer auch nicht ruhig, so spendeten sie der Rede von Dr. Percy doch wenigstens Beifall. Mit Witzen über Miete und Arbeitseinschränkung verstand er es, zu ihrem Niveau herabzusteigen. Beschlagnahme, Enteignung, Schiedsgericht und ähnliche Worte, die ich überhaupt nicht in den Mund nehmen möchte, fielen beständig. Einige Stunden darauf brach der Sturm los. Ich war mitten in meiner Rede und sprach von dem Mangel an Sparsamkeit in der Arbeiterklasse, von ihrem ungenügenden Besuch des Abendgottesdienstes, ihrem Fehlen bei dem Erntedankfest und von noch vielen anderen Dingen, die ihnen zur Verbesserung ihres Loses überaus nützlich hätten sein können. Ich glaube, ich war eben an diesem Punkt meiner Rede angelangt, als die merkwürdige Unterbrechung erfolgte. Ein riesengroßer, kräftiger Mann, der über und über mit Gips bedeckt war, stand mitten im Saal auf und machte (mit einer lauten, brüllenden Stimme wie der eines Stieres) einige Bemerkungen, die in einer fremden Sprache zu sein schienen. Herr Raymond Percy, mein Kollege, stellte sich mit ihm auf eine Stufe und ließ sich auf ein Wortgefecht mit ihm ein, in welchem er die Oberhand zu gewinnen schien. Darauf benahmen sich die Versammelten eine Weile anständiger, doch kaum hatte ich wieder angefangen zu sprechen, als ein Ansturm auf die Rednerbühne erfolgte. Allen voran stürzte der riesengroße, mit Gips beschmierte Mann auf uns zu, so daß die Erde wie von Elefantenschritten bebte, und ich weiß wirklich nicht, was geschehen wäre, wenn nicht ein Mann, der ebenso groß, aber nicht ganz so schlecht angezogen war, auch aufgesprungen wäre und ihn beiseite geschoben hätte. Dieser andere Riese brüllte der Menge etwas zu, während er sie zurückdrängte. Ich weiß nicht, was er sagte, aber nach vielem Gebrüll und Gedränge und ähnlichen Gewalttätigkeiten schob er uns zu einer Hintertür hinaus, während der Pöbel einen anderen Gang schreiend hinunterlief.

Jetzt komme ich auf den wahrlich merkwürdigen Teil meines Erlebnisses. Als er uns in einen mit dürrem Gras bewachsenen Hinterhof hinausgeschleppt hatte, von dem aus man in ein schwach beleuchtetes Gäßchen gelangte, sagte der Riese folgendes: ›Sie können froh sein, daß Sie da heil herausgekommen sind, meine Herren, jetzt ist es am besten, Sie kommen mit mir. Ich möchte, daß Sie mir bei einem Akt sozialer Gerechtigkeit helfen, und zwar handelt es sich um einen solchen Fall, wie wir ihn eben zusammen besprochen haben. Kommen Sie mit!‹ Und während er uns plötzlich den Rücken drehte, führte er uns durch das elende alte Gäßchen mit der einsamen, elenden alten Laterne, und ehe wir uns klar waren, was wir taten, folgten wir ihm. Er hatte uns sicher aus einer äußerst schwierigen Situation herausgeholfen, und als Gentleman konnte ich einem solchen Wohltäter ohne ernsten Grund nicht mit Mißtrauen begegnen. Mein sozialistischer Kollege war (trotz seiner fürchterlichen Rede über das Schiedsgericht) auch ein Gentleman, und er teilte meine Ansicht. Er stammte nämlich von den Staffordshire Percys, einem Zweig jener alten Familie, und hatte das schwarze Haar und das bleiche feingeschnittene Gesicht seiner Vorfahren. Ich kann es nur seiner Eitelkeit zuschreiben, daß er, um seine persönlichen Reize zu erhöhen, schwarzen Sammet trug oder ein rotes Kreuz, das sehr in die Augen fiel und sicher ... aber ich schweife ab.

Nebel begann die Straße einzuhüllen, und als dadurch jene letzte einsame, verlorene Laterne hinter uns verblaßte, wirkte es unleugbar deprimierend auf das Gemüt. Der große Mann vor uns schien in dem Dunst immer größer und größer zu werden. Den riesigen Rücken uns zugewandt, sagte er, ohne sich umzudrehen: ›All dieses Gerede hat keinen Sinn; was wir brauchen, ist ein wenig praktischer Sozialismus.‹

›Ich stimme ganz mit Ihnen überein‹, sagte Percy, ›aber ich erfasse die Dinge erst theoretisch, ehe ich sie in die Praxis umsetze.‹

›Ach, überlassen Sie mir nur das‹, sagte der praktische Sozialist, oder was er sonst sein mochte, mit der erschreckendsten Unklarheit. ›Ich verstehe das schon. Ich bin ein Alles-Durchdringer!‹

Ich hatte keine Ahnung, was er meinte, aber da mein Gefährte lachte, war ich hinreichend beruhigt, um diese unerklärliche Reise fürs erste fortzusetzen. Sie führte uns durch die sonderbarsten Wege; wir verließen das schon sehr enge Gäßchen und kamen in einen gepflasterten Gang, an dessen Ende wir durch ein offenstehendes Holzgitter schritten. Wir befanden uns dann in der zunehmenden Dunkelheit und dem immer dichter werdenden Nebel auf einem ausgetretenen Pfad, der durch einen Küchengarten zu führen schien. Ich rief den Riesen vor uns an, aber er murmelte nur etwas von einem kürzeren Weg.

Ich äußerte meinem kirchlichen Gefährten gegenüber gerade wieder meine sehr natürlichen Bedenken, als ich plötzlich vor einer kurzen Leiter stehenbleiben mußte, die anscheinend zu einer höhergelegenen Straße führte. Mein leichtsinniger Kollege lief die Leiter so schnell hinauf, daß mir nichts anderes übrigblieb, als ihm, so gut es ging, zu folgen. Der Pfad, auf den ich dann meine Füße setzte, war unglaublich schmal. Noch nie in meinem Leben war ich auf einer so dürftigen Straße gegangen. In der Dunkelheit und Undurchdringlichkeit der Luft hielt ich zuerst das Grün an der einen Seite für dichtes Gesträuch. Dann sah ich, daß es gar nicht Sträucher waren, sondern die Spitzen von hohen Bäumen. Ich – ein englischer Gentleman und Pfarrer der Kirche von England – ging oben auf einer Gartenmauer entlang, als wäre ich ein Kater.

Ich freue mich, sagen zu können, daß ich nach den ersten fünf Schritten stehenblieb und meiner gerechten Entrüstung die Zügel schießen ließ, während ich, so gut ich konnte, auf dieser Mauer balancierte.

›Es ist ein öffentlicher Weg‹, erklärte unser Führer. ›Er wird alle hundert Jahre für die Öffentlichkeit geschlossen.‹

›Herr Percy! Herr Percy!‹ rief ich aus, ›Sie werden doch mit diesem Schuft nicht weitergehen?‹

›Warum nicht?‹ entgegnete mein unglücklicher Kollege übermütig. ›Ich habe zwar keine Ahnung, was er ist, aber Sie und ich sind, glaube ich, größere Schufte als er.‹

›Ich bin ein Einbrecher‹, erklärte der große Kerl ganz ruhig. ›Ich bin Mitglied der Fabian-Gesellschaft. Ich hole den von den Kapitalisten gestohlenen Reichtum zurück, nicht durch aufwühlende Revolutionen, sondern durch Reformen, die jedem besonderen Fall angepaßt werden ... hier ein wenig und da ein wenig. Sehen Sie das fünfte Haus, das mit dem flachen Dach in der Straße dort? Diese Nacht will ich es durchdringen.‹

›Ob es sich hier um ein Verbrechen oder um einen Witz handelt‹, rief ich, ›ich wünsche nichts damit zu tun zu haben.‹

›Die Leiter ist gerade hinter Ihnen‹, antwortete der Kerl mit schrecklicher Höflichkeit, ›und ehe Sie gehen, gestatten Sie doch bitte, daß ich Ihnen meine Karte gebe.‹

Wenn ich die Geistesgegenwart gehabt hätte, nur ein wenig Mut zu zeigen, würde ich sie fortgeschleudert haben, obgleich jede heftige Geste mein Gleichgewicht auf der Mauer ernstlich gefährdet hätte. So aber steckte ich in der Aufregung des Augenblicks die Karte in meine Westentasche, und vorsichtig tastete ich mich die Mauer und die Leiter zurück und befand mich endlich wieder in anständigen Straßen. Jedoch nicht, bevor ich mit meinen eigenen Augen zwei furchtbare und beklagenswerte Tatsachen wahrgenommen hatte – nämlich daß der Einbrecher ein schräges Dach hinaufkletterte, dem Schornstein zu, und daß Raymond Percy, ein Priester Gottes – und was die Sache noch schlimmer macht, ein Gentleman –, ihm nachkroch. Bis auf den heutigen Tag habe ich keinen von den beiden wiedergesehen.

Infolge dieser seelenerschütternden Erfahrung löste ich meine Beziehungen zu dieser wilden Gesellschaft. Ich bin weit davon entfernt, zu behaupten, daß jedes Mitglied des Christlich-Sozialen Vereins unbedingt ein Einbrecher sein muß. Ich habe kein Recht, eine solche Behauptung aufzustellen. Aber diese Erfahrung zeigte mir, wohin solche Ansichten in vielen Fällen führen können; und ich sah die Leute nie wieder.

Ich habe nur hinzuzufügen, daß die beigelegte Photographie, die von einem Herrn Inglewood aufgenommen wurde, zweifellos das Bildnis des in Frage kommenden Einbrechers ist. Als ich in jener Nacht nach Hause kam, sah ich seine Visitenkarte an, und es stand der Name Innozenz Smith darauf.

Ihr ergebener
John Clement Hawkins.«

Nur der Form halber blickte Moon auf das Schriftstück. Er wußte, daß die Kläger ein so gewichtiges Dokument nicht erfunden haben konnten. Moses Gould (beispielsweise) war ebensowenig imstande, den Briefstil eines Kanonikus zu schreiben wie die Sprechweise eines Kanonikus nachzuahmen. Nachdem Moon das Schriftstück zurückgegeben hatte, erhob er sich und begann die Verteidigungsrede für den Einbruchsfall.

»Wir möchten«, sagte Michael, »den Klägern alle nur möglichen Erleichterungen gewähren, besonders, da es für den ganzen Gerichtshof eine Zeitersparnis bedeuten würde. Auf diesen Punkt werde ich noch einmal zurückkommen, wenn ich alle jene theoretischen Fragen, auf die Dr. Pym so viel Wert legt, erörtert habe. Ich weiß, wie sie entstehen. Meineid ist eine Art Zungenlähmung, die einen Menschen dazu verleitet, etwas ganz anderes zu sagen, als er will. Urkundenfälschung ist eine Art Schreibkrampf, die einen Mann zwingt, den Namen seines Onkels zu schreiben statt seines eigenen. Freibeuterei auf hoher See ist wahrscheinlich eine Form von Seekrankheit. Aber es ist überflüssig für uns, nach den Ursachen einer Tatsache, deren Vorhandensein wir leugnen, zu forschen. Innozenz Smith hat überhaupt keinen Einbruch begangen.

Ich möchte mich auf das bei unserem ersten Abkommen gemachte Zugeständnis berufen und an die Kläger zwei oder drei Fragen stellen.«

Dr. Cyrus Pym schloß die Augen, um eine höfliche Zustimmung anzudeuten.

»Erstens«, fuhr Moon fort, »wissen Sie das Datum des Tages, an dem der Kanonikus Hawkins zuletzt Smith und Percy auf die Mauern und Dächer klettern sah?«

»Jawohl, auch!« rief Gould prompt. »Am dreizehnten November achtzehnhunderteinundneunzig.«

»Haben Sie«, fuhr Moon fort, »die Häuser in Hoxton festgestellt, auf die sie kletterten?«

»Es muß Lady Smith' Terrasse gewesen sein, die von der Chaussee abzweigt«, ratterte Gould wieder mit der Promptheit einer aufgezogenen Uhr herunter.

»Nun«, sagte Michael und kniff zweifelnd ein Auge zu, »wurde denn in jener Nacht in der betreffenden Straße eingebrochen? Sicherlich haben Sie das feststellen können?«

»Es ist nicht ausgeschlossen, daß ein Einbruch versucht wurde«, sagte der Doktor steif, nach einer Pause, »und daß er, weil er erfolglos war, unbekannt blieb.«

»Noch eine Frage«, fuhr Michael fort. »Der Kanonikus Hawkins hat in seiner stürmischen und knabenhaften Art gerade im aufregendsten Moment seinen Bericht abgebrochen. Warum haben Sie nicht die Aussage des anderen Geistlichen beigebracht, der dem Einbrecher wirklich folgte und, wie anzunehmen ist, bei dem Einbruch zugegen war?«

Dr. Pym erhob sich, stützte die Fingerspitzen auf den Tisch, eine Geste, die er immer machte, wenn er von der Klarheit seiner Antworten besonders überzeugt war.

»Es ist uns gänzlich mißlungen«, sagte er, »den anderen Geistlichen aufzufinden. Er scheint sich, nachdem Kanonikus Hawkins ihn in den Dachrinnen und auf den Dächern herumklettern sah, in Luft aufgelöst zu haben. Ich bin mir vollkommen klar, daß Ihnen diese Tatsache eigentümlich erscheinen muß, jedoch nach reiflicher Überlegung muß sie, denke ich, jedem klugen Kopf ganz natürlich dünken. Dieser Herr Raymond Percy ist nach der Aussage des Herrn Kanonikus ein etwas eigentümlicher Geistlicher gewesen. Seine Beziehungen zu Englands stolzesten und vornehmsten Kreisen haben ihn anscheinend nicht gehindert, eine Vorliebe für die verkommensten Subjekte zu haben. Anderseits ist der Gefangene Smith, wie allgemein zugegeben wird, ein Mann von unwiderstehlicher Anziehungskraft. Ich hege keinen Zweifel, daß Smith den geistlichen Herrn Percy in das Verbrechen hineingezogen und ihn dann gezwungen hat, sich in der echten Verbrecherwelt zu verstecken. Das würde sein Nichterscheinen vollständig erklären und auch das Mißlingen aller unserer Versuche, ihn aufzufinden.«

»Ist es denn unmöglich, ihn aufzufinden?« fragte Moon.

»Unmöglich«, wiederholte der Kriminalpsychologe und schloß die Augen.

»Sind Sie sicher, daß es unmöglich ist?«

»Ach, hören Sie auf, Michael«, rief Gould gereizt. »Wenn es möglich gewesen wäre, hätten wir ihn gefunden, denn sicher hat er den Einbruch beobachtet. Versuchen Sie nur nicht, ihn zu finden! Suchen Sie lieber Ihren eigenen Kopf im Kehrichthaufen. Vielleicht werden Sie ihn dort nach einer Weile finden«, und er murmelte noch etwas in den Bart.

»Artur«, sagte Michael Moon und setzte sich, »seien Sie so freundlich und lesen Sie dem Gerichtshof Herrn Raymond Percys Brief vor.«

»Da ich Herrn Moons Wunsch, das Verfahren so kurz wie möglich zu gestalten, berücksichtigen möchte«, begann Inglewood, »will ich den ersten Teil des uns gesandten Briefes nicht lesen. Es ist nur gerecht gegen die Kläger, wenn man zugibt, daß der Bericht des zweiten Geistlichen, soweit es sich um Tatsachen handelt, vollständig den Bericht des ersten Geistlichen bestätigt. Wir erkennen also die Erzählung des Herrn Kanonikus, soweit sie uns bekannt ist, an. Dieser Umstand muß für die Kläger sehr wertvoll und auch dem Gerichtshof von Nutzen sein. Ich lese also Herrn Percys Brief von der Stelle an, wo berichtet wird, daß alle drei Männer auf der Gartenmauer standen:

Als ich Hawkins auf der Mauer hin und her schwanken sah, entschloß ich mich, nicht zu schwanken. Eine Zorneswolke hüllte meinen Geist ein wie die kupferfarbene Nebelwolke, welche die Häuser und die Gärten ringsherum bedeckte. Ich faßte einen gewaltsamen und einfachen Entschluß, und doch waren die Gedanken, die mich dazu brachten, so verwickelt und so voller Widersprüche, daß ich sie mir jetzt nicht mehr ins Gedächtnis zurückrufen könnte. Ich wußte, daß Hawkins ein gütiger und harmloser Mann war, und ich hätte doch zehn Pfund für das Vergnügen gegeben, ihn mit einem Fußtritt die Straße herunterbefördern zu können. Warum der liebe Gott es zuläßt, daß gute Leute so unerhört dumm sind – dieser Gedanke erhob sich gegen mich wie eine turmhohe Blasphemie.

Ich fürchte, ich hatte in Oxford ziemlich arge künstlerische Anwandlungen, und Künstler lieben es, sich auf bestimmte Richtungen zu beschränken. Ich liebte die Kirche als hübsches Vorbild; Disziplin war bloße Dekoration. Ich hatte Freude an Zeiteinteilung und huldigte dem Fischessen am Freitag. Doch Fische aß ich gern, und diese Fastenregel wurde für die Leute gemacht, die gern Fleisch essen. Dann kam ich nach Hoxton und fand dort Menschen, die seit fünfhundert Jahren gefastet hatten; Menschen, die Fischgräten knabbern mußten, weil sie kein Fleisch bekommen konnten. In Hoxton kann man nicht konservativ sein, ohne auch ein Atheist und ein Pessimist zu werden. Niemand außer dem Teufel könnte Hoxton erhalten wollen.

Dann kam zu allem anderen Hawkins. Wenn er alle die Hoxtoner verflucht, sie in den Bann getan und ihnen gesagt hätte, daß sie auf dem Weg zur Hölle seien, so würde ich ihn vielleicht bewundert haben. Wenn er angeordnet hätte, daß alle Einwohner auf dem Marktplatz verbrannt werden sollten, so würde ich noch jene Geduld bewiesen haben, die alle guten Christen an den Tag legen, wenn anderen Leuten Unrecht geschieht. Aber Hawkins ist weder dazu geschaffen, ein Priester noch sonst etwas zu sein. Er ist genauso unfähig, ein Priester wie ein Tischler oder Droschkenkutscher wie Gärtner oder Gipsarbeiter zu sein. Er ist ein vollkommener Gentleman; das ist es eben, woran er leidet. Seinen Glauben drängt er den Leuten nicht auf, sondern einfach seine Klasse. In seiner ganzen verdammungswürdigen Ansprache ließ er kein Wort über Religion fallen. Er sagte einfach alle Dinge, die sein Bruder, der Major, auch gesagt hätte. Eine Stimme vom Himmel sagt mir, daß er einen Bruder hat und daß dieser Bruder ein Major ist. Als dieser hilflose Aristokrat die Sauberkeit für den Körper und die Sittlichkeit für die Seele gepriesen hatte, und zwar Leuten gegenüber, die kaum die Mittel hatten, Leib und Seele zusammenzuhalten, da begann der Ansturm auf die Redner-bühne. Ich nahm an seiner unverdienten Rettung teil, ich folgte seinem geheimnisvollen Befreier, bis wir (wie ich vorhin sagte) zusammen auf der Mauer über den dunklen Gärten standen, die schon der Nebel einzuhüllen begann. Dann sah ich den Hilfsgeistlichen und den Einbrecher an, und eine jähe Erleuch-tung sagte mir, daß der Einbrecher der bessere von den beiden sei. Der Einbrecher schien mindestens ebenso gütig und mensch-lich zu sein wie der Hilfsgeistliche – und er besaß noch Tapfer-keit und Selbstvertrauen, was dem Hilfsgeistlichen fehlte. Ich wußte, daß in der oberen Klassen keine Tugend herrscht, denn ich gehöre ihnen selbst an; ich wußte, daß die unteren auch nicht viel besitzen, denn ich hatte lange Zeit darin gelebt. Viele alte Sprüche über die Verachteten und Verfolgten fielen mir ein, und ich dachte, es könnten in der Verbrecherklasse wohl Heilige verborgen sein. Ungefähr zu der Zeit, als Hawkins sich auf der Leiter herunterließ, kroch ich ein niedriges, schräges, blaues Schieferdach hinter dem großen Mann hinauf, der wie ein Gorilla vor mir hersprang.

Diese Kletterpartie dauerte nicht lange, und bald befanden wir uns auf einem breiten Weg von flachen Dächern, der breiter als manche große Verkehrsstraße war; hier und dort tauchten Schornsteine auf, die in dem Nebeldunst so massiv wie kleine Festungen aussahen. Der erstickende Nebel schien den aufwal-lenden und krankhaften Zorn, der meinen Geist und Körper bedrückte, noch zu steigern. Der Himmel und alle jene Dinge, die sonst klar sind, waren wie von finsteren Geistern überwäl-tigt. Große Gespenster mit Turbanen aus Nebel überragten gleichsam Sonne und Mond und verdunkelten sie. Unklar tauchten in meiner Erinnerung die Illustrationen aus ›Tausend-undeiner Nacht‹ auf, die auf braunem Papier mit satten, aber düsteren Farben Geister darstellen, wie sie sich um das Siegel Salomons sammeln. Was war übrigens das Siegel Salomons? Eigentlich hatte es wohl nichts mit Siegellack zu tun, aber mei-ner verwirrten Phantasie schienen die dichten Wolken schwer und zäh, wie dicke, undurchsichtige Farbe, die man siedend heiß aus Töpfen gießt, um ungeheure Embleme daraus zu stempeln.

Der erste Eindruck dieser großen mit Turbanen gekrönten Nebelgestalten war, daß sie jenes verschmierte Aussehen von Erbssuppe oder braunem Kaffee hatten, womit die Londoner den Nebel vergleichen. Aber das Bild wurde klarer, je vertrauter es mir wurde. Wir standen über den höchsten Häusern und sahen etwas von jener Substanz, Rauch genannt, die in großen Städten den seltsamen als Nebel bezeichneten Dunst erzeugt. Unter uns erhob sich ein Wald von Schornsteinen. Und in jedem Schornstein stand, als wäre es ein Blumentopf, ein kurzer Strauch oder ein hoher Baum von farbigem Dunst. Der Rauch war verschiedenfarbig; denn mal stieg er aus Schornsteinen von Wohnhäusern, mal von Fabriken und dann wieder von Schutthaufen auf. Und doch, obgleich die Schattierungen alle verschieden waren, sahen sie alle unnatürlich aus wie Dünste aus einem Hexenkessel. Es war, als ob jede der gemeinen und häßlichen Gestalten, die in dem Kessel zerflossen, ihren eigenen Dampfstrahl heraufschleuderte, der je nach dem darin sich auflösenden Fisch oder Fleisch auch entsprechend gefärbt war. Hier, zu unseren Füßen, glühten dunkelrote Wolken, als ob sie dunklen Krügen entströmten, die Opferblut enthielten; dort war der Dunst dunkel indigograu wie das lange Haar von Hexen, das in diese Höllenbrühe getaucht worden war. An einer anderen Stelle war der Rauch von einem furchtbaren, undurchsichtigen Elfenbeingelb, als sei er eine von jenen entkörperten, alten, leprakranken, wächsernen Gestalten, aber quer hindurch lief ein Streifen leuchtenden, unheilvoll aussehenden, schwefelfarbenen Grüns, so klar und schief wie arabische . . .«
Herr Moses Gould versuchte wieder einmal den Redefluß aufzuhalten. Sein Vorschlag ging dahin, der Vorlesende sollte das Verfahren abkürzen, indem er alle Adjektive ausließe. Frau Duke, die aufgewacht war, bemerkte, ihrer Überzeugung nach sei alles sehr hübsch, und diese Feststellung wurde von Moses mit einem blauen und von Michael mit einem roten Bleistift zu Protokoll genommen. Inglewood fuhr dann mit dem Lesen des Dokumentes fort.
»Da las ich die Schrift des Rauches. Der Rauch war wie die moderne Stadt, die ihn erzeugt; er ist nicht immer düster oder häßlich, aber er ist immer leichtfertig und eitel.
Das moderne England war wie eine Rauchwolke, die alle Farben wiedergeben, aber nichts zurücklassen konnte als einen Schmutzfleck. Es war unsere Schwäche und nicht unsere Stärke, die den Himmel mit diesen Schlacken füllte. Es waren die Er-

güsse unserer Eitelkeit, die in die Luft strömten. Wir hatten den heiligen Kreis des Wirbelwindes gefaßt und auf ihn herabgesehen. Und dann hatten wir ihn als Ausguß benutzt. Es war ein treffendes Symbol von dem Aufruhr in meinem eigenen Herzen. Nur das Schlechteste von uns stieg zum Himmel auf. Nur unsere Verbrecher konnten noch wie Engel aufsteigen.

Während noch derartige Betrachtungen meine Gedanken verwirrten, blieb mein Führer an einem der großen Schornsteine stehen, welche sich in regelmäßigen Abständen gleich Laternen auf jener hohen und luftigen Straße erhoben. Er legte seine schwere Hand auf den Schornstein, und einen Augenblick dachte ich, er wolle sich nur darauf stützen, weil er von seiner steilen Kletterpartie und dem langen Laufen oben auf den Dächern erschöpft sei. Soweit ich in die von Nebel gefüllten Abgründe auf beiden Seiten sehen konnte, aus denen hin und wieder einmal verschwommenes rotbraunes und altgoldenes Licht hindurchschimmerte, befanden wir uns oben auf einer jener langen bürgerlichen Häuserreihen, die man noch hier und da in London sich über ärmere Gegenden erheben sieht: das Überbleibsel eines optimistischen Anfalls von irgendeinem ehemaligen spekulativen Baumeister. Höchstwahrscheinlich waren diese Häuser vollkommen unbewohnt oder doch nur von solchen verarmten Familien bewohnt, wie man sie auch in den alten leeren Palästen Italiens findet. In der Tat entdeckte ich ein wenig später, als sich der Nebel etwas gelichtet hatte, daß wir auf einer im Halbkreis gebauten Häuserreihe standen, der obersten von mehreren solchen Reihen, die sich terrassenartig übereinander erhoben, gleich einer gigantischen Treppe, eine Bauart, die in den exzentrisch zusammengestellten Straßen Londons nicht selten ist: sie glichen einer vorspringenden Felsenwand, die jäh ins Meer herabfällt. Aber eine Wolke versperrte die Riesentreppe noch.

Meine Betrachtungen über das mürrische Wolkengebilde wurden von einer Begebenheit unterbrochen, die so unerwartet kam, wie wenn der Mond vom Himmel gefallen wäre. Anstatt daß mein Einbrecher seine Hand von dem Schornstein, gegen den er sich lehnte, herunternahm, stützte er sich noch schwerer darauf, und der ganze Schornstein klappte um wie der Deckel eines Tintenfasses. Ich erinnerte mich der kurzen Leiter, die gegen die niedrige Mauer gelehnt stand, und ich war überzeugt, daß der Mann seinen verbrecherischen Überfall schon lange vorher geplant hatte.

Durch das Zusammenklappen des großen Schornsteins hätten meine wild durcheinanderwirbelnden Gefühle den Höhepunkt erreichen müssen, aber, offen gesagt, rief dieser Vorgang eine Empfindung von Lustigkeit, sogar von Behaglichkeit bei mir hervor. Ich konnte mich nicht besinnen, wieso diese plötzliche Einbrecherszene mich an irgendwelche drolligen und freundlichen Begebenheiten erinnerte. Dann fielen mir die entzückenden und ausgelassenen Szenen ein, die in den Possenspielen meiner Kindheit auf Dächern und Schornsteinen vor sich gegangen waren, und ich fühlte mich auf unerklärliche Weise durch ein Gefühl der Wesenlosigkeit, welches diese ganze Szene in mir hervorrief, getröstet, als wären die Häuser aus Latten und Farbe und Pappe und nur dazu da, damit Polizisten und Hanswürste darin durcheinanderwirbelten. Die Gesetzesverletzung meines Gefährten schien mir nicht nur ernsthaft entschuldbar, sondern sogar komisch entschuldbar. Wer waren alle diese pompösen protzigen Leute mit ihren Dienern und ihren Fußeisenkratzern, ihren Schornsteinen und ihren Angströhren, daß sie einen armen Hanswurst verhindern sollten, sich Würste zu holen, wenn er sie brauchte? Man könnte annehmen, daß Eigentum eine ernste Sache sei. Ich hatte gewissermaßen einen höheren Gipfel jenes Berges nebelhafter Visionen erreicht und somit auch den Himmel einer höheren Erkenntnis.

Mein Führer war in die dunkle Öffnung hineingesprungen, die durch den umgeklappten Schornstein entstanden war. Anscheinend hatte er einen ganz gehörigen Sprung gemacht; denn trotz seiner Größe war nichts mehr von ihm sichtbar als sein unheimlich zerzauster Kopf. Bei dieser Art, in die Häuser der Menschen einzudringen, stieg in mir wieder eine ferne und doch vertraute und sympathische Erinnerung auf. Ich dachte an die kleinen Schornsteinfegerjungen und die ›Wasser-Babys‹, aber dann wußte ich, daß es nicht diese waren, die mir vorschwebten. Endlich fiel mir jedoch ein, weshalb ich eine solche Gesetzesübertretung mit Ideen in Zusammenhang brachte, die ganz im Widerspruch zu der Idee des Verbrechens standen, ich dachte nämlich an Heiligabend und das Heruntersteigen des Weihnachtsmannes durch den Schornstein.

Fast in demselben Augenblick verschwand der haarige Kopf in dem schwarzen Loch, aber ich hörte eine Stimme von unten, die mir zurief. Einige Sekunden nachher erschien der struppige Kopf wieder; er hob sich von dem feurigeren Teil des Nebels dunkel ab, doch der Ausdruck seines Gesichts war nicht zu erkennen. Ich hörte nur seine Stimme, die mich aufforderte, ihm zu folgen, und es klang jene begeisterte Ungeduld heraus, wie sie nur zwischen alten Freunden herrscht. Ich sprang in den Abgrund, so blind wie Curtius, denn ich dachte noch an den Weihnachtsmann und an die traditionelle Kraft eines solchen vertikalen Eintritts.

In jedem herrschaftlichen Hause, überlegte ich, gibt es einen Vordereingang für Herrschaften und einen Nebeneingang für Boten, aber es gibt noch eine obere Tür für Götter. Der Schornstein ist gewissermaßen der unterirdische Gang zwischen Erde und Himmel. Durch diesen besternten Tunnel bringt es der Weihnachtsmann fertig – wie die Lerche –, dem Himmel und dem Nest treu zu bleiben. Doch infolge von gewissen Sitten und einem weitverbreiteten Mangel an Klettermut wurde diese Tür vielleicht wenig gebraucht. Aber diese Tür des Weihnachtsmannes war der eigentliche Vordereingang, es war die Tür zum Himmelsraum.

Daran dachte ich, als ich mich durch die finstere Mansarde oder den Boden unter dem Dach tastete und die niedrige Leiter herunterkletterte, die uns in einen darunterliegenden, noch größeren Boden führte. Doch erst als ich die Leiter zur Hälfte hinuntergestiegen war, stand ich plötzlich still und dachte einen Augenblick daran, dorthin zurückzugehen, woher ich gekommen war, wie mein Gefährte es bereits auf der Gartenmauer getan hatte. Doch brachte mich der Gedanke an den Weihnachtsmann plötzlich zur Besinnung; denn ich erinnerte mich, warum er käme und warum er willkommen wäre.

Ich bin in den besitzenden Kreisen erzogen worden und teilte darum ihren Abscheu gegen Eigentumsverletzungen. Die gewöhnlichen Denunziationen bei Diebstahl, berechtigte und unberechtigte, waren mir alle bekannt. Ich hatte die Zehn Gebote tausendmal in der Kirche gelesen. Und nun, im Alter von vierunddreißig Jahren, stand ich mitten auf einer Leiter in einem dunklen Raum und war im Begriff, einen Einbruch zu begehen. Jetzt sah ich plötzlich zum erstenmal ein, daß Diebstahl wirklich etwas Unrechtes ist.

Es war jedoch zu spät, zurückzukehren, und ich folgte den seltsam leisen Fußtritten meines riesigen Gefährten über den unteren und größeren der beiden Böden, bis mein Führer auf den bloßen Dielen niederkniete und nach einigen tastenden Versuchen eine Falltür öffnete. Ein Strahl befreiten Lichtes drang von unten hindurch, und wir schauten plötzlich in ein von einer Lampe erleuchtetes Wohnzimmer, das anscheinend neben einem Schlafgemach lag, wie man es oft in größeren Häusern findet. Das Licht, das auf diese Weise unter unseren Füßen gleich einer lautlosen Explosion hervorbrach, zeigte, daß die Falltür, die wir eben geöffnet hatten, mit Staub und Rost bedeckt war. Zweifellos war sie vor der Ankunft meines unternehmungslustigen Freundes schon lange nicht benutzt worden. Aber ich schaute nicht lange darauf; denn der Anblick des unter uns liegenden erhellten Zimmers besaß eine fast unheimliche Anziehungskraft. In ein modernes Heim von einem so seltsamen Winkel aus und durch eine so lang vergessene Tür einzutreten, bedeutet eine Epoche in der Psychologie eines Menschen. Es war, als hätte man eine vierte Dimension entdeckt.

Mein Gefährte ließ sich so plötzlich und lautlos durch die Öffnung in das Zimmer herab, daß ich nichts anderes tun konnte als ihm folgen, obwohl ich durch meine Unerfahrenheit in Verbrechen es keineswegs so lautlos machte. Ehe das Echo meiner Stiefel verhallt war, hatte sich der Einbrecher schnell der Tür genähert, die er halb öffnete, um horchend an der Treppe stehenzubleiben. Darauf kehrte er in die Mitte des Zimmers zurück und ließ die Tür hinter sich zur Hälfte offen. Seine blauen Augen glitten über die Möbel und die Ausstattung des Zimmers. Der Raum war ganz behaglich von Bücherregalen eingerahmt, in jener reichen und menschlichen Weise, welche die Wände lebendig erscheinen läßt. Es waren tiefe und volle, aber unordentliche Bücherreihen, solche, die beständig durchwühlt werden, wenn man Bücher sucht, um sie im Bett zu lesen. In einer Ecke stand einer jener vierschrötigen deutschen Kachelöfen, die wie rote Kobolde aussehen, daneben ein Nußbaumbüfett, dessen unterer Teil verschlossen war. Das Zimmer hatte drei hohe, aber schmale Fenster. Nachdem mein Einbrecher sich zum zweiten Male umgesehen hatte, erbrach er die Nußbaumtür und wühlte in dem Büfett herum. Anscheinend fand er nichts darin außer einer sehr schönen Kristallkaraffe, die offenbar Portwein enthielt. Als ich den Dieb mit dem lächerlichen kleinen Luxusgegenstand in der Hand zurückkommen sah, erwachte in mir wieder, warum weiß ich nicht, die ganze Abneigung, die ich schon oben gefühlt hatte.

›Tun Sie es nicht!‹ rief ich ganz inkonsequent. ›Der Weihnachtsmann . . .‹

›Ach!‹ sagte er, während er die Karaffe auf den Tisch stellte und mich ansah, ›den Gedanken haben Sie auch gehabt?‹

›Ich kann nicht den millionsten Teil von dem, was ich gedacht habe, ausdrücken‹, rief ich, ›aber es ist ungefähr so ... ach, können Sie es nicht verstehen? Warum haben Kinder keine Angst vor dem Weihnachtsmann, obgleich er wie ein Dieb in der Nacht kommt? Ihm ist Heimlichkeit, unbefugtes Eindringen, fast möchte ich sagen, Verrat gestattet – weil er Spielzeug mitbringt. Was würden wir jedoch ihm gegenüber empfinden, wenn er etwas mitnehmen würde? Welchen Schornstein der Hölle würde der Kobold herunterkommen, der den Kindern, während sie schlafen, die Bälle und Puppen fortnimmt? Könnte eine griechische Tragödie düsterer und tragischer sein als der darauffolgende Tagesanbruch und das Erwachen? Hundedieb, Pferdedieb, Menschendieb – können Sie sich etwas Gemeineres denken als einen Spielzeugdieb?‹

Wie abwesend zog der Einbrecher einen großen Revolver aus der Tasche und legte ihn auf den Tisch neben die Karaffe, aber noch immer waren seine blauen nachdenklichen Augen auf mein Gesicht gerichtet.

›Mensch!‹ sagte ich, ›jeder Diebstahl ist Spielzeugdiebstahl. Darum eben ist er so unrecht. Die Güter unglücklicher Menschenkinder sollten ihrer Wertlosigkeit wegen geachtet werden. Ich weiß, daß Naboths Weinberg ebenso angestrichen ist wie die Arche Noahs, ich weiß, daß Nathans Schaf in Wirklichkeit ein wolliges Bähschaf auf einem Holzständer ist. Deshalb könnte ich es ihnen nicht fortnehmen. Das Stehlen machte mir keine Gewissensbisse, solange ich die Dinge der Menschen als ihre Kostbarkeiten betrachte, aber ich wage nicht, die Hand auf ihre Nichtigkeiten zu legen.‹

Nach einem Augenblick des Schweigens fügte ich plötzlich hinzu: ›Nur Heilige und Weise dürften beraubt werden. Sie darf man bestehlen und plündern, aber nicht die armseligen kleinen weltlichen Leute; ihnen soll man die Dinge nicht nehmen, die ihr armseliger kleiner Stolz sind.‹

Er holte zwei Weingläser aus dem Büfett, stellte sie auf den Tisch, füllte sie beide und erhob das eine mit einem Gruß an die Lippen.

›Tun Sie es nicht!‹ rief ich. ›Es könnte die letzte Flasche von irgendeinem blöden Jahrgang sein. Der Herr dieses Hauses ist vielleicht stolz darauf. Verstehen Sie nicht, daß etwas Geheiligtes in der Torheit solcher Dinge liegt?‹

›Es ist nicht die letzte Flasche‹, antwortete mein Verbrecher ruhig, ›es sind noch eine Menge im Keller.‹

›Kennen Sie denn das Haus?‹ fragte ich.

›Nur zu gut‹, erwiderte er mit einer so seltsamen Traurigkeit, daß etwas Unheimliches darin lag. ›Ich versuche andauernd das, was ich weiß, zu vergessen – und das, was ich nicht weiß, zu finden.‹ Er leerte sein Glas. ›Außerdem‹, fügte er hinzu, ›wird es ihm guttun.‹

›Was wird ihm guttun?‹

›Der Wein, den ich trinke‹, sagte der sonderbare Mann.

›Trinkt er denn zuviel?‹ fragte ich.

›Nein‹, antwortete er, ›außer, wenn ich es tue.‹

›Wollen Sie damit sagen‹, fragte ich, ›daß der Besitzer dieses Hauses alles, was Sie tun, billigt?‹

›Gott behüte‹, erwiderte er, ›aber er muß dasselbe tun wie ich.‹

Das bleiche Gesicht des Nebels sah durch alle drei Fenster herein und steigerte auf unerklärliche Weise das Gefühl des Rätselhaften und sogar des Schreckens, das diesem hohen, schmalen Hause anhaftete, in das wir vom Himmel herunter eingedrungen waren. Wieder mußte ich an gigantische Genien denken – ich bildete mir ein, daß riesige ägyptische Gesichter in dem matten Rot und Gelb der Farben Ägyptens in jedes Fenster unseres kleinen, von einer Lampe erleuchteten Zimmers hereinschauten wie auf eine erleuchtete Marionettenbühne. Mein Gefährte fuhr fort, mit dem Revolver, der vor ihm lag, zu spielen und weiter mit derselben, etwas unheimlichen Vertraulichkeit zu reden.

›Ich versuche andauernd, ihn zu finden ... ihn zu überraschen. Ich komme durch Dachfenster und Falltüren herein, um ihn zu ertappen, aber immer, wenn ich ihn aufgespürt habe, tut er gerade das, was ich tue.‹

Ich sprang mit einem Angstgefühl auf. ›Da kommt jemand‹, rief ich, und mein Ruf klang wie ein Schrei.

Nicht die Treppe herauf, sondern den Korridor entlang von dem inneren Schlafzimmer (was die Sache noch beängstigender machte) näherten sich Schritte. Ich bin außerstande, zu sagen, welches Geheimnis, welch Ungeheuer oder welchen Doppelgänger ich zu sehen erwartete, als die Tür von innen aufgestoßen wurde. Nur eines weiß ich, daß ich das, was sich jetzt meinen Blicken bot, nicht zu sehen erwartet hatte.

In der offenen Tür stand, heiterste Ruhe auf den Zügen, eine ziemlich große, junge Frau, in deren Wesen entschieden etwas undefinierbar Künstlerisches lag – ihr Kleid hatte die Farbe des

Frühlings, und ihr Haar die der Herbstblätter. Ihr Gesicht, obgleich es noch verhältnismäßig jung war, machte den Eindruck von Intelligenz und Erfahrung. Sie sagte nur: ›Ich habe dich nicht kommen hören.‹

›Ich bin anders hereingekommen‹, sagte der alles Durchdringende etwas verlegen. ›Ich hatte meinen Hausschlüssel zu Hause liegenlassen.‹

In mir kämpfte Höflichkeit mit Wahnsinn, während ich aufstand. ›Ich muß sehr um Entschuldigung bitten‹, rief ich. ›Ich weiß, daß meine Lage eine absonderliche ist. Würden Sie so freundlich sein und mir sagen, in wessen Hause ich mich befinde?‹

›In meinem‹, sagte der Einbrecher. ›Darf ich Sie meiner Frau vorstellen?‹

Zweifelnd und zögernd setzte ich mich wieder hin und stand erst gegen Morgen auf. Frau Smith (denn so prosaisch war der Name dieses nichts weniger als prosaischen Ehepaares) blieb ein wenig bei uns und plauderte harmlos und angenehm. Sie hinterließ bei mir den Eindruck eines gewissen seltsamen Gemisches von Verschüchtertheit und Schlauheit, als ob sie die Welt gut kannte, aber immer noch ein wenig naive Angst vor ihr hätte. Vielleicht hatte der Besitz eines so sprunghaften und unberechenbaren Gatten sie etwas nervös gemacht. Jedenfalls, als sie sich wieder in das innere Gemach zurückgezogen hatte, ergoß dieser seltsame Mann bei dem immer mehr schwindenden Weine seine Apologie und Autobiographie über mich.

Er war nach Cambridge geschickt worden, um Mathematik und Naturwissenschaft zu studieren; denn er zog das Studium dieser Wissenschaften einer klassischen oder literarischen Karriere vor. Ein düsterer Nihilismus war damals die herrschende Philosophie der Hochschulen, und das erzeugte in ihm einen Konflikt zwischen Körper und Geist, in dem jedoch der Körper Sieger blieb. Während sein Verstand die dunkle Lehre annahm, rebellierte sein Körper dagegen. Wie Smith sich ausdrückte, lehrte ihn seine rechte Hand furchtbare Dinge. Wie sich jedoch die Spitzen der Cambridger Universität unglücklicherweise ausdrückten, hatte diese rechte Hand ihn gelehrt, eine geladene Waffe vor das Gesicht eines angesehenen Professors zu halten und diesen zu zwingen, aus dem Fenster zu klettern und sich an eine Dachrinne zu klammern. Er hatte es nur darum getan, weil der arme Professor theoretisch erklärt hatte, daß er das Nichtsein bevorzuge. Wegen dieser sehr unakademischen Schlußfolgerung war Smith von der Universität verwiesen worden. Angeekelt von dem Pessimismus, der vor seinem Revolver gezittert hatte, war er selber eine Art Fanatiker der Lebensfreude geworden. Er mied alle Vereinigungen ernstgerichteter Männer. Er war heiter, aber keineswegs leichtsinnig. Seine Scherze, die sich durch Taten kundgaben, waren ernster als seine in Worten ausgedrückten Scherze. Obgleich er nicht Optimist in dem Sinne war, daß er behauptete, das Leben bestände nur aus Kegelspiel und Biertrinken, schien er doch wirklich der Ansicht zu sein, daß das Kegelspiel und das Biertrinken der ernstere Teil davon sei. ›Was ist unsterblicher‹, pflegte er zu rufen, ›als Liebe und Krieg? Der Inbegriff aller Wünsche und aller Freude ist Bier, und der Inbegriff alles Kämpfens und aller Eroberungen ist Kegelspiel.‹

Es war etwas von ›Feierlichkeit‹ an ihm in dem Sinne, wie die Alten das Wort für ihre Festlichkeiten gebrauchten ... wenn sie von dem ›Feiern‹ einer bloßen Maskerade oder eines Hochzeitsbanketts sprachen. Trotzdem war er ebensowenig nur ein Heide, wie er nur ein Schabernackspieler war. Seine Wunderlichkeiten entsprangen einem feststehenden Glaubensfaktum, das an und für sich mystisch und sogar kindlich und christlich war.

›Ich will es nicht abstreiten‹, sagte er, ›es muß Priester geben, welche die Menschen daran erinnern, daß sie eines Tages sterben werden. Ich meine nur, in bestimmten ungewöhnlichen Epochen braucht man eine andere Art Priester, Dichter genannt, welche die Menschen daran erinnern, daß sie noch nicht tot sind. Die Intellektuellen, mit denen ich verkehrte, waren sogar nicht einmal lebendig genug, um den Tod zu fürchten. Sie hatten nicht genug Blut in den Adern, um feige zu sein. Erst als ihnen ein Revolverlauf unter die Nase gehalten wurde, wußten sie, daß sie geboren waren. Für die Zeitalter, die auf eine unendliche Perspektive blicken, mag es wahr sein, daß das Leben ein Sterbenlernen ist. Doch für diese kleinen weißen Ratten war es ebenso wahr, daß der Tod ihnen die einzige Möglichkeit gab, leben zu lernen.‹

Sein Wunderglaube erwies sich als christlich durch diesen unfehlbaren Prüfstein: daß er fühlte, wie ihm dieser Glaube beständig entglitt, und nicht nur ihm, sondern auch den anderen. Er hatte denselben Revolver für sich, so wie Brutus es von seinem Dolche sagte. Fortwährend begab er sich durch das Erklimmen steiler Klippen oder durch halsbrecherische Eile in ungeheure Gefahren, nur um die Überzeugung in sich wachzu-halten, daß er lebe. Wie einen Schatz hütete er geringfügige und unsinnige Einzelheiten, die ihn einmal an die furchtbare, halb unbewußte Wirklichkeit erinnert hatten. Als der Dozent an der steinernen Dachrinne hing, hatte der Anblick seiner langen, baumelnden Beine, die in der Luft wie Flügel vibrierten, Smith an die krasse Ironie jener alten Definition erinnert, die den Menschen als ein zweibeiniges Tier ohne Federn bezeichnet. Der unglückliche Professor war durch seinen Kopf, den er so überkultiviert hatte, in diese Gefahr gebracht worden, und seine Beine, die er mit Kälte und Nachlässigkeit behandelt hatte, waren es, die ihn retteten. Smith fiel keine andere Art und Weise ein, die Tatsache zu melden oder festzustellen, als die an einen alten (ihm inzwischen ganz fremd gewordenen) Schulfreund gerichtete telegrafische Mitteilung, er habe eben ein Menschenskind mit zwei Beinen gesehen, und dieses Menschenskind lebe.

Das Hervorbrechen seines befreiten Optimismus sprühte Funken wie eine Rakete, als er sich plötzlich verliebte. Es war, als er zufällig mit seinem Paddelboot durch eine große und reißende Stromschnelle schoß, um sich selbst den Beweis zu geben, daß er lebe, bald aber hätte er allen Grund gehabt, an dem Fortbestand dieser Tatsache zu zweifeln. Schlimmer jedoch war die Entdeckung, daß er eine unschuldige Dame, die allein in einem Ruderboot saß, in gleicher Weise gefährdet hatte, und zwar eine, die durch keine Beteuerungen philosophischer Negation den Tod herausgefordert hatte. Keuchend stotterte er Entschuldigungen, während er hastig und durchnäßt sich bemühte, sie ans Ufer zu bringen, und als es ihm endlich gelungen war, scheint er ihr einen Heiratsantrag gemacht zu haben. Jedenfalls, mit derselben Impulsivität, mit der er sie fast ermordet hätte, heiratete er sie; es war die Dame in Grün, zu der ich soeben gute Nacht gesagt hatte.

Sie hatten sich in einer jener hohen schmalen Villen in der Nähe von Highbury häuslich niedergelassen. Vielleicht ist das kaum der richtige Ausdruck dafür. Denn man konnte zwar mit Recht sagen, daß Smith verheiratet war, daß er sehr glücklich verheiratet war, daß er sich aus keiner andern Frau als aus seiner eigenen etwas machte, daß er sich aus keinem anderen Ort als aus seinem Heim etwas machte, aber man konnte eigentlich kaum sagen, daß er sich häuslich niedergelassen hatte. ›Ich bin ein sehr häuslicher Mensch‹, erklärte er ernst, ›oft habe ich schon ein Fenster eingeschlagen, nur um zur Zeit zum Tee zu kommen.‹

Er rüttelte seine Seele durch Lachen auf, damit sie nicht einschliefe. Seine Frau wurde durch ihn um eine Menge ausgezeichneter Dienstmädchen gebracht, weil er an seiner eigenen Tür wie ein ganz Fremder klingelte und fragte, ob ein Herr Smith dort wohne und was es eigentlich für ein Mann sei. Das Durchschnittsdienstmädchen ist nicht gewohnt, daß sich der Herr solche transzendentale Ironien gestattet, und es erwies sich als unmöglich, ihr klarzumachen, daß er es nur tat, um dasselbe Interesse für seine eigenen Angelegenheiten in sich zu erwecken, das er immer für die der anderen empfand.

›Ich weiß wohl, daß in einem der hohen Häuser in dieser Terrasse ein Herr Smith wohnt‹, sagte er in seiner etwas eigentümlichen Art. ›Ich weiß, daß er wirklich glücklich ist, und doch kann ich ihn nie dabei ertappen.‹

Es kam vor, daß er plötzlich seine Frau mit einer so eingeschüchterten Höflichkeit behandelte, als wäre er ein fremder junger Mann, der sich auf den ersten Blick in sie verliebt hatte. Es geschah sogar, daß er diese romantische Ängstlichkeit bis auf die Möbel ausdehnte; er schien sich bei dem Stuhl, auf den er sich setzte, zu entschuldigen und stieg die Treppe so vorsichtig empor wie ein Bergsteiger, um das Gefühl ihrer skelettartigen Wirklichkeit von neuem zu erfahren. Jede Treppe ist eine Leiter und jeder Stuhl ein Bein, sagte er. Ein anderes Mal spielte er den Fremden im entgegengesetzten Sinn und betrat das Haus auf einem ganz ungewohnten Weg, um sich wie ein Dieb oder ein Räuber vorzukommen. Dann brach er gewaltsam in sein eigenes Heim ein, so wie er es diese Nacht in meiner Gegenwart getan hatte. Erst kurz vor Tagesanbruch konnte ich mich den sonderbaren vertraulichen Mitteilungen des Mannes, der nicht sterben wollte, entziehen, und als ich mich von ihm vor dem Hause verabschiedete, verteilte sich der letzte Nebel, und die ersten Sonnenstrahlen zeigten die treppenartigen, unregelmäßigen Straßenreihen, die den Eindruck machten, als sei man am Ende der Welt.

Diese Erzählung wird bei den meisten Menschen die Überzeugung hervorrufen, ich hätte die Nacht mit einem Wahnsinnigen verbracht. Welche andere Bezeichnung – werden sie sagen – könnte man für ein solches Wesen gebrauchen. Für einen Mann, der, um sich zu erinnern, daß er verheiratet ist, so tut, als sei er nicht verheiratet! Für einen Mann, der sich bemüht, seine eigenen Sachen zu begehren, anstatt die seines Nachbars! Hierüber möchte ich noch ein Wort hinzufügen – ich betrachte es als Ehrensache, dieses Wort zu sagen, obgleich niemand es begreifen wird. Ich glaube, der Wahnsinnige war einer von denen, die nicht bloß kommen, sondern gesandt werden, gesandt wie ein großer Sturm auf hoher See von ›Dem, der Seine Engel zu Winden und Seine Diener zu Feuerflammen‹ macht. Eines wenigstens weiß ich bestimmt. Ob solche Menschen gelacht oder geweint haben, wir haben über ihr Lachen gelacht ebenso wie über ihr Weinen. Ob sie die Welt verfluchten oder segneten, sie paßten nie hinein. Es steht fest, daß die Menschen vor dem Stachel eines großen Satirikers so zurückschrecken wie vor dem Stachel einer Natter. Aber es steht ebenso fest, daß die Menschen vor der Umarmung eines Optimisten ebenso eilig die Flucht ergreifen wie vor der eines Bären. Nichts ruft mehr Flüche auf das Haupt eines Menschen herab als ein wirklicher Segen. Denn das Gute der guten Dinge sowie das Schlechte der schlechten Dinge ist ein nicht in Worte auszudrückendes Wunder; man kann es sich eher bildlich als wörtlich vorstellen. Wir werden tiefer als die tiefsten Tiefen des Himmels hinabsteigen und älter als die ältesten Engel werden, ehe wir die ersten schwachen Vibrationen von der ewigen Gewalt jener doppelten Leidenschaft empfinden, mit welcher Gott die Welt haßt und liebt.

Mit vorzüglicher Hochachtung
Raymond Percy.«

»Ach, heilig, heilig, heilig!« rief Herr Moses Gould.
Als Moses sprach, wußten die anderen sofort, daß sie sich in einem fast religiösen Zustand der Ergebung und Zustimmung befunden hatten. Etwas hatte sie alle miteinander verbunden, etwas in der geheiligten Tradition der letzten beiden Worte des Briefes, auch etwas in der rührenden und knabenhaften Verlegenheit, mit welcher Inglewood sie vorgelesen hatte – denn er hatte die ganze dünnhäutige Ehrfurcht des Agnostikers. Moses Gould war in seiner Art der beste Kerl der Welt, er war viel gütiger gegen seine Familie als gebildetere Männer der Gesellschaft, schlicht und treu in seiner Bewunderung, ein durch und durch gesundes Tier und ein durch und durch aufrichtiger Charakter. Aber immer, wo es einen Konflikt gibt, entstehen Krisen, in welchen jede Seele unbewußt – handele es sich um ein Individuum oder um eine Rasse –, der Welt das

unangenehmste ihrer hundert Gesichter zeigt. Englische Ehrfurcht, irischer Mystizismus, amerikanischer Idealismus blickten auf und sahen auf dem Gesicht von Moses ein gewisses Lächeln. Es war das Lächeln des triumphierenden Zynikers, welches das Alarmsignal für manchen grausamen Aufstand in russischen Dörfern oder mittelalterlichen Städten gewesen ist.

»Oh, heilig, heilig, heilig!« rief Moses Gould.

Als er merkte, daß dieser Ausruf keine sehr gute Aufnahme fand, erklärte er weiter, während sich auf seinem dunklen Gesicht immer mehr Ausgelassenheit ausprägte:

»Es macht doch Spaß, zu sehen, wie einer eine Wespe schluckt, während er eine Fliege heraushustet«, sagte er liebenswürdig. »Seht ihr nicht, daß ihr jetzt euren alten Smith erst recht hineingelegt habt? Wenn diese Geschichte des Pfarrers stimmt, ist Smith ein ganz gefährlicher Bursche. Ja, ein ganz gefährlicher Bursche! Wir ertappen ihn dabei, wie er mit Fräulein Gray (alle Achtung!) in einer Droschke durchgehen will. Was ist nun mit dieser Frau Smith, von der der Hilfsgeistliche erzählt, mit ihrer verdammten Schüchternheit ... die sich in eine verdammte Schlauheit verwandelte? Fräulein Gray ist nicht sehr schlau gewesen, aber ich denke mir, daß sie nun ziemlich verschüchtert sein wird.«

»Seien Sie nicht so brutal«, brummte Michael Moon.

Niemand wagte Mary anzusehen, aber Inglewood warf einen Blick über den Tisch auf Innozenz Smith. Dieser saß noch über sein Papierspielzeug gebeugt, und auf seiner Stirn lag eine Falte, die durch Sorge oder Scham entstanden sein konnte. Sorgsam holte er eine Ecke aus einem Papierschiff heraus und steckte sie irgendwo anders hinein, dann verschwand die Falte von seiner Stirn, und er sah erleichtert aus.

Die runde Straße
oder die Klage wegen böswilligen Verlassens

Sichtlich verlegen stand Pym auf, denn er war Amerikaner, und seine Achtung für die Frauen war wirklich empfunden und nicht angelernt.

»Wenn ich auch die zartfühlenden und entschieden ritterlichen Proteste übergehe«, sagte er, »welche durch die angeborene Rednergabe meines Kollegen hervorgerufen wurden, und mich bei allen entschuldige, denen unser stürmisches Suchen nach

Wahrheit, das zu den erhabenen Ruinen eines Landes der Tradition nicht paßt, unziemlich erscheint, so halte ich doch die Frage meines Kollegen für unbedingt zur Sache gehörig. Die letzte Beschuldigung gegen den Angeklagten lautete auf Einbruch, die nächste, die auf der Liste steht, ist Bigamie und böswilliges Verlassen. Unzweifelhaft jedoch ist es, daß die Verteidigung durch das Bestreben, die letzte Klage zu widerlegen, die nächste unbestreitbar zugegeben hat. Entweder besteht noch die Klage wegen versuchten Einbruchs gegen Innozenz Smith, oder diese Frage ist erledigt, dann ist er aber wegen versuchter Bigamie festgenagelt. Alles hängt von der Meinung ab, die wir über den zitierten Brief des Hilfsgeistlichen Percy hegen. Unter diesen Umständen fühle ich mich berechtigt, von meinem Recht, Fragen zu stellen, Gebrauch zu machen. Darf ich wissen, wie die Verteidigung in den Besitz des Briefes des Hilfsgeistlichen Percy gelangte? Hat sie ihn direkt von dem Gefangenen erhalten?«

»Wir haben nichts direkt von dem Gefangenen bekommen«, sagte Moon ruhig. »Die wenigen Dokumente, für welche die Verteidigung Gewähr übernimmt, haben wir von einer ganz anderen Seite empfangen.«

»Von welcher Seite?« fragte Dr. Pym.

»Wenn Sie es durchaus wissen müssen«, antwortete Moon, »wir erhielten sie von Fräulein Gray.«

Dr. Cyrus Pym war so verblüfft, daß er ganz vergaß, die Augen zu schließen und sie statt dessen ganz weit aufriß.

»Wollen Sie wirklich damit sagen«, meinte er, »daß Fräulein Gray im Besitz dieses Dokumentes war, welches bezeugte, daß eine Frau Smith bereits existierte.«

»Ganz recht«, sagte Inglewood und setzte sich.

Leise und kummervoll murmelte der Doktor etwas von Verblendung, und mit sichtbarer Mühe fuhr er in seiner Rede fort. »Leider wird die tragische Wahrheit, die der Bericht des Hilfsgeistlichen Percy enthüllt, durch andere und schreckliche Dokumente, die wir selbst besitzen, nur allzu erdrückend bestätigt. Das hauptsächliche und zuverlässigste Schriftstück darunter ist das Zeugnis von Smiths Gärtner, der bei den dramatischsten und offensichtlichsten seiner vielen Handlungen ehelicher Untreue Augenzeuge war. Herr Gould, den Gärtner bitte.«

Herr Gould stand mit seiner nie ermüdenden guten Laune auf, um den Gärtner vorzustellen. Dieser erklärte, daß er bei Herrn und Frau Innozenz Smith in Stellung gewesen sei, als sie ein kleines Haus in der Nähe von Croydon besaßen. Aus der Erzählung und den vielen kleinen Bemerkungen des Gärtners konnte Inglewood ersehen, daß er auch den Ort kannte. Es war einer jener Flecken in der Stadt oder auf dem Lande, den man nicht vergißt, weil er wie eine Landesgrenze aussah. Der Garten lag sehr hoch über dem Gäßchen und lief wie eine Festung ganz spitz und steil zu. Dahinter breitete sich eine wirklich ländliche Strecke Landes aus, die ein weißer, sich schlängelnder Pfad durchzog, und die gewundenen, krummen Wurzeln, Stämme und Zweige großer grauer Bäume ragten in den Himmel. Aber als ob das Gäßchen betonen wollte, daß es einem Vorort angehörte, hoben sich in scharfem Relief von dem dahinterliegenden grauen, unregelmäßigen Hügelland ein eigentümlich gelbgrün angestrichener Laternenpfahl und ein roter Briefkasten ab, der genau an der Ecke stand. Inglewood kannte diese Gegend gut; wohl zwanzigmal war er auf seinen Fahrradexkursionen, die er aus Gesundheitsgründen unternahm, immer von dem unklaren Gefühl beherrscht gewesen, daß sich an dieser Stelle irgend etwas abspielen müsse. Aber bei dem Gedanken, daß das Gesicht seines schrecklichen Freundes oder Feindes Smith jederzeit hinter den überhängenden Gartensträuchern hätte auftauchen können, überlief ihn ein Schauer. Der Bericht des Gärtners war im Gegensatz zu dem des Hilfsgeistlichen ganz frei von schmückenden Adjektiven; man weiß zwar nicht, wie viele er beim Schreiben privatim ausgestoßen hatte. Er sagte einfach, daß Smith an einem bestimmten Morgen hinausgekommen sei und, wie er es öfter tat, mit einer Harke zu spielen begonnen habe. Manchmal habe er die Nase seines ältesten Kindes damit gekitzelt (er hatte zwei Kinder); ein andermal wieder die Harke an den Ast eines Baumes gehängt und sich daran mit entsetzlichen Zuckungen heraufgezogen, wobei er wie ein Riesenfrosch im Todeskampfe ausgesehen habe. Offenbar hatte Herr Smith niemals daran gedacht, die Harke zu ihrem eigentlichen Zweck zu benutzen, und infolgedessen war der Gärtner seinem Tun kühl und kurz begegnet. Aber der Gärtner entsann sich genau, daß er (der Gärtner) an einem bestimmten Oktobermorgen mit einem Gartenschlauch um die Ecke des Hauses gekommen war, und da hatte er Herrn Smith auf dem Rasenplatz stehen sehen in einer rot und weiß gestreiften Jacke (die seine Hausjacke, aber auch ebensogut ein Teil seines Schlafanzuges hätte sein können), und er hatte gehört, wie Herr Smith seiner Frau, die aus dem

Schlafzimmerfenster in den Garten schaute, jene entscheidenden Worte laut zurief:

»Ich will hier nicht länger bleiben. Ich habe eine andere Frau und viel bessere Kinder weit weg von hier. Meine andere Frau hat viel roteres Haar als du, und mein anderer Garten ist viel schöner als dieser, und ich gehe jetzt zu ihnen!«

Bei diesen Worten hatte er, wie es scheint, die Harke in die Luft geschleudert, höher, als viele einen Pfeil hätten schießen können, und sie wieder aufgefangen. Dann war er mit einem Satz über die Hecke gesprungen, in dem darunterliegenden Gäßchen gelandet und, so wie er war, ohne Hut, die Straße hinaufgelaufen. Viele Einzelheiten des Bildes wurden zweifellos durch Inglewoods Kenntnis der Gegend ergänzt. Vor seinem geistigen Auge konnte er den großen, barhäuptigen Mann sehen, wie er mit der armseligen Harke die krumme, ländliche Straße entlangstolzierte und den Laternenpfahl und den Briefkasten hinter sich ließ. Der Gärtner war ganz bereit, das in die Welt hinausgeschriene Geständnis der Bigamie zu beschwören, ebenso wie das vorübergehende Verschwinden der Harke in der Luft und das endgültige Verschwinden des Mannes auf der Straße. Außerdem konnte er, da er in der Gegend wohnte, beschwören, daß Smith sich an der Südostküste eingeschifft und man seitdem nichts mehr von ihm gehört hatte.

Dieser Eindruck wurde sonderbarerweise durch die wenigen, aber klaren Worte bestätigt, mit denen Michael Moon die Verteidigungsrede für die dritte Klage begann. Nicht nur war er weit davon entfernt, zu leugnen, daß Smith aus Croydon geflohen und nach dem Kontinent geflüchtet war, sondern er wollte das sogar beweisen. »Ich hoffe, Sie sind vorurteilsfrei genug, dem Wort eines französischen Gasthausbesitzers ebensoviel Glauben zu schenken wie dem eines englischen Gärtners. Herr Inglewood wird so freundlich sein, uns den französischen Gasthausbesitzer hören zu lassen.«

Ehe die Gesellschaft diesen heiklen Punkt entschieden hatte, las Inglewood bereits den betreffenden Bericht vor. Er war französisch geschrieben. Der Wortlaut war ungefähr folgender:

»Sehr geehrter Herr: – Ja, ich bin Durobin, der Besitzer des am Meer stehenden Durobin-Cafés in Gras, das etwas nördlich von Dünkirchen liegt. Ich bin gern bereit, alles, was ich von dem Fremden weiß, der vom Meere kam, zu schreiben.

Ich habe weder für exzentrische Leute noch für Dichter Sympathien. Ein vernünftiger Mensch sucht die Schönheit in Dingen, die naturgemäß schön sind, zum Beispiel in einem Blumenbeet oder in einem Elfenbeinstandbildchen. Man kann doch nicht erwarten, daß alle Dinge des Lebens schön sind. Ebenso wie man nicht alle Straßen mit Elfenbein pflastert oder auf alle Felder Geranien sät. Meine Güte, wir hätten dann keine Zwiebeln!

Aber ob ich nun in meiner Erinnerung fehlgehe oder ob es wirklich so etwas gibt wie eine psychologische Atmosphäre, die das Auge der Wissenschaft noch nicht durchdrungen hat, jedenfalls besteht die demütigende Tatsache, daß ich an jenem bewußten Abend wie ein Dichter fühlte – wie irgendein kleiner, armseliger Dichter, der in dem verrückten Montmartre Absinth trinkt.

Tatsächlich sah das Meer selbst wie Absinth aus, grün und bitter und giftig. Es hatte noch nie einen so fremdartigen Eindruck auf mich gemacht. Am Himmel war jene frühe und stürmische Dunkelheit, die so bedrückend auf das Gemüt wirkt, und der Wind blies schrill um den kleinen, einsamen, bunten Zeitungskiosk und über die Dünen am Strand. Dann sah ich ein Fischerboot mit einem braunen Segel, das sich lautlos der Küste näherte. Als es ganz dicht am Lande war, stieg ein riesig großer Mann heraus und watete durch das Wasser, das ihm knapp bis zu den Knien reichte, während jeder andere bis zu den Hüften darin gestanden hätte. Er stützte sich auf eine lange Harke oder Heugabel, die einem Dreizack glich und ihm das Aussehen eines Meergottes gab. Naß wie er war und mit dem Seetang, der sich um seine Beine schlang, näherte er sich meinem Café, setzte sich an einen Tisch draußen hin und verlangte Cherry Brandy, einen Likör, den ich führe, der aber selten verlangt wird. Dann forderte mich das Ungeheuer auf, ein Glas Vermouth mit ihm vor dem Mittagessen zu trinken, und wir kamen in eine Unterhaltung. Anscheinend war er von Kent in einem kleinen Boot herübergekommen, das er aus einer seltsamen Laune heraus unter der Hand billig gekauft hatte, um so schnell wie möglich in östlicher Richtung abzufahren und nicht auf einen der regelmäßigen Dampfer zu warten. Er suchte ein Haus, versicherte er mir etwas unklar. Als ich nun natürlich fragte, wo das Haus sei, sagte er, er wisse es nicht. Es sei auf einer Insel und irgendwo im Osten oder, wie er sich mit einer undeutlichen und doch ungeduldigen Geste ausdrückte, ›dort drüben‹.

Ich fragte ihn, wie er, da ihm der Ort fremd sei, das Haus, wenn er es sähe, erkennen würde. Jetzt hörte er plötzlich auf, unklar zu sein und wurde von dieser Minute an erschreckend genau. Er gab eine so ausführliche Beschreibung des Hauses, als sei er ein Auktionator. Ich habe bereits alle diese Einzelheiten, bis auf die letzten beiden, vergessen, die eine davon war ein grün angestrichener Laternenpfahl und die andere ein roter Briefkasten an der Ecke.

›Ein roter Briefkasten!‹ rief ich erstaunt. ›Dann muß der Ort in England sein!‹

›Ja, das hatte ich vergessen‹, sagte er, schwerfällig nickend. ›So heißt auch die Insel.‹

›Aber, nom du nom‹, rief ich ärgerlich, ›Sie sind doch eben erst aus England gekommen, mein Junge!‹

›Ja, man sagte mir, daß es England sei‹, meinte mein Dummkopf geheimnisvoll. ›Man sagte mir auch, daß es Kent sei, aber diese Leute in Kent sind solche Lügner, daß man ihnen kein Wort glauben kann.‹

›Monsieur‹, sagte ich, ›Sie müssen mich entschuldigen, ich bin ein älterer Mann, und die ›fumisteries‹ der jungen Leute gehen über meinen Horizont. Ich urteile nach dem gesunden Menschenverstand oder im äußersten Fall nach jener Erweiterung des angewandten gesunden Menschenverstandes, die man mit Wissenschaft bezeichnet.‹

›Wissenschaft!‹ rief der Fremde. ›Es gibt nur ein Gutes an der Wissenschaft, nämlich die Verkündung einer großen Freude: daß die Welt rund ist.‹

Ich sagte ihm höflich, daß seine Worte mir sinnlos erschienen. ›Ich meine‹, erklärte er, ›wenn man ringsherum um die Welt geht, kommt man auf dem kürzesten Wege zu dem Punkt, von dem man ausgegangen ist.‹

›Ist es nicht noch kürzer‹, fragte ich, ›wenn Sie dort bleiben, wo Sie sind?‹

›Nein, nein, nein‹, rief er energisch aus. ›Dieser Weg ist sehr lang und sehr ermüdend. Am Ende der Welt, hinter dem Sonnenaufgang, werde ich die Frau finden, die ich wirklich heiratete, und das Haus, das mir wirklich gehört. Und dieses Haus wird einen grüneren Laternenpfahl und einen roteren Briefkasten haben!‹ Haben Sie nie das Verlangen, von Ihrem Haus fortzustürzen, um es wiederzufinden?‹

›Nein, das kann ich nicht sagen‹, erwiderte ich, ›die Vernunft lehrt uns, unsere Wünsche den Erfüllungsmöglichkeiten anzupassen. Ich bleibe hier und bin zufrieden. Alle meine Interessen habe ich hier, die meisten meiner Freunde und ...‹

›Und doch‹, rief er mit lauter Stimme und richtete sich in seiner ganzen furchtbaren Größe auf, ›machten Sie die Französische Revolution.‹

›Verzeihen Sie‹, sagte ich, ›ganz so alt bin ich doch nicht. Ein Vorfahre von mir vielleicht.‹

›Ich meine, Ihre Klasse ist es gewesen!‹ rief dieser Mensch. ›Ja, Ihre verdammte, eingebildete, eingenistete, nüchterne Klasse war es, die die Französische Revolution machte. Oh, ich weiß, daß manche Leute sagen, es habe nichts genutzt, und man sei auf demselben Fleck, auf dem man vorher war. Nun, verdammt noch mal, das ist es gerade, was wir alle wollen – dorthin zurückkommen, wo wir vorher waren! Das ist Revolution … im Kreise herumgehen. Jede Revolution ist wie jede Reue eine Wiederkehr.‹

Er war so aufgeregt, daß ich wartete, bis er sich wieder hingesetzt hatte, und dann sagte ich etwas Gleichgültiges und Beschwichtigendes; aber er schlug mit seiner kolossalen Faust auf den winzigen Tisch und fuhr fort:

›Ich will eine Revolution haben, keine französische, sondern eine englische. Gott hat jeder Rasse ihre eigene Art zu meutern gegeben. Die Franzosen marschieren zusammen gegen die Zitadelle der Stadt; der Engländer marschiert nach der Peripherie der Stadt und allein. Ich aber will die Welt auf den Kopf stellen. Ich will mich selbst auf den Kopf stellen. Ja, ich will in das verfluchte, auf den Kopf gestellte Land der Antipoden gehen, wo Bäume und Menschen mit dem Kopf nach unten in den Himmel hängen. Aber meine Revolution wird wie die Ihre und wie die der Erde auf jenem heiligen, glücklichen Platz endigen … dem himmlischen, unglaublichen Platz – dem Platz, auf dem wir vorher waren.‹

Mit diesen Bemerkungen, die mit der Vernunft kaum vereinbar waren, sprang er auf und ging mit großen Schritten in die Dämmerung hinein, während er seine Stange schwang. Er hatte mehr Geld auf dem Tisch zurückgelassen, als er mir schuldete, eine Handlung, die auch auf geistige Gestörtheit schließen ließ. Das ist alles, was ich von jenem Manne weiß, der in einem Fischerboot landete, und ich hoffe, es wird den Interessen des Gerichts dienen …

Nehmen Sie, geehrter Herr, die Versicherung meiner Hochachtung entgegen, mit der ich die Ehre habe, Ihr ganz ergebener Diener zu sein.

Jules Durobin.‹

»Das nächste Dokument in unseren Akten«, fuhr Inglewood fort, »kommt aus der Stadt Crazok, aus den russischen Steppen und lautet folgendermaßen:

Sehr geehrter Herr!... Mein Name ist Paul Nickolaiovitch: Ich bin der Bahnhofsvorsteher auf der Station bei Crazok. Die großen Züge fahren über die Steppen an uns vorbei und bringen die Reisenden nach China, aber sehr wenig Leute steigen auf der Station ab, auf der ich Dienst habe. Dadurch ist mein Leben ziemlich einsam, und ich bin auf die Bücher, die ich habe, angewiesen. Nur kann ich nicht mit meinen Nachbarn viel darüber diskutieren, aufgeklärte Ideen sind in diesen Teil Rußlands noch nicht so sehr wie in andere Teile eingedrungen. Viele Bauern dieser Gegend haben noch nie von Bernard Shaw sprechen hören.

Ich bin ein Liberaler und tue mein möglichstes, liberale Ideen zu verbreiten, aber seit der mißlungenen Revolution ist dieses noch schwieriger geworden. Die Revolutionäre taten vieles, was mit den reinen Humanitätsprinzipien im Widerspruch stand; denn infolge des Mangels an Büchern kannten sie diese Prinzipien nicht. Ich billige zwar ihre grausamen Handlungen nicht, aber sie waren durch die Tyrannei der Regierung hervorgerufen, und jetzt besteht eine Tendenz, allen Intelligenten die Schuld daran beizumessen und ihnen Vorwürfe zu machen. Das ist recht bedauernswert für die Intelligenten.

Zu jener Zeit, als der Eisenbahnstreik fast beendet war und einige Züge anfingen, in langen Zwischenräumen vorbeizukommen, stand ich eines Tages auf dem Bahnsteig und beobachtete einen soeben eingefahrenen Zug. Nur ein Mann stieg aus, ganz oben am anderen Ende des sehr langen Zuges. Es war Abend, der Himmel sah kalt und grünlich aus. Etwas Schnee war gefallen, aber nicht genug, um die Steppe zu bedecken, die ringsumher ausgebreitet lag. Außer an den Gipfeln einiger ferner Höhenzüge, die das Abendlicht wie Seen auffingen, war die ganze Steppe in ein düsteres Violett getaucht. Als der einsame Mann auf der dünnen Schneeschicht den Zug entlangstampfte, schien er immer größer zu werden, ich glaube, ich habe nie einen so großen Mann gesehen. Er sah sogar größer aus, als er in Wirklichkeit war, wahrscheinlich, weil seine Schultern sehr breit waren und sein Kopf verhältnismäßig klein. Von den breiten Schultern hing eine zerrissene, alte Jacke herunter, die anscheinend einst rot und weiß gestreift gewesen war, aber jetzt eine schmutzige graue Farbe hatte. Sie schien auch für den

Winter viel zu dünn zu sein. Die eine Hand stützte er auf eine riesige Stange, so wie die Bauern sie benutzen, wenn sie Unkraut zum Verbrennen zusammenharken.

Ehe er den ganzen Zug entlanggegangen war, wurde er von einer Gruppe Rowdys umgeben, der glühenden Asche der schon erloschenen Revolution, obgleich es eigentlich meistens die Regierungspartei ist, der solche Elemente angehören. Ich wollte ihm gerade zu Hilfe eilen, als er seine Harke in die Luft wirbelte und nach rechts und links mit solcher Energie um sich schlug, daß er unversehrt durch den Kreis hindurchschritt, auf mich zukam und die Bande ganz verblüfft und sprachlos zurückließ.

Doch als er mich erreichte – nachdem er sich so kräftig behauptet hatte –, konnte er nur ganz kleinlaut auf französisch sagen, daß er ein Haus wolle.

›Hier sind nicht viele Häuser zu haben‹, antwortete ich in derselben Sprache, ›diese Gegend ist sehr mitgenommen worden. Wie Ihnen wohl bekannt sein wird, ist kürzlich eine Revolution unterdrückt worden. Alle Gebäude . . .‹

›Ach, das meine ich nicht‹, rief er, ›ich meine ein richtiges Haus . . . ein lebendiges Haus. Es ist wirklich ein lebendiges, denn es läuft immer von mir fort.‹

Ich schäme mich, gestehen zu müssen, daß etwas in seinen Worten oder seiner Geste mich tief bewegte. Wir Russen werden in einer Atmosphäre von Legenden erzogen, und die unglücklichen Wirkungen davon sieht man in den bunten Farben der Kinderpuppen und der Heiligenbilder. Einen Augenblick lang machte mir der Gedanke eines fortlaufenden Hauses Vergnügen, denn es dauert lange, ehe ein Mensch ganz aufgeklärt ist.

›Haben Sie kein anderes Haus, das Ihnen gehört?‹ fragte ich.

›Ich habe es verlassen‹, erwiderte er sehr traurig. ›Es war nicht das Haus, das langweilig wurde, sondern ich. Meine Frau war besser als alle Frauen, und doch war ich nicht imstande, es zu empfinden.‹

›Und darum‹, sagte ich teilnahmsvoll, ›schritten Sie spornstreichs aus der Vordertür heraus wie eine männliche Nora.‹

›Nora?‹ fragte er höflich, anscheinend hielt er es für ein russisches Wort.

›Ich meine Nora in dem ›Puppenheim‹‹, erwiderte ich.

Darauf machte er ein so erstauntes Gesicht, daß ich wußte, ich habe einen Engländer vor mir, denn Engländer denken immer, die Russen könnten nur ›Ukase‹ lesen.

›Das Puppenheim!‹ rief er heftig, ›gerade damit hatte Ibsen so unrecht! Der ganze Zweck eines Hauses besteht darin, ein Puppenhaus zu sein. Erinnern Sie sich nicht, wie Sie als Kind nur jene kleinen Fenster und nicht die großen für die wirklichen hielten. Ein Kind hat ein Puppenhaus und schreit, wenn eine Tür nach innen aufgeht. Ein Bankier hat ein richtiges Haus, doch wieviel Bankiers gibt es, die nicht den leisesten Schrei ausstoßen würden, wenn ihre richtigen Vordertüren nach innen aufgingen!‹

Etwas von der Volksmärchenstimmung meiner Kindheit ließ mich noch töricht schweigen, und bevor ich sprechen konnte, hatte sich der Engländer zu mir herabgebeugt und in lautem Flüsterton gesagt: ›Ich habe herausgefunden, wie man aus einem großen Gegenstand einen kleinen machen kann. Ich habe entdeckt, wie man ein richtiges Haus in ein Puppenhaus verwandelt. Man muß nur den nötigen Abstand haben. Gott ermöglicht es uns durch seine große Gabe der Entfernung, alle Dinge in Spielzeug zu verwandeln. Wenn er mich nur einmal mein altes Backsteinhaus ganz klein am Horizont sehen ließe, würde ich sofort zurückgehen wollen. Ich würde die drollige, kleine, grüngestrichene Puppenlaterne vor dem Gartengitter erblicken und alle die lieben kleinen Leute aus den Fenstern schauen sehen wie Puppen. Denn in meinem Puppenhaus werden die Fenster wirklich zu öffnen sein.‹

›Aber warum möchten Sie‹, fragte ich, ›gerade in dieses Puppenhaus zurückkehren? Wenn Sie schon wie Nora den kühnen Schritt gegen das Herkömmliche getan haben, wenn Sie sich nun schon bei der guten Gesellschaft in schlechten Ruf gebracht haben, wenn Sie nun schon gewagt haben, sich frei zu machen, warum wollen Sie Ihre Freiheit nicht ausnutzen? Wie die größten modernen Schriftsteller schon bewiesen haben, ist das, was Sie Ihre Ehe nannten, eine bloße Laune gewesen. Sie haben das Recht, alles zurückzulassen, wie Sie Ihr abgeschnittenes Haar und Ihre abgeschnittenen Nägel zurücklassen. Wenn Sie einmal entkommen sind, haben Sie die Welt vor sich. So seltsam es klingen mag, in Rußland sind Sie frei.‹

Mit verträumten Augen blickte er auf die dunklen Steppen, und das einzige, was sich dort bewegte, war die lange Rauchschlange, die sich mühsam der Lokomotive entwand. Violett in der Farbe, vulkanartig im Umriß, war sie die einzige heiße und schwere Wolke an jenem kalten, klaren, blaßgrünen Abend.

›Ja‹, sagte er mit einem tiefen Seufzer, ›in Rußland bin ich frei. Sie haben recht. Ich könnte in jene Stadt dort drüben hineingehen, mich von neuem verlieben, vielleicht irgendeine hübsche Frau heiraten, ein neues Leben beginnen, und niemand würde mich je finden können. Ja, sie haben mich entschieden von etwas überzeugt.‹

Er sprach in einem so sonderbaren und mystischen Ton, daß ich mich veranlaßt fühlte, ihn zu fragen, was er meinte, und wovon ich ihn eigentlich überzeugt hätte.

›Sie haben mich davon überzeugt‹, sagte er mit denselben verträumten Augen, ›daß es wirklich schlecht und gefährlich für einen Mann ist, von seiner Frau fortzulaufen.‹

›Und warum ist es gefährlich?‹ fragte ich.

›Nun, weil ihn niemand finden kann‹, antwortete dieser sonderbare Mensch, ›und wir möchten alle gefunden werden.‹

›Die originellsten aller modernen Denker‹, bemerkte ich, ›zum Beispiel Ibsen, Gorki, Nietzsche, Shaw, würden alle eher sagen, daß es unser höchster Wunsch ist, verloren zu sein und auf unbetretenen Pfaden zu wandeln und noch nicht dagewesene Dinge zu tun: das heißt, mit der Vergangenheit zu brechen und der Zukunft anzugehören.‹

Etwas schläfrig erhob er sich in seiner ganzen Größe und blickte ringsherum auf das wirklich ziemlich öde Bild – auf die dunkelvioletten Steppen, auf die vereinsamte Eisenbahnstrecke, auf die vereinzelten kleinen Gruppen der Unzufriedenen. ›Hier werde ich das Haus nicht finden‹, sagte er. ›Es liegt noch östlicher . . . viel, viel östlicher.‹

Dann wandte er sich mir mit einem fast wütenden Ausdruck zu und schlug mit seiner Harke auf die gefrorene Erde.

›Wenn ich aber noch in mein Land zurückkehre‹, rief er, ›kann es mir passieren, daß ich in ein Irrenhaus eingesperrt werde, ehe ich mein eigenes Haus erreiche. Ich habe in meinem Leben schon manche unschicklichen Dinge begangen. Nietzsche stand in einer Reihe von Ladestöcken in der blöden, alten, preußischen Armee, Shaw schlürfte alkoholfreie Getränke in den Vororten, aber das, was ich tue, ist überhaupt noch nicht dagewesen. Diese runde Straße, auf der ich wandle, ist ein unbetretener Pfad. Ich bin für das Über-die-Stränge-Schlagen; ich bin ein Revolutionär. Aber sehen Sie nicht, daß alle diese wirklichen Sprünge und Zerstörungen und Entweichungen nur Versuche sind, nach dem Paradies zurückzugelangen – nach etwas, was wir gehabt, nach etwas, von dem wir wenigstens ge-

hört haben? Sehen Sie nicht, daß man nur die Zäune nieder-
reißt oder den Mond herunterschießt, um heimzukommen?‹
›Nein‹, antwortete ich nach reiflicher Überlegung, ›ich bin
nicht Ihrer Ansicht.‹
›Ach‹, sagte er mit einem leichten Seufzer, ›dann haben Sie mir
noch etwas erklärt.‹
›Was meinen Sie?‹ fragte ich. ›Was habe ich Ihnen erklärt?‹
›Warum Ihre Revolution mißlang‹, sagte er und ging ganz
plötzlich zu dem Zug hinüber und stieg hinein, gerade als dieser sich endlich in Bewegung setzte. Und ich sah, wie die lange,
schlangenartige Rauchwolke auf den immer dunkler werdenden Steppen verschwand.
Ich sah den Mann nie wieder. Widersprachen auch seine Ansichten den besten modernen Ideen, so machte er doch den Eindruck eines interessanten Menschen auf mich. Ich möchte gern
wissen, ob er irgendwelche Bücher geschrieben hat ...

> Hochachtungsvoll
> Paul Nickolaiovitch.«

Der Einblick in das Leben dieser Ausländer berührte so seltsam, daß der Gerichtshof sich ruhiger als bisher verhielt, und
Inglewood konnte, ohne unterbrochen zu werden, ein drittes
Schriftstück aus dem Haufen der vor ihm liegenden Dokumente herausnehmen und öffnen. »Der Gerichtshof wird entschuldigen«, sagte er, »daß bei diesem Brief die üblichen Formalitä-
ten der Anrede fehlen. Sonst ist er auf seine Art recht formell:
– Die himmlischen Grundsätze dauern ewig; Gruß zuvor ...
Ich bin Wong-hi, und ich diene dem Tempel aller Vorfahren
meiner Familie im Walde Fu. Der Mann, der vom Himmel
herunterfiel und zu mir kam, sagte, daß es sehr langweilig sein
müsse, aber ich zeigte ihm das Irrige seiner Ansicht. Ich bleibe
in der Tat immer an demselben Platz; denn mein Onkel führte
mich in diesen Tempel, als ich ein kleiner Junge war, und
zweifellos werde ich hier auch sterben. Aber wenn ein Mann
an einem Ort bleibt, sieht er, daß sich der Ort verändert. Die
Pagode meines Tempels ragt schweigend aus den Bäumen hervor, wie eine gelbe Pagode aus vielen grünen Pagoden. Aber
die Himmel sind zuweilen blau wie Porzellan, zuweilen grün
wie Jade und zuweilen rot wie Granaten. Aber die Nacht ist
immer schwarz wie Ebenholz und kommt immer wieder, sagte
der Kaiser Ho.

Ganz jäh erschien der vom Himmel Heruntergefallene eines Abends; denn ich hatte kaum bemerkt, daß die Gipfel der grünen Bäume sich bewegten, über die ich wie über ein Meer blicke, wenn ich morgens auf das Dach meines Tempels gehe. Und doch, als er kam, hatte man die Empfindung, ein Elefant aus den Armeen der großen Könige von Indien hätte sich verirrt; denn die Palmen spalteten sich, und das Bambusrohr brach, und es trat ein Mann im Sonnenschein vor dem Tempel hervor, und er war größer als die Söhne der Menschen.

Rote und weiße Streifen hingen an ihm herunter, wie Bänder bei einem Karneval, und er trug eine Stange, die eine Reihe Zähne hatte wie die Zähne eines Drachen. Sein Gesicht war weiß und bewegt, gleich dem der Ausländer, die aussehen wie tote, von Teufeln besessene Menschen, und er sprach unsere Sprache gebrochen.

Er sagte zu mir: ›Dies ist nur ein Tempel, und ich versuche, ein Haus zu finden.‹ Sodann erzählte er mir mit unschicklicher Hast, daß die Lampe vor seinem Hause grün sei und daß ein roter Briefkasten an der Ecke stände.

›Ich habe Ihr Haus nicht gesehen noch irgendwelche anderen Häuser‹, antwortete ich. ›Ich wohne in diesem Tempel und diene den Göttern.‹

›Glauben Sie an die Götter?‹ fragte er mit einem Hunger in den Augen, so daß sie wie die Augen hungriger Hunde aussahen. Das schien mir eine gar seltsame Frage, denn was sollte ein Mann anderes tun, als das, was die Menschen immer getan haben.

›Herr‹, sagte ich, ›es ist gut für die Menschen, die Hände zu erheben, auch wenn die Himmel leer sind. Denn wenn es Götter gibt, werden sie sich freuen, und wenn es keine gibt, dann können sie eben nicht unzufrieden sein. Manchmal sind die Himmel golden, manchmal porphyrfarbig, und manchmal haben sie die Farbe von Ebenholz, aber die Bäume und der Tempel bleiben unter jedem Himmel stehen. Der große Konfuzius lehrte uns, daß, wenn wir immer dieselben Dinge mit unseren Händen und Füßen tun, so wie es die klugen Tiere und Vögel machen, wir doch mit unseren Köpfen viele Dinge denken, ja, und auch an vielen Dingen zweifeln können. Solange die Menschen Reis zu der richtigen Zeit anbieten und Laternen zu der richtigen Stunde anzünden, ist es gleichgültig, ob es Götter gibt oder nicht. Denn diese Dinge sind nicht da, um die Götter zu versöhnen, sondern um die Menschen zu versöhnen.‹

Er kam noch dichter an mich heran, so daß er mir wie ein Koloß erschien, aber sein Blick war sehr sanft.

›Zerbrechen Sie Ihren Tempel‹, sagte er, ›und Ihre Götter werden befreit sein.‹

Und ich antwortete ihm, während ich über seine Einfalt lächelte: ›Aber wenn es nun keine Götter gibt, so werde ich nichts haben als einen zerbrochenen Tempel.‹

Und darauf breitete dieser Riese, dem das Licht der Vernunft versagt war, seine gewaltigen Arme aus und bat mich, ihm zu verzeihen. Und als ich ihn fragte, weshalb ich ihm verzeihen sollte, antwortete er: ›weil ich recht habe‹.

›Ihre Götzen und Kaiser sind so alt und weise und befriedigend‹, rief er, ›es ist eigentlich toll, daß sie unrecht haben. Wir sind so gemein und gewaltsam, wir haben euch so viel Böses getan – es ist zu toll, daß wir nach alledem recht haben sollten!‹

Und ich ertrug immer noch seine Harmlosigkeit und fragte ihn, warum er dächte, daß er und sein Volk recht hätten.

Da antwortete er mir: ›Wir haben recht, weil wir da, wo die Menschen einen Zwang ertragen müssen, gebunden sind und frei, wo sie frei sein sollen. Wir haben recht, weil wir Gesetze und Sitten bezweifeln und vernichten – aber wir bezweifeln nie unser eigenes Recht, sie zu vernichten. Denn ihr lebt nach den Gesetzen der Sitten und wir nach den Gesetzen der Glaubensbekenntnisse. Sieh mich an! In meinem Lande heiße ich Smith. Mein Land habe ich verlassen, meinen Namen habe ich mit Schande bedeckt, weil ich durch die ganze Welt dem nachjage, was mir wirklich gehört. Ihr seid so unerschütterlich wie die Bäume, weil ihr nicht glaubt. Ich bin so schwankend wie der Sturmwind, weil ich glaube. Ich glaube an mein eigenes Haus, das ich wiederfinden werde. Und zuletzt bleiben mir die grüne Laterne und der rote Briefkasten.‹

Ich sagte zu ihm: ›Zuletzt bleibt nur die Weisheit.‹

Aber in dem Moment, als ich das Wort aussprach, stieß er einen furchtbaren Schrei aus und stürzte davon und verschwand zwischen den Bäumen. Ich habe weder diesen Mann noch irgendeinen anderen wiedergesehen. Die Tugenden des Weisen sind aus feinem Messing.

Wong-hi.«

»Der nächste Brief, den ich jetzt verlesen werde«, fuhr Artur Inglewood fort, »wird, denke ich, klarlegen, welche Absichten unser Klient mit seinem sonderbaren, aber harmlosen Experiment hatte. Das Schreiben ist aus einem Bergdorf in Kalifornien und lautet folgendermaßen:

– Sehr geehrter Herr! – Der gesuchte Mann, auf welchen die ziemlich merkwürdige Beschreibung paßt, ist sicherlich derselbe, der vor einiger Zeit den Hochpaß von Sierra überschritt, wo ich als einziger ständiger Bewohner lebe. Auf der höchsten Spitze dieses außerordentlich steilen und gefährlichen Passes halte ich eine ganz primitive Kneipe, die eigentlich weiter nichts als eine Bretterbude ist. Ich heiße Louis Hara. Mein Name wird Ihnen in Anbetracht meiner Nationalität merkwürdig vorkommen; mir kommt er auch merkwürdig vor. Wenn man seit fünfzehn Jahren mutterseelenallein lebt, ist es schwer, ein Patriot zu sein, und wo nicht einmal ein Weiler existiert, ist es schwierig, eine Nation zu erfinden. Mein Vater war Irländer und galt als einer der wildesten und tollkühnsten Schützen der ersten Einwanderer Kaliforniens. Meine Mutter war Spanierin; sie stammte aus der Nähe von San Francisco und war stolz darauf, einer der alten spanischen Familien anzugehören, denen nachgesagt wird, daß sie Indianerblut in den Adern haben. Ich hatte eine gute Bildung genossen und liebte Musik und Bücher. Aber wie viele andere Kinder einer Mischehe war ich zu schlecht oder zu gut für diese Welt, und nachdem ich vieles versucht hatte, war ich sehr froh, durch diese kleine Kneipe in den Bergen eine bescheidene Existenz gefunden zu haben, wenn das Leben hier auch sehr einsam war. In meiner Abgeschiedenheit nahm ich manche Gewohnheiten eines Wilden an. Im Winter sah ich unförmig wie ein Eskimo aus, und in den heißen Sommertagen trug ich wie ein Indianer nichts als ein Paar Lederhosen und einen riesigen Strohhut, groß wie ein Sonnenschirm, um mich gegen die Sonne zu schützen. Ich hatte immer ein Bowiemesser im Gürtel stecken und eine lange Flinte über der Schulter hängen. Vermutlich machte ich auf die wenigen friedlichen Wanderer, die bis zu meiner Hütte heraufkommen, einen ziemlich wilden Eindruck.

Aber ich kann es Ihnen sagen, daß ich niemals so wild aussah wie jener Mann. Mit ihm verglichen, kam ich aus der Fünften Avenue.

Ich glaube, das Leben im Hochgebirge übt einen sonderbaren Einfluß auf das Gemüt aus. Mit der Zeit neigt man dazu, diese einsamen Felsen nicht mehr als Berge anzusehen, die in einer Spitze auslaufen, sondern als Säulen, die den Himmel selbst stützen. Gleich dem Flug des Adlers schweben steile Klippen durch die Luft, so hoch, daß sie die Sterne anzuziehen und sie um sich zu versammeln scheinen, und sie glitzern wie Meeresklippen, die den Phosphor anziehen. Diese Felsenterrassen und -türme machen nicht wie die kleineren Gipfel den Eindruck, das Ende der Welt zu sein. Eher scheinen sie ihren furchtbaren Anfang, ihre gewaltigen Grundsteine zu bilden. Wir könnten uns den Berg fast wie einen Baum aus Stein vorstellen, der seine Zweige über uns ausbreitet und alle diese kosmischen Lichter wie ein Kronleuchter trägt. Denn gerade wenn die Gipfel uns entschwinden und gleichsam in unmögliche Fernen schweben, so drängen sich die Sterne um uns (wie es uns scheint) und kommen uns unmöglich nah. Die Sphären um uns bersten eher wie auf die Erde geschleuderte Donnerkeile, als wie Planeten, die friedlich um die Erde kreisen.

Vielleicht hat mir alles dieses die Sinne verwirrt, ich weiß es nicht genau. Ich weiß, daß an einer Wendung des Weges den Paß hinab ein Felsen sich etwas vorneigt, und in stürmischen Nächten glaube ich zu hören, wie er mit anderen Felsen zusammenprallt, wie eine Stadt gegen die andere, wie eine Zitadelle gegen die andere – weit hinein in die Nacht. An einem solchen Abend war es, als der sonderbare Mann sich mühsam den Paß hinaufkämpfte. Eigentlich waren es immer nur seltsame Menschen, die sich hier heraufkämpften. Aber noch nie hatte ich einen solchen Mann gesehen.

Er trug (warum, habe ich keine Ahnung) eine lange, sehr ramponierte Gartenharke, an welcher Gräser wie ein Bart herabhingen, so daß sie wie das Banner irgendeines alten barbarischen Volksstammes aussah. Das Haar des Fremden war so lang und verwildert wie das Gras und hing ihm über die Schultern. Da seine Kleider nur noch rote und gelbe zungenförmige Fetzen waren, sah er aus wie ein Indianer, der sich mit Federn oder Herbstblättern geschmückt hat. Die Harke oder Heugabel, oder was das Ding sonst darstellte, gebrauchte er zuweilen als Alpenstock, zuweilen – wie mir gesagt wurde – als Waffe. Ich weiß nicht, warum er es als Waffe benutzt haben sollte; denn er hatte einen vorzüglichen, sechsläufigen Revolver in der Tasche, den er mir nachträglich zeigte. ›Aber das‹, sagte er, ›gebrauche ich nur für friedliche Zwecke.‹ Ich habe keine Ahnung, was er meinte.

Er setzte sich auf die primitive Bank vor meiner Kneipe und trank etwas Wein, der von den im Tale liegenden Weinbergen kam, und seufzte beglückt dabei wie einer, der lange Zeit unter fremden, grausamen Dingen gewandert ist und endlich etwas findet, das er kennt. Dann saß er da und starrte ein wenig närrisch auf die einfache Laterne aus Blei und buntem Glas, die über meiner Tür hing. Sie ist alt, aber wertlos; vor vielen Jahren schenkte sie mir meine Großmutter: sie war eine fromme Frau, und zufälligerweise ist auf das Glas ein primitives Bild von Bethlehem, den Weisen und dem Stern gemalt. Der Fremde schien so gefesselt von dem durchsichtigen Schimmer des blauen Kleides der Maria und von dem großen, goldenen Stern dahinter, daß er mich veranlaßte, das Ding auch anzusehen, was ich schon vierzehn Jahre nicht getan hatte.

Als er dann langsam die Augen davon abwandte, sah er nach Osten, wo der Weg jäh abfällt. Die untergehende Sonne verwandelte den Himmel in ein Gewölbe von tiefvioletter Farbe, die an den Rändern des dunklen Gebirgsamphitheaters in zart Lila und Silber zerfloß; und zwischen uns und der untenliegenden Schlucht erhob sich jener steile, einsame Felsen, den wir den ›Grünen Finger‹ nennen, aus den Tiefen und ragte in die Höhe. Er war von einer sonderbaren, schwefelgelben Farbe und von unzähligen Runzeln bedeckt, die wie eine unentzifferbare Schrift aussahen, und er hing dort gleich einer babylonischen Säule oder Nadel.

Schweigend streckte der Mann seine Harke in jene Richtung aus und bevor er sprach, wußte ich, was er meinte. Hinter den großen grünen Felsen in dem violetten Himmel schwebte ein einsamer Stern.

›Ein Stern im Osten‹, sagte er mit einer seltsam heiseren Stimme wie einer unserer alten Adler. ›Die Weisen folgten dem Stern und fanden das Haus. Aber würde ich das Haus finden, wenn ich dem Stern folgte?‹

›Es hängt vielleicht davon ab‹, sagte ich lächelnd, ›ob Sie ein Weiser sind.‹ Ich enthielt mich, hinzuzufügen, daß er bestimmt nicht wie ein Weiser aussähe.

›Urteilen Sie selbst‹, antwortete er, ›ich bin ein Mann, der sein eigenes Haus verließ, weil er es nicht länger ertragen konnte, fern davon zu sein.‹

›Das klingt entschieden paradox‹, sagte ich.

›Ich hörte meine Frau und meine Kinder sprechen und sah, wie sie im Zimmer umhergingen‹, fuhr er fort, ›und die ganze Zeit wußte ich, daß sie in einem anderen Haus umhergingen und sprachen – in einem Haus, das tausend Meilen entfernt, unter dem Licht von anderen Himmeln und durch viele Meere getrennt, lag. Ich liebte sie mit einer alles verzehrenden Liebe, weil sie nicht nur fern, sondern unerreichbar schienen. Niemals waren mir Menschen so teuer und so wünschenswert vorgekommen, aber mir war, als sei ich ein kaltes Gespenst. Meine Liebe zu ihnen war eine nicht zu ertragende, und um das zu bezeugen, schüttelte ich den Staub von meinen Füßen. Nein, ich tat mehr als das. Ich gab der Welt einen Fußtritt, so daß sie sich unter meinen Füßen im Kreise drehte wie eine Tretmühle.‹

›Wollen Sie wirklich sagen‹, rief ich, ›daß Sie eine Reise um die Welt gemacht haben? Ihrer Sprache nach sind Sie Engländer, und doch kommen Sie aus dem Westen.‹

›Meine Pilgerfahrt ist noch nicht beendet‹, erwiderte er traurig. ›Um davon geheilt zu werden, ein Verbannter zu sein, bin ich ein Pilger geworden.‹

Etwas in dem Wort ›Pilger‹ erweckte in mir tief vergrabene Erinnerungen an die Weltanschauung meiner Väter und an etwas aus dem Lande, aus dem ich kam. Ich sah wieder auf die kleine, bemalte Laterne, die ich schon vierzehn Jahre nicht angeschaut hatte.

›Meine Großmutter‹, erklärte ich leise, ›würde gesagt haben, daß wir alle in der Verbannung leben und daß kein irdisches Haus das heilige Heimweh, das uns zu rasten verbietet, heilen kann.‹

Er schwieg eine ganze Weile und beobachtete einen einzelnen Adler, der sich hinter dem ›Grünen Finger‹ in den dunkler werdenden Himmel treiben ließ.

Dann sagte er: ›Ich glaube, Ihre Großmutter hatte recht‹, und er stand auf und stützte sich auf seine begraste Stange. ›Ich denke, das muß der Grund und das Geheimnis dieses so beglückenden und so unbefriedigenden Menschenlebens sein‹, fuhr er fort. ›Aber ich glaube, es ist noch mehr darüber zu sagen. Ich denke, Gott hat seine guten Gründe gehabt, als er uns die Liebe zu besonderen Plätzen, zu einem Haus und zu einem Heimatland ins Herz legte.‹

›Das kann sein‹, sagte ich, ›aber aus welchen Gründen?‹

›Weil wir sonst‹, erwiderte er und zeigte mit seiner Stange nach dem Himmel und dem Abgrund, ›das anbeten würden.‹

›Was meinen Sie?‹ fragte ich.

›Die Ewigkeit‹, erwiderte er mit seiner rauhen Stimme, ›den größten aller Götzen – den mächtigsten Rivalen Gottes.‹

›Sie meinen wohl Pantheismus und Unendlichkeit und all so etwas?‹ wandte ich ein.

›Ich meine‹, sagte er mit zunehmender Heftigkeit, ›wenn es für mich ein Haus im Himmel gibt, so muß es entweder eine grüne Laterne und eine Hecke davor haben oder etwas ebenso Positives und Persönliches wie eine grüne Laterne und eine grüne Hecke. Ich meine, Gott hieß mich einen Ort lieben und ihm dienen und auch alles zum Lobe dieses Ortes tun, sei es noch so absonderlich, damit dieser eine Fleck Zeugnis ablege gegen alle die Unbegrenztheiten und Sophistereien, nach denen das Paradies irgendwo und nirgends ist, existiert und wiederum nicht existiert. Darum würde ich nicht so sehr überrascht sein, wenn das Haus im Himmel doch eine richtig grüne Laterne hätte.‹

Bei diesen Worten nahm er die Stange über die Schulter und schritt die gefährlichen Wege hinab und ließ mich mit den Adlern allein. Aber seit seinem Fortgehen packt mich oft ein Fieber von Heimatlosigkeit. Regenbewässerte Wiesen und Lehmhütten, die ich nie gesehen habe, quälen mich, und ich frage mich, ob Amerika bestehen wird.

Hochachtungsvoll
Louis Hara.«

Nach einem kurzen Schweigen sagte Inglewood: »Und zum Schluß möchten wir noch folgenden Brief verlesen:

– Hiermit möchte ich sagen, daß ich Ruth Davis heiße und während der letzten sechs Monate Hausmädchen bei Frau I. Smith bin im Haus Lorbeer in Croydon. Als ich kam, war die Dame mit ihren beiden Kindern allein; sie war nicht Witwe, aber ihr Gatte war fort. Er hatte ihr viel Geld zurückgelassen, und sie schien sich keine Sorgen über ihn zu machen, obgleich sie oft den Wunsch aussprach, daß er bald zurückkommen möge. Sie sagte, er sei etwas exzentrisch, und eine kleine Veränderung würde ihm guttun. Als ich vorige Woche eines Nachmittags das Teegeschirr in den Garten brachte, ließ ich es fast fallen. Über der Hecke wurde plötzlich das Ende einer langen Harke sichtbar, die dann wie eine Springstange in die Erde gesteckt wurde, und wie ein Affe an einem Stock sprang ein riesiger, schrecklich aussehender Mann über die Hecke, der ganz behaart und zerlumpt wie Robinson Crusoe aussah. Ich schrie auf, aber meine Herrin blieb ruhig sitzen, lächelte nur und sagte, er müßte sich rasieren. Dann nahm er ganz gelassen an dem

Gartentisch Platz, trank eine Tasse Tee, und daraus ersah ich, daß es Herr Smith selber war. Er ist seitdem hiergeblieben und hat nicht viel Arbeit gemacht; obwohl ich manchmal denke, daß er nicht ganz richtig im Kopf ist.

Ruth Davis

P. S. Ich habe vergessen zu sagen, daß er sich im Garten umsah und mit lauter und kräftiger Stimme rief: ›Ach, was für einen schönen Platz habt Ihr hier‹, gerade so, als ob er ihn noch nie gesehen hätte.«

Das Zimmer war allmählich dunkel und schläfrig geworden. Die Nachmittagssonne sandte einen schweren Strahl gepuderten Goldes hindurch, der mit einer undefinierbaren Feierlichkeit auf den leeren Platz von Mary Gray fiel; denn die jüngeren Damen hatten den Gerichtshof verlassen, ehe über die letzten Untersuchungen berichtet wurde. Frau Duke schlief noch, und Innozenz Smith, der im Zwielicht wie ein Riese mit einem Buckel aussah, beugte sich immer tiefer über sein Papierspielzeug. Aber die fünf Herren, die bei dem Rechtsstreit wirklich in Anspruch genommen waren und danach strebten, nicht das Gericht, sondern einander zu überzeugen, saßen noch um den Tisch herum wie das Komitee für die öffentliche Sicherheit.

Plötzlich legte Moses Gould mit einem Krach ein wissenschaftliches Buch auf ein anderes, stützte seine kleinen Beinchen gegen den Tisch, kippte seinen Stuhl so weit zurück, daß er Gefahr lief, hintenüberzufallen, stieß einen langen, gedehnten Pfiff aus und erklärte, daß das alles der reine Blödsinn sei.

Als Moon ihn fragte, was alles Blödsinn sei, nahm er die Bücher wieder lärmend herunter und antwortete in großer Erregung, während er seine Papiere durcheinanderwarf: »Das sind alles Märchen, die Sie da vorgelesen haben, machen Sie mir nichts weiß. Ich bin zwar keiner von der Literatur, aber Märchen erkenne ich doch noch, wenn ich sie höre. Allerdings habe ich die paar philosophischen Stellen nicht kapiert und hatte große Lust, hinauszugehen und mir was zum Trinken zu holen. Aber wir sind in West Hampstead und nicht in einem Irrenhaus und kurz: Es gibt Sachen, die vorkommen und andere, die nicht vorkommen. Und das hier sind Dinge, die nicht vorkommen.«

»Ich dachte«, sagte Moon ernst, »daß wir alles klar und deutlich erklärt hätten ...«

»Ach ja, alter Bursche, sehr klar und deutlich habt Ihr alles erklärt«, bestätigte Gould mit außerordentlichem Wortschwall. »Ihr könntet einen Elefanten von der Tür fort erklären. Ich bin zwar kein so kluger Kerl wie Sie, aber ich bin auch kein Idiot, Michael Moon, und wenn auf meiner Türschwelle ein Elefant steht, lasse ich mich nicht auf Erklärungen ein. ›Er ist so groß wie dieses Haus‹, sage ich. ›Das scheint Ihnen nur so‹, erwidert Ihr dann, ›das ist nur die Perspektive und der heilige Zauber der Entfernung‹ ... ›Der Elefant trompetet wie der Erzengel am Tage des Gerichts‹, sage ich. – ›Das ist nur Ihr eigenes Gewissen, das zu Ihnen spricht‹, erwidert Ihr eindringlich und beschwichtigend. Ich habe ebensogut ein Gewissen wie Sie. Ich glaube zwar nicht an die meisten Dinge, die sonntags in der Kirche erzählt werden, und ich glaube ebensowenig alle jene Dinge, von denen Sie eben mit einer Stimme, als wären Sie in der Kirche, erzählt haben. Ich glaube, daß ein Elefant ein großes gefährliches Biest ist ... und daß Smith ein ebensolches ist.«

»Wollen Sie damit sagen«, fragte Inglewood, »daß Sie alle die Entlastungsaussagen, die wir vorgelesen haben, noch bezweifeln?«

»Ja, und ob ich sie bezweifle!« rief Gould erregt. »Es ist alles zu weit hergeholt und manches sogar allzuweit. Wie können wir alle diese Erzählungen auf ihre Richtigkeit prüfen? Wie kann man dem Mann auf der Station Kosky Wosky, oder wie der Ort heißt, einen Stippbesuch machen? Oder wie kann man sich in der Salonbar oben auf den Sierrabergen einen Schluck zu trinken geben lassen? Aber jeder kann Buntings Restaurant in Brighton aufsuchen.«

Moon betrachtete ihn mit einem Ausdruck echten oder geheuchelten Erstaunens.

»Jeder«, fuhr Gould fort, »könnte Herrn Trip aufsuchen.«

»Das ist allerdings ein trostreicher Gedanke«, erwiderte Michael mit Beherrschung, »aber warum sollte jemand Herrn Trip aufsuchen wollen?«

»Aus genau demselben Grunde«, rief der aufgeregte Moses und hämmerte mit beiden Händen auf den Tisch, »aus demselben Grunde, weswegen er sich mit den Herren Hanbury & Bootle von Paternoster Row und mit Fräulein Gridleys vornehmem Pensionat in Hendon und mit der alten Lady Bullingdon, die in Penge lebt, in Verbindung setzen soll.«

»Wiederum, um den Dingen auf den Grund zu gehen«, sagte

Michael, »könnten Sie mir vielleicht sagen, warum es zu den Pflichten eines Menschen gehört, sich mit der alten Lady, die in Penge lebt, in Verbindung zu setzen?«

»Es gehört weder zu den Pflichten eines Menschen«, entgegnete Gould, »noch zu seinem Vergnügen, das kann ich Ihnen bloß sagen. Die Lady Bullingdon in Penge ist der Gipfel. Aber es gehört zu den Pflichten eines Klägers, der die unschuldige, harmlose Schmetterlingslaufbahn Ihres Freundes Schmith verfolgt, und dasselbe gilt auch für alle die anderen Personen, die ich erwähnte.«

»Aber warum ziehen Sie denn alle diese Leute mit hinein?« fragte Inglewood.

»Weil wir Belastungszeugen genug haben, um einen Dampfer zum Sinken zu bringen«, brüllte Moses, »weil ich die Papiere in meinen Händen hier habe, weil Ihr geliebter Innozenz ein Schuft und Heimzerstörer ist, und dieses sind alle die Heime, die er zerstörte. Ich will nicht etwa behaupten, daß ich fehlerlos bin, aber ich möchte nicht alle diese armen Mädchen auf meinem Gewissen haben, nein, nicht um alles in der Welt. Ich bin der Meinung, daß, wenn ein Kerl dazu fähig ist, sie alle zu verlassen und vielleicht umzubringen, er ebenso fähig ist, einen Einbruch zu begehen oder einen alten Schulmeister zu erschießen ... darum kümmere ich mich den Deibel um die anderen Märchen, die Sie eben erzählt haben.«

»Ich glaube«, sagte Dr. Cyrus Pym mit einem vornehmen Hüsteln, »daß wir in dieser Sache nicht ganz ordnungsgemäß vorgehen. Jetzt kommen wir tatsächlich zu der vierten Anklage auf der Liste, und es ist wohl besser, ich stelle sie Ihnen in geordneter und fachmännischer Weise dar.«

Nur ein schwaches Stöhnen von Michael durchbrach die Stille.

Die wilden Ehen oder die Klage wegen Polygamie

»Ein moderner Mann«, sagte Dr. Cyrus Pym, »muß, wenn er nachdenklicher Natur ist, mit einiger Vorsicht an das Problem der Ehe gehen. Die Ehe ist eine Stufe – zweifellos eine notwendige Stufe – auf dem langen Weg der Menschheit zu einem Ziel, das wir noch nicht erfassen können und das zu wünschen wir noch nicht reif genug sind. Meine Herren, wie steht es jetzt mit der ethischen Lage der Ehe? Haben wir sie überlebt?«

»Sie überlebt?« platzte Moon heraus, »niemand hat sie bis jetzt überlebt. Sehen Sie sich alle die verheirateten Leute seit Adam und Eva an – alle sind so tot wie Hammelfleisch.«

»Zweifellos soll diese Unterbrechung witzig sein«, sagte Dr. Pym frostig, »aber daraus kann ich noch gar nicht ersehen, was die gereifte und ethische Ansicht Doktor Moons über die Ehe ist . . .«

»Ich kann es aber sagen«, warf Michael wütend aus der Dunkelheit ein. »Die Ehe ist ein Zweikampf bis zum Tode, dem ein Mann von Ehre sich nicht entziehen sollte.«

»Michael«, sagte Artur Inglewood leise, »Sie müssen ruhig bleiben.«

»Herr Moon«, sagte Pym mit gleichbleibender Liebenswürdigkeit, »betrachtet wahrscheinlich den Ehestand von einem veralteten Standpunkt aus. Vermutlich würde er die Ehe strenger und gleichförmiger machen. Er würde die Ehescheidung bei irgendeiner großen ehernen Seele – wie zum Beispiel bei Julius Cäsar – genauso behandeln, als wenn es sich um einen gewöhnlichen Strolch oder einen Tagelöhner handelt, der seiner Frau ausgerissen ist. Die Wissenschaft hat einen toleranteren und menschlicheren Standpunkt. Ebenso wie der Wissenschaftler den Mord nur als Durst nach vollständiger Zerstörung betrachtet und den Diebstahl nur als heftigen Hunger nach Besitz ansieht, so ist die Polygamie für den Wissenschaftler nur eine übermäßige Steigerung des Triebes nach Abwechslung. Leidet ein Mann nun daran, so ist er unfähig, beständig zu bleiben. Zweifellos gibt es eine physische Ursache für dieses Flattern von Blume zu Blume, wie es gleichfalls zweifellos eine physische Ursache für das Stöhnen gibt, unter dem Herr Moon anscheinend augenblicklich leidet. Der amerikanische Menschenverächter Winterbottom hat sogar folgendes zu sagen gewagt: ›Für einen gewissen seltenen und physisch auserlesenen Typ ist die freie Polygamie nur die Verwirklichung der Mannigfaltigkeit der Weibchen, wie Kameradschaft die Verwirklichung der Mannigfaltigkeit der Männchen ist.‹ Jedenfalls ist der Typ, der zur Mannigfaltigkeit neigt, von allen maßgebenden Forschern anerkannt. Es ist tatsächlich in vielen Fällen festgestellt worden, daß, wenn ein solcher Typ der Witwer einer Negerin ist, er sich in zweiter Ehe mit einer Albinofrau verehelicht. Wird ein solcher Typ von den gigantischen Umarmungen einer Patagonierin befreit, führen ihn seine Phantasie und sein Instinkt dazu, sich mit einem Eskimoweibchen zu trösten. Es kann kein Zweifel darüber bestehen, daß der Gefangene ein solcher Typ ist. Wenn ein blind waltendes Schicksal und eine unwiderstehliche Versuchung als mildernde Umstände für einen solchen Mann gelten können, so wäre er zweifellos damit zu entschuldigen.

In einem früheren Stadium der Untersuchung zeigte die Verteidigung einen wirklich ritterlichen Idealismus, indem sie die Richtigkeit eines Teiles unserer Erzählung ohne weiteres zugab. Wir unsererseits möchten nun diese außerordentliche Weitherzigkeit anerkennen und nachahmen, indem auch wir zugeben, daß die von dem Hilfsgeistlichen Percy erzählte Gschichte von dem Boot, der Schleuse und der jungen Frau im großen und ganzen der Wahrheit entspricht. Anscheinend hat Smith wirklich eine junge Frau geheiratet, die beinahe durch seine Schuld ertrunken wäre. Es bleibt nun dahingestellt, ob es nicht gütiger von ihm gewesen wäre, sie umzubringen, anstatt sie zu heiraten. Um diese Tatsache zu bestätigen, kann ich jetzt der Verteidigung ein Zugeständnis machen und einen unbestreitbaren Beweis dieser Heirat vorlegen.«

Bei diesen Worten überreichte er Michael einen Ausschnitt aus der »Maidenhead Gazette«, welche klar und deutlich die Eheschließung der Tochter eines »Paukers«, das heißt eines dort wohlbekannten Lehrers, mit Herrn Innozenz Smith vom Brakespeare College, Cambridge, bekanntgab.

Als Dr. Pym seine Rede fortsetzte, merkte man, daß sein Gesicht einen zugleich tragischen und triumphierenden Ausdruck angenommen hatte.

»Ich verweile einen Augenblick bei dieser einleitenden Tatsache«, sagte er ernst, »weil diese Tatsache uns den Sieg verleihen würde, wenn wir den Sieg erstrebten und nicht die Wahrheit. Soweit es sich um das persönliche und häusliche Problem handelt, ist dieses Problem gelöst. Doktor Warner und ich betraten dieses Haus in einem höchst kritischen Augenblick. Englands Warner hat viele Häuser betreten, um die Menschen vor Krankheit zu retten; diesmal betrat er ein Haus, um eine unschuldige Dame von einer wandelnden Pestilenz zu befreien. Smith war gerade im Begriff, ein junges Mädchen aus diesem Hause zu entführen; seine Droschke und Tasche standen bereits vor der Tür. Er hatte ihr gesagt, daß sie bei seiner Tante bleiben sollte, bis er den Heiratskonsens beschafft habe. Diese Tante«, fuhr Cyrus Pym fort, und sein Gesicht nahm einen dramatisch düsteren Ausdruck an, »diese nur in seiner Phantasie existierende Tante ist das tanzende Irrlicht, das so manche hochherzige Maid ins Unglück stürzte. In wie viele jungfräuliche Ohren hat er dieses heilige Wort geflüstert? Als er das Wort ›Tante‹ aussprach, sah diese Maid die Fröhlichkeit und die hohe Moral eines angelsächsischen Heims vor sich. In jener tollen Droschke, in der sie ihrem Unglück entgegenfuhr, hörte sie schon Teekessel summen und Kätzchen schnurren.«

Inglewood sah auf und fand zu seinem Erstaunen (wie so manche Bewohner der östlichen Hemisphäre es auch gefunden haben), daß der Amerikaner nicht nur vollkommen ernsthaft war, sondern wirklich rührend und zu Herzen gehend sprach – wenn man den Unterschied der Hemisphären in Betracht zieht.

»Die abscheuliche Tatsache steht also fest, daß dieser Mann Smith sich mindestens einer unschuldigen Frau in diesem Hause als noch freier Junggeselle genähert hat, während er doch ein verheirateter Mann war. Ich stimme also mit meinem Kollegen, Herrn Gould, überein, daß dieses Verbrechen alle anderen übertrifft. Über die Frage, ob das, was unsere Vorfahren mit Reinheit beezichneten, schließlich einen ethischen Wert hat, zögert die Wissenschaft noch in erhabener, stolzer Weise, ein Urteil auszusprechen. Aber kann es ein Zaudern geben, wenn es sich um die Niederträchtigkeit eines Bürgers handelt, der durch brutale Experimente an lebenden Frauen dem Urteil der Wissenschaft in dieser Beziehung vorzugreifen wagt?

Die Frau, von welcher der Hilfsgeistliche Percy behauptet, sie lebe mit Smith in Highbury, mag dieselbe Dame sein oder nicht, die Smith in Maidenhead heiratete. Gab es eine kurze süße Zeit der Beständigkeit und der Ruhe des Herzens, die den reißenden Strom seines ausschweifenden Lebens unterbrach, so wollen wir ihm diese längst vergangene Möglichkeit lassen. Vielleicht hat es eine solche Zeit gegeben, aber nachher scheint er sich bedauerlicherweise immer tiefer in den Sumpf der Untreue und der Schande gestürzt zu haben.«

Dr. Pym schloß die Augen, aber da es leider bereits dunkel im Zimmer war, verfehlte dieses vertraute Signal seine volle und richtige moralische Wirkung. Nach einer Pause, die fast einer Pause für ein stilles Gebet glich, fuhr er fort:

»Der erste Beweis für die wiederholten gesetzwidrigen Eheschließungen des Angeklagten«, rief er aus, »kommt von Lady Bullingdon. Die Dame drückt sich mit einem stolzen Hochmut aus, der entschuldbar ist, wenn man von den Zinnen einer normannischen Ahnenburg auf die Menschheit herabblickt. Die Mitteilung, die sie uns sandte, lautete folgendermaßen:

– Lady Bullingdon erinnert sich des in Frage kommenden peinlichen Vorfalls, möchte sich jedoch nicht in Einzelheiten ergehen. Das junge Mädchen Polly Green, das ungefähr zwei Jahre im Dorf lebte, war eine ganz gute Schneiderin. Daß sie nicht verehelicht war, erwies sich als schädlich nicht nur für sie, sondern auch für die allgemeine Moral des Dorfes. Deshalb gab Lady Bullingdon zu verstehen, daß ihr eine Verheiratung des jungen Mädchens angenehm wäre. Da die Dorfbewohner natürlich Lady Bullingdon entgegenkommen wollten, stellten sich mehrere von ihnen zur Verfügung, und alles wäre in schönster Ordnung gewesen, wenn das Mädchen Green nicht durch ihre bedauernswerte Wunderlichkeit und Verdorbenheit selber einen Strich durch die Rechnung gemacht hätte. Lady Bullingdon nimmt an, daß es in jedem Dorf einen Dorfnarren geben muß, jedenfalls schien in ihrem Dorf ein solches unglückliches Geschöpf zu existieren. Lady Bullingdon sah ihn allerdings nur einmal, und sie ist sich auch vollkommen bewußt, wie außerordentlich schwierig es ist, zwischen einem tatsächlichen Idioten und dem gewöhnlichen schwerfälligen Typ der ländlichen niedrigen Klassen zu unterscheiden. Jedoch fiel ihr die erschreckende Kleinheit des Kopfes dieses Mannes im Verhältnis zu seinem übrigen Körper auf. Die Tatsache, daß er am Wahltag die Abzeichen der beiden entgegengesetzten Parteien trug, nahm Lady Bullingdon jeden Zweifel über seinen Schwachsinn. Lady Bullingdon hörte mit Erstaunen, daß dieser Unglückliche zu den Bewerbern des jungen Mädchens gehöre. Lady Bullingdons Neffe hatte eine Unterredung mit dem Scheusal über diese Angelegenheit und sagte ihm, daß er ein Esel sei, sich so etwas in den Kopf zu setzen. Darauf antwortete der Idiot mit einem blöden Grinsen, Esel wären gewöhnlich hinter Karotten her. Aber Lady Bullingdon war noch mehr erstaunt, als sie hörte, das unglückliche Mädchen sei geneigt, diesen ungeheuerlichen Heiratsantrag anzunehmen, obgleich Garth, der Leichenbestatter, der weit über ihr stand, ebenfalls um sie angehalten hatte. Lady Bullingdon konnte natürlich nicht einen Moment daran denken, einem solchen Vorhaben Vorschub zu leisten, und die beiden unglücklichen jungen Leute entflohen, um sich heimlich zu verheiraten. Lady Bullingdon kann sich nicht genau an den Namen des Mannes erinnern, aber sie glaubt, er habe Smith geheißen. Im Dorf wurde er immer Innozenz der Idiot ge-

nannt. Lady Bullingdon meint, er habe die Green später in
einem Anfall von Geistesgestörtheit ermordet.

Die nächste Mitteilung«, fuhr Pym fort, »zeichnet sich durch
ihre Kürze aus, trifft aber, meiner Meinung nach, trotzdem den
Kern der Sache. Der Brief ist in dem Büro der Verleger Hanbury & Bootle geschrieben worden und lautet folgendermaßen:

– Geehrter Herr! Ihr Geehrtes erhalten und zur Kenntnis genommen. Gerücht betreffs Stenotypistin bezieht sich möglicher-
weise auf ein Fräulein Blake oder ein ähnlich genanntes Fräulein, das vor neun Jahren hier abging, um einen Leiermann zu
heiraten. Fall war zweifellos merkwürdig und zog die Aufmerksamkeit der Polizei auf sich. Mädchen arbeitete ausgezeichnet bis Oktober 1907, dann anscheinend verrückt geworden. Bericht wurde zu damaliger Zeit geschrieben. Er folgt bei-
liegend. Hochachtungsvoll etc. p. p.

W. Trip.

Die näheren Einzelheiten sind nun diese:
Am zwölften Oktober wurde ein Brief aus diesem Büro an die
Buchbinder Herren Bernhard und Juke gesandt. Als Herr
Juke ihn öffnete, fand er folgende Mitteilung darin: ›Geehrter Herr! Unser Herr Trip wird um drei Uhr vorsprechen, da
wir zu wissen wünschen, ob es wirklich beschlossen ist, daß
00000037bb!!!!!xy.‹ Darauf erteilte Herr Juke, der Humor
hat, folgende Antwort: ›Geehrter Herr! Nachdem ich alle
Mitglieder der Firma beauftragt habe, bin ich in der Lage, Ihnen als meine feste Überzeugung mitzuteilen, daß es wirklich
nicht beschlossen ist, daß 00000037bb!!!!!xy. – Hochachtungsvoll etc. p. p.

J. Juke.‹

Als unser Herr Trip diese merkwürdige Antwort erhielt, verlangte er den von ihm abgesandten Originalbrief und fand,
daß die Stenotypistin wirklich diese wahnsinnigen Hieroglyphen an Stelle der von ihm diktierten Wörter gesetzt hatte.
Unser Herr Trip befragte das Mädchen, weil er fürchtete, sie
sei plötzlich verrückt geworden, und es trug nicht zu seiner Be-
ruhigung bei, als sie ihm erklärte, es ginge ihr immer so, wenn
sie einen Leierkasten spielen höre. Sie wurde dann noch hyste-
rischer und eigentümlicher und stellte eine Reihe höchst un-
wahrscheinlicher Behauptungen auf, zum Beispiel: sie sei mit

dem Leierkastenmann verlobt, er habe die Gewohnheit, ihr Serenaden auf seiner Drehorgel zu bringen, sie pflege mit Geklapper der Schreibmaschine zu antworten (im Stile von König Richard und Blondel), der Leierkastenmann habe ein so feines Gehör und bete sie so glühend an, daß er den Klang der verschiedenen Typen der Maschine erkennen könne und so begeistert von ihnen sei wie von einer Melodie. Auf alle diese Erzählungen gingen unser Herr Trip und wir anderen nur so weit ein, wie man es bei Leuten tun muß, die man so schnell wie möglich unter die Obhut ihrer Verwandten stellen möchte. Aber als wir die Dame hinuntergeleiteten, wurde ihre Erzählung auf das Erschreckendste und Unangenehmste bestätigt, denn der Drehorgelspieler, ein riesiger Mann mit einem kleinen Kopf und offenbar auch verrückt, hatte seinen Leierkasten wie einen Sturmbock vor dem Hauseingang aufgestellt und verlangte stürmisch nach seiner angeblichen Braut. Als ich selbst auf dem Schauplatz erschien, fuchtelte er mit seinen langen, affenartigen Armen in der Luft herum und deklamierte ihr zu Ehren ein Gedicht. Wir waren zwar an allerlei Wahnsinnige, die Gedichte in unserem Büro deklamieren, gewöhnt, aber auf das, was nun folgte, waren wir nicht gefaßt. Die Verse, die er gerade hersagte, lauteten, glaube ich, ungefähr so:

> O leuchtendes, unentweihtes Haupt,
> Umrahmt . . .

doch weiter ist er nicht gekommen. Herr Trip schritt rasch auf ihn zu, aber im selben Augenblick hatte der Riese die arme Stenotypistin wie eine Puppe aufgehoben, sie auf seinen Leierkasten gesetzt und war mit einem Höllenlärm aus dem Hauseingang gestürzt und die Straße hinuntergerast wie ein fliegender Schubkarren. Ich benachrichtigte die Polizei von dieser Angelegenheit, aber das erstaunliche Paar war und blieb verschwunden. Es tat mir persönlich leid, denn die Dame war nicht nur angenehm, sondern für ihre Stellung auch ungewöhnlich gebildet. Da ich meinen Posten bei den Herren Hanbury & Bootle aufgebe, habe ich einen schriftlichen Bericht über dieses Vorkommnis hiergelassen.

(Gezeichnet) Aubrey Clarke, Lektor.

Und dieses letzte Schriftstück«, sagte Dr. Pym selbstgefällig, »ist von einer jener hochherzigen Frauen, die heutzutage die jungen Mädchen Englands in die Geheimnisse des Hockey, der höheren Mathematik und in jede Form von Idealismus einweihen.

›Sehr geehrter Herr (schreibt sie) – Ich habe nichts dagegen, Ihnen die Tatsachen über den von Ihnen erwähnten lächerlichen Zwischenfall mitzuteilen, trotzdem möchte ich Sie bitten, ihn mit Vorsicht weiterzuerzählen; denn mögen solche Dinge auch im abstrakten Sinne unterhaltsam sein, so sind sie keineswegs für den Namen einer Mädchenschule immer förderlich. Es hat sich nämlich folgendes zugetragen: Ich wollte einen Vortrag über eine philologische oder historische Frage halten lassen – einen Vortrag, der zugleich wirklich belehrend und doch populärer und unterhaltender als gewöhnlich sein wollte, weil es der letzte Vortrag in diesem Semester war. Ich erinnerte mich, daß ein gewisser Herr Smith aus Cambridge irgendwo einen amüsanten Essay geschrieben hatte, und zwar über seinen eigenen, etwas stark verbreiteten Namen – einen Essay, der entschieden wirkliche Kenntnisse von Genealogie und Topographie verriet. Ich schrieb an diesen Herrn, um ihn zu fragen, ob er uns einen humoristischen Vortrag über englische Familiennamen halten wolle, und er sagte zu. Der Vortrag war sehr lustig, fast zu lustig. Um mich deutlich auszudrücken, wurde mir und den anderen Lehrerinnen, nachdem Smith eine Weile gesprochen hatte, klar, daß er vollkommen verrückt sei. Zwar leitete er seinen Vortrag ganz richtig damit ein, daß er die Namen in zwei Gruppen teilte: Ortsnamen und Handelsnamen. Er behauptete (vielleicht hat er recht), daß die zunehmende Bedeutungslosigkeit der Namen ein Zeichen des Dahinschwindens der Zivilisation sei. Aber dann fuhr er ganz ruhig fort, die These aufzustellen, daß jeder Mann, der den Namen eines Ortes habe, auch an diesem Ort leben müsse, und jeder, der den Namen eines Handelszweiges trage, auch diesen Handel treiben müsse. Ebenso müßten Leute, die nach Farben genannt würden, nur Kleider in diesen Farben besitzen, und diejenigen, die nach Bäumen oder Pflanzen hießen (zum Beispiel Buche oder Rose) sollten sich immer mit diesen Pflanzen umgeben und schmücken. In der sich anschließenden kleinen Diskussion zwischen den älteren Schülerinnen wurde geschickt und sogar mit Eifer auf die Schwierigkeiten, die aus diesem Vorschlag entstehen würden, hingewiesen. Es wurde zum Beispiel von Fräulein Junggatte geltend gemacht, daß es ihr wirklich unmöglich sein würde, die ihr zugeteilte Rolle zu spielen; Fräulein Mann war in einem ähnlichen Dilemma, aus dem nicht einmal die allermodernsten Ansichten über die Geschlechter sie befreien konnten, und andere junge Damen, die zufällig Böse, Feigling und Hasenfuß hießen, prostestierten energisch gegen diese Idee. Aber alles dieses geschah nachher; der kritische Moment war jedoch während des Vortrags. Herr Smith holte plötzlich mehrere Hufeisen und einen großen Hammer aus der Tasche und kündete seine Absicht an, sofort in der Nähe eine Schmiede zu errichten und forderte alle Anwesenden auf, sich für dieselbe gute Sache zu begeistern wie für eine heroische Revolution. Die anderen Lehrerinnen und ich versuchten, den unglücklichen Mann an seinem Vorhaben zu hindern, aber ich muß gestehen, daß gerade dieses Eingreifen seinen Wahnsinn noch mehr zum Ausbruch brachte. Er schwang den Hammer und verlangte stürmisch, die Namen aller Anwesenden zu erfahren. Zufällig trug ein Fräulein Brown, eine junge Seminaristin, ein braunes Kleid, ein rötlichbraunes, das ganz gut mit dem wärmeren Ton ihres Haares harmonierte, was sie auch wußte. Sie war ein hübsches Mädchen, und hübsche Mädchen pflegen das zu wissen. Aber als unser Verrückter entdeckte, daß wir tatsächlich ein Fräulein Brown hatten, die wirklich ein braunes Kleid trug, entlud sich seine fixe Idee wie ein Pulvermagazin, und vor allen Lehrerinnen und Schülerinnen machte er der Dame in dem rotbraunen Kleid einen Heiratsantrag. Sie können sich die Wirkung einer solchen Szene in einem Mädchenpensionat vorstellen. Aber sollten Sie es sich nicht vorstellen können, so kann ich es Ihnen jedenfalls nicht beschreiben. Natürlich legte sich nach ein, zwei Wochen der Aufruhr, und wenn ich jetzt daran denke, erscheint mir die ganze Sache wie ein Scherz. Nur eine merkwürdige Einzelheit möchte ich Ihnen noch berichten, da – wie Sie sagen – Ihre Nachforschungen eine außerordentlich wichtige Ursache haben, aber ich muß Sie bitten, diese letzte Mitteilung noch vertraulicher zu behandeln als das übrige. Fräulein Brown, die in jeder Beziehung ein vortreffliches Mädchen war, verließ uns ein paar Tage darauf ganz plötzlich und in aller Heimlichkeit. Ich hätte nie gedacht, daß gerade sie sich den Kopf durch einen so lächerlichen Vorfall würde verdrehen lassen.

Mit vorzüglicher Hochachtung
Ada Gridley.‹

Ich denke«, sagte Pym mit einer wirklich überzeugenden Ernsthaftigkeit, »daß diese Briefe für sich selbst sprechen werden.«

Herr Moon erhob sich zum letztenmal, und es war so dunkel, daß man nicht erkennen konnte, ob sich in seinen angeborenen Ernst nicht seine angeborene Ironie mischte.

»Während dieser ganzen Untersuchung und besonders in deren letzter Phase haben sich die Kläger auf ein Argument gestützt, und zwar auf die Tatsache, daß niemand weiß, was aus allen den unglücklichen Frauen, die Smith anscheinend verführt hat, geworden ist. Es haben sich überhaupt keine Beweise ergeben, daß sie ermordet worden sind; aber jedesmal, wenn die Frage aufgeworfen wurde, ist dieses stillschweigend angenommen worden. Ich interessiere mich nun nicht dafür, welchen Todes sie gestorben sind, wann sie gestorben sind oder ob sie überhaupt gestorben sind. Doch eine andere analoge Frage erregt mein Interesse, nämlich ob sie geboren wurden, wann sie geboren wurden und ob sie überhaupt geboren wurden. Mißverstehen Sie mich nicht. Ich will nicht die Existenz dieser Frauen bestreiten oder die Wahrheitsliebe derer, die über sie aussagten. Ich möchte nur auf diese bemerkenswerte Tatsache hinweisen, daß man nur bei einem einzigen dieser Opfer – und zwar bei dem Mädchen aus Maidenhead – von einem Heim oder Eltern spricht, alle die übrigen sind Pensionärinnen oder Zugvögel gewesen – ein Gast, eine einsam lebende Schneiderin, eine alleinstehende Stenotypistin. Als Lady Bullingdon von ihren Zinnen herabsah, die sie von der Familie Wharton mit dem Geld des alten Seifensieders kaufte, um sich an den Hals des verarmten Gentleman aus Ulster zu werfen und ihn zu heiraten, als diese Lady Bullingdon nun von den besagten Zinnen herabblickte, sah sie wirklich ein Wesen, das sie Fräulein Green nennt. Herr Trip von der Firma Hanbury & Bootle hatte tatsächlich eine Stenotypistin, die sich mit Smith verlobte. Fräulein Gridley ist trotz ihres Idealismus doch absolut zuverlässig, sie hatte tatsächlich eine junge Seminaristin in ihrem Hause, die Smith fortgelockt hat. Wir geben zu, daß alle diese Frauen wirklich existierten. Aber wir fragen doch wieder, ob sie auch wirklich lebten?«

»Ach, du Himmel!« rief Moses Gould, der vor Lachen fast erstickte.

»Man könnte kaum«, warf Pym mit ruhigem Lächeln dazwischen, »ein besseres Beispiel von der Nachlässigkeit haben, mit welcher wahrhaft wissenschaftliche Prozesse durchgeführt werden. Ist der Wissenschaftler erst einmal von der Tatsache der Vitalität und des Bewußtseins überzeugt, so wird er daraus schließen, daß der Prozeß der Erzeugung bereits vorausgegangen ist.«

»Wenn diese Mädels«, rief Gould ungeduldig, »wenn diese Mädels alle lebten (alle lebten, oh!), würde ich einen Fünfpfundschein wetten, daß sie alle geboren waren.«

»Sie würden Ihre Wette verlieren«, erklang Moons ernste Stimme aus der Dunkelheit. »Alle diese bewunderungswürdigen Damen lebten um so intensiver, als sie mit Smith in Berührung gekommen waren. Sie waren alle ganz entschieden am Leben, aber nur eine von ihnen war jemals geboren.«

»Verlangen Sie etwa, daß wir glauben...«, begann Dr. Cyrus Pym.

»Ich verlange gar nichts. Ich stelle eine zweite Frage an Sie«, unterbrach ihn Moon streng. »Ist der hier versammelte Gerichtshof in der Lage, einen wahrhaft merkwürdigen Umstand zu erklären? Herr Pym sagte in seinem interessanten Vortrag über das, was man, glaube ich, die Beziehungen zwischen den Geschlechtern nennt, Smith sei der Sklave eines anormalen Triebes nach Abwechslung gewesen, der einen Mann zuerst zu einer Negerin, dann zu einer Albinofrau führe und ihn erst nach einer riesigen Patagonierin, dann nach einem winzigen Eskimomädchen verlangen ließe. Aber ist hier denn wirklich so viel Abwechslung? Ist in dem Bericht irgendeine Spur von einer gigantischen Patagonierin? War die Stenotypistin eine Eskimofrau? Ein so romantischer Umstand wäre sicherlich nicht der Aufmerksamkeit entgangen. War Lady Bullingdons Schneiderin eine Negerin? Eine innere Stimme sagt mir: ›Nein!‹ Ich bin überzeugt, Lady Bullingdon hätte eine Negerin für etwas so Ungeheuerliches gehalten, daß sie sie auf eine Stufe mit einer Kommunistin gestellt haben würde, und eine Albinofrau wäre ihr fast wie etwas Liederliches vorgekommen.

Aber zeigte Smith eine solche anormale Neigung für Abwechslung, wie der gelehrte Doktor sie andeutete? Soweit wir aus unserem geringen Material ersehen können, scheint gerade das Gegenteil der Fall gewesen zu sein. Tatsächlich haben wir nur eine Beschreibung von einer der Frauen des Gefangenen, und zwar die kurze, aber hochpoetische des ästhetischen Hilfsgeistlichen. ›Ihr Kleid hatte die Farbe des Frühlings und ihr Haar die der Herbstblätter.‹ Herbstblätter haben natürlich verschiedene Farben – manche Farbe (grün zum Beispiel) wäre für Haar etwas auffallend, deshalb denke ich, daß sich dieser Ausdruck höchstwahrscheinlich auf die Schattierungen von Rotbraun bis Rot bezogen hat, besonders da die Damen, die kupferfarbenes Haar haben, häufig pastellgrüne Kleider tragen. Kommen wir nun zu der nächsten Frau, so hören wir, daß ihr absonderlicher Liebhaber, als ihm gesagt wird, er sei ein Esel, antwortet, Esel liefen meistens nach Karotten, eine Bemerkung, die Lady Bullingdon wahrscheinlich für ganz sinnlos und als eine Phrase aus den philosophischen Betrachtungen eines Dorfidioten ansah, die aber von unverkennbarer Bedeutung ist, wenn man annimmt, daß Polly rotes Haar hatte. Von der darauffolgenden Frau, von derjenigen, die er aus dem Mädchenpensionat entführt, hören wir aus Fräulein Gridleys Mund, das junge Mädchen habe ein rotbraunes Kleid getragen, das mit dem wärmeren Ton ihres Haares gut harmonierte. Mit anderen Worten war die Haarfarbe des jungen Mädchens ein etwas lebhafteres Rot als das Rotbraun des Kleides. Schließlich hat der romantische Leiermann vor dem Büro ein Gedicht deklamiert, von dem er nur jene Worte sagte:

>O leuchtendes unentweihtes Haupt,
Umrahmt . . .‹

Aber ich denke, daß jeder, der die schlimmsten modernen Dichter kennt, in der Lage sein wird, zu erraten, daß der Poet mit ›leuchtend umrahmtem Haupt‹ rotes Haar meinte. Auch wiederum in diesem Falle hat man guten Grund, anzunehmen, daß Smith sich in ein Mädchen verliebte, das kastanienfarbenes oder rotbraunes Haar hatte – ungefähr so«, sagte er und sah den Tisch herunter, »wie Fräulein Grays Haar.«

Cyrus Pym beugte sich mit gesenkten Augenlidern vor und hatte schon einen seiner pedantischen Zwischenrufe bereit, als Moses Gould sich plötzlich mit dem Zeigefinger auf die Nase schlug, und in seinen funkelnden Augen war ein Ausdruck grenzenloser Verwunderung und Schlauheit.

»Die gegenwärtige Behauptung von Herrn Moon«, unterbrach Pym, »steht, selbst wenn sie auf Wahrheit beruht, nicht im Widerspruch zu dem Standpunkt des wahnsinnigen Verbrechers Smith, den wir festgenagelt haben. Die Wissenschaft hat schon lange eine solche Komplikation vorausgesehen. Eine der häufigsten verbrecherischen Perversitäten äußert sich durch eine unheilbare Anziehungskraft, die manche Männer bei einem besonderen Frauentyp empfinden, und wenn dieses nicht engherzig in Betracht gezogen wird, sondern in dem Licht der Induktion und der Evolution –«

»Zu diesem späten Stadium des Verfahrens«, sagte Michael Moon mit der größten Ruhe, »dürfte ich vielleicht einem Gefühl Ausdruck geben, das mich während der ganzen Untersuchung bedrückt hat, indem ich sage, daß Induktion und Evolution sich meinetwegen zum Teufel scheren können. Darwins fehlendes Glied und all so ein Zeug ist Kindergeschwätz. Ich rede jetzt über Dinge, die wir kennen. Alles, was wir von dem fehlenden Glied wissen, ist, daß es fehlt – und daß es uns jedoch nicht fehlt. Ich kenne alles Gerede über seinen menschlichen Kopf und seinen häßlichen Schwanz. Findet man die Knochen eines Menschen, so beweist es, daß er vor langer Zeit lebte, findet man sie nicht, so beweist es, wie lange es her ist, seitdem er lebte. Dasselbe Spiel habt ihr in der Smith-Affäre gespielt. Weil Smiths Kopf zu klein für seine Schultern ist, nennt ihr ihn einen Mikrocephalen; wäre er größer gewesen, hättet ihr ihn einen Wasserkopf genannt. Solange der Harem des armen braven Smith sehr abwechslungsreich schien, war diese Mannigfaltigkeit ein Zeichen von Verrücktheit, jetzt, wo sich der Harem als ein wenig monochrom herausstellt, ist diese Monotonie ein Zeichen von Verrücktheit. Ich leide unter allen den Nachteilen eines Erwachsenen, da will ich wenigstens auch die Vorteile davon haben, ich schlage daher in aller Höflichkeit vor, Sie möchten uns nicht mit langen Reden tyrannisieren, sondern kurze Gründe angeben und Ihre Angelegenheit nicht als einen Triumphzug betrachten, bloß weil Sie andauernd entdecken, daß Sie unrecht haben. Nachdem ich meinen Gefühlen Luft gemacht habe, möchte ich nur hinzufügen, daß ich Herrn Dr. Pym für ein Schmuckstück der Welt halte, schöner als den Parthenon oder das Monument an Bunkers Hill, und jetzt schlage ich vor, daß ich meine Bemerkungen über die vielen Ehen von Herrn Innozenz Smith weiter fortsetze.

Außer dem roten Haar fällt noch ein zweiter Umstand auf, der sich wie ein roter Faden durch alle diese unzusammenhängenden Begebenheiten zieht. Es liegt nämlich etwas sehr Eigentümliches und Suggestives in den Namen dieser Frauen. Sie werden sich erinnern, daß Herr Trip schrieb, er glaube, die Stenotypistin habe Blake geheißen, aber er könne es nicht mehr mit Bestimmtheit sagen. Ich vermute, ihr Name war in Wirklichkeit ›Black‹, und in diesem Falle hätten wir eine merkwürdige Serie: Fräulein Green in Lady Bullingdons Dorf, Fräulein Brown in der Hendon-Schule, Fräulein Black bei den Verlegern. Eine Farbenskala, die gewissermaßen mit Fräulein Gray im

Hause Leuchtfeuer, West-Hampstead, ihren Schlußton findet.«
Inmitten einer Totenstille fuhr Moon in seinen Darlegun-
gen fort: »Was soll dieses merkwürdige Zusammentreffen der
Farben bedeuten? Persönlich bezweifle ich nicht einen Augenblick, daß diese ganz willkürlich gewählten Namen zu einem
geplanten Scherz gehörten. Ich halte es für sehr wahrscheinlich,
daß sie sich auf Kleider bezogen, daß also Polly Green
nur Polly* im grünen Kleid war und daß Mary Gray nur
Mary (oder Polly) im grauen Kleid vorstellte. Dieses würde
erklären –«
Cyrus Pym stand starr und fast bleich da. »Wollen Sie tatsächlich damit andeuten –«, rief er.
»Ja«, antwortete Michael, »das will ich tatsächlich andeuten.
Möglich ist es, daß Innozenz Smith um viele geworben und
viele Hochzeiten abgehalten hat, aber er hat nur eine einzige
Frau. Vor einer Stunde saß sie auf dem Stuhl dort, und jetzt
plaudert sie mit Fräulein Duke im Garten.
Ja, Innozenz Smith hat hier wie bei hundert anderen Gelegen-
heiten nach einem offenen und vollkommen tadellosen Prinzip
gehandelt. Es mag der Welt von heutzutage eigentümlich und
extravagant erscheinen, aber nicht mehr als jedes andere Prinzip, wenn es in der Welt von heutzutage durchgeführt werden
würde. Sein Prinzip ist ganz einfach zu erklären: Er weigert
sich zu sterben, während er noch lebt. Er versucht, durch Auf-
rüttelung seines Intellekts das Bewußtsein in sich wachzuhal-
ten, daß er noch ein lebendes Menschenkind ist und auf zwei
Beinen durch die Welt geht. Aus diesem Grunde feuert er Ku-
geln auf seine besten Freunde ab, aus diesem Grunde legt er
Leitern an und richtet zusammenklappbare Schornsteine ein, um
sich selbst zu bestehlen; aus diesem Grunde geht er unverdros-
sen rings um einen ganzen Planeten, um zu seinem eigenen
Hause zurückzukommen, und aus diesem Grunde pflegte er die
Frau, die er mit unerschütterlicher Treue liebte, irgendwo abzu-
stellen (wenn man sich so ausdrücken kann), in Schulen, Pensionen und Büros, damit er sie sich immer wieder von neuem
durch einen Überfall und eine romantische Entführung erobern
könne. Ernsthaft versuchte er durch wiederholtes Einfangen
seiner Braut das Gefühl ihres dauernden Wertes und die
Empfindung in sich lebendig zu erhalten, daß er sich ihretwegen jeder Gefahr auszusetzen bereit sei.

*) Polly = Kosename für Mary.

Soweit sind seine Beweggründe verständlich genug, aber vielleicht sind seine Überzeugungen nicht ganz so verständlich. Ich glaube, Innozenz Smith hat eine Idee, die allen seinen Handlungen zugrunde liegt. Ich bin keineswegs sicher, daß ich selber an diese Idee glaube, aber ich bin überzeugt, daß es sich wenigstens verlohnt, sie auszusprechen und zu verteidigen.

Der Gedanke, den Smith bekämpft, ist folgender: Dadurch daß wir in einer verworrenen Zivilisation leben, sind wir dazu gekommen, gewisse Dinge für unrecht zu halten, welche gar nicht unrecht sind. Wir sind schon so weit, daß wir Übermut und überschäumende Kraft, Ausgelassenheit und lärmende Fröhlichkeit für ein Unrecht ansehen. An und für sich ist das alles nicht nur zu verzeihen, sondern sogar zu loben. Es ist durchaus nichts Böses, eine Pistole auf einen Freund abzufeuern, wenn man nicht die Absicht hat, ihn zu treffen, und sicher ist, daß man ihn auch nicht treffen wird. Es ist ebensowenig ein Unrecht, als ob man einen Kieselstein ins Meer wirft – noch weniger sogar, denn zuweilen trifft man das Meer. Es ist auch nichts Unrechtes darin, einen Schornstein herunterzuschlagen und durch das Dach einzubrechen, solange man nicht das Leben oder das Eigentum anderer bedroht. Es ist kein größeres Unrecht, von oben in ein Haus einzutreten, als eine Kiste unten statt oben aufzumachen. Es ist ebenfalls keine Sünde, um die Welt herumzuspazieren und nach seinem eigenen Haus zurückzukehren, es ist nicht schlimmer, als wenn man um seinen Garten herumgeht und zu seinem eigenen Haus zurückkommt. Und es ist ebensowenig unrecht, seine eigene Frau da und dort aufzulesen, wenn man für keine andere Frau Interesse hat und nur dieser einen treu bleibt, solange beide leben. Es ist ebenso harmlos, als wenn man im Garten Versteck spielt. Die Welt knüpft an solche Handlungen eine gemeine Gesinnung, genauso wie sie denkt, es liege etwas Übles darin, wenn man in eine Pfandleihe oder in eine Kneipe geht (oder bei einer dieser Handlungen ertappt wird). Ihr denkt, es liege etwas Gemeines und Ordinäres in einem solchen Besuch. Ihr irrt euch.

Die seelische Kraft dieses Mannes ist genaugenommen dem Umstand zuzuschreiben, daß er immer zwischen Sitte und Glauben zu unterscheiden gewußt hat. Er hat mit dem Herkömmlichen gebrochen, aber er hat die Zehn Gebote gehalten. Er ist wie ein Mann, der wie wahnsinnig in einer Spielhölle spielt, und nachher entdeckt man, daß er nur um Hosenknöpfe spielt. Er ist wie jemand, den man bei einem heimlichen Stelldichein mit einer Dame in Covent-Garden ertappt, und diese Dame entpuppt sich nachher als seine Großmutter. Alles ist häßlich und entehrend, außer dem Tatbestand, alles an ihm ist verkehrt, aber Unrecht hat er nicht begangen.

Man wird nun fragen: ›Weshalb setzt Innozenz Smith noch als älterer Mann diese possenartige Existenz fort, die ihn so vielen falschen Anschuldigungen aussetzt?‹ Darauf antworte ich bloß: Er tut es, weil er wirklich glücklich ist, weil er wirklich fröhlich ist, weil er wirklich ein lebendiges Menschenkind ist. Er ist so jung, daß das Erklettern von Gartenbäumen und das törichte Schabernackspielen ihm noch immer so viel Spaß macht wie uns in der Kindheit. Und wenn Sie mich nun wieder fragen, warum er allein unter allen Menschen solche unerschöpfliche Torheiten treibt, so habe ich eine sehr einfache Antwort darauf, obgleich sie wohl nicht gebilligt werden wird.

Es gibt aber nur diese eine Antwort, und es tut mir leid, wenn sie Ihnen nicht paßt. Wenn Innozenz glücklich ist, so ist er es, weil er harmlos ist. Wenn er gegen das Herkömmliche verstoßen kann, so kommt es nur daher, weil er die Gebote halten kann. Gerade weil er nicht töten, sondern im Gegenteil zu noch intensiverem Leben aufrütteln will, bedeutet ihm eine Pistole noch immer etwas so Aufregendes, als wäre er noch ein Schuljunge. Gerade weil er nicht stehlen will, weil er die Güter seines Nachbars nicht begehrt, versteht er es (ach, wie gerne möchten wir das alle!), seine eigenen Güter zu begehren. Eben weil er nicht Ehebruch begehen will, hat er die ganze Romantik des Geschlechtslebens in ihrer Vollendung erfaßt; gerade weil er nur eine Frau liebt, erlebt er hundert Honigmonde. Wenn er wirklich einen Mann ermordet und wirklich eine Frau verlassen hätte, dann würde er nicht imstande sein, zu empfinden, daß eine Pistole oder ein Liebesbrief einem Lied gleichen – aber keinem lustigen Lied.

Bilden Sie sich bitte nicht ein, daß eine solche Stellungnahme mir leicht fiele oder mir zusage. Ich bin ein Irländer und leide an einer gewissen Schwermut, die entweder durch die Verfolgung meines Glaubens oder durch den Glauben selber entstanden ist. Persönlich habe ich das Gefühl, daß der Mensch an das Tragische gefesselt ist und daß es keine Möglichkeiten gibt, den Schlingen des Alters und der Zweifel zu entkommen. Aber gibt es einen Weg zur Befreiung, so ist dieser bei Gott der einzige Weg. Wenn man so glücklich wie ein Kind oder ein Hund bleiben könnte, so wäre das nur möglich, indem man so unschuldig bliebe wie ein Kind und so sündlos wie ein Hund. Unverhüllt und rücksichtslos gut zu sein, das könnte der Weg sein, und Smith könnte ihn gefunden haben. Nun – nun – nun – ich sehe einen skeptischen Ausdruck auf dem Gesicht meines Freundes Moses. Herr Gould glaubt nicht, daß, wenn man in jeder Beziehung ein wirklich guter Mensch ist, man auch ein fröhlicher Mensch ist.«

»Nein«, sagte Gould mit ungewöhnlichem und überzeugendem Ernst: »Ich glaube nicht, daß ein Mensch dadurch ein fröhlicher Mensch wird, weil er wirklich gut ist.«

»Nun«, sagte Michael ruhig, »wollen Sie mir eins sagen? Wer unter uns hat es denn jemals versucht?«

Es erfolgte ein Schweigen, gleich dem Schweigen einer langen geologischen Periode, die auf das Entstehen einer noch nicht dagewesenen Gattung wartete, und in dieser Stille erhob sich schließlich eine massive Gestalt, welche die anderen Anwesenden fast vollkommen vergessen hatten.

»Nun, meine Herren«, sagte Doktor Warner heiter, »man hat mich zwei volle Tage ganz nett mit allen diesen unsinnigen und leeren Narreteien unterhalten, aber jetzt habe ich genug und gehe zu einer Einladung zum Abendessen. Unter den hundert Blüten des Blödsinns auf beiden Seiten war ich nicht imstande, irgendeinen Grund zu entdecken, warum es einem Wahnsinnigen gestattet sein sollte, im Küchengarten auf mich zu schießen.«

Damit stülpte er seinen seidenen Hut auf und ging mit langen Schritten gelassen auf das Gartengitter zu, während ihm die fast wehklagende Stimme Pyms folgte: »Aber die Kugel hat Sie tatsächlich um mehrere Meter verfehlt.«

Und eine andere Stimme fügte hinzu: »Sie hat ihn um mehrere Jahre verfehlt.«

Es entstand ein langes und eigentlich bedeutungsloses Schweigen, und dann sagte Moon plötzlich:

»Wir haben mit einem Geist zusammen gesessen. Doktor Herbert Warner ist vor Jahren gestorben.«

Wie der Sturmwind Haus Leuchtfeuer verließ

Mary ging langsam zwischen Diana und Rosamund im Garten auf und ab; sie schwiegen, und die Sonne war untergegangen. Die wenigen noch hellen Lichtstreifen am westlichen Himmel hatten einen warmen weißen Ton, der nur mit Sahnekäse vergleichbar war, und die Reihen von daunigen Wölkchen, die darüberschwebten, hatten einen weichen, aber satten, violetten Flaum, so daß sie wie violetter Rauch aussahen. Der ganze übrige Schauplatz verging und zerfloß in ein Silbergrau und schien sich mit Marys dunkelgrauer Gestalt zu verschmelzen und zu vereinigen, so daß sie gleichsam mit dem Garten und dem Himmel bekleidet war. Es lag etwas in diesen letzten ruhigen Farben, das ihr eine Art Einfassung und eine gewisse Erhabenheit zu geben schien; auch das Zwielicht, das Dianas stattlichere Figur und Rosamunds prunkhafteres Gewand verbarg, hob Mary hervor, stellte sie in den Vordergrund und machte sie zur alleinigen Herrin des Gartens.

Als sie endlich sprachen, wurde offenbar eine Unterhaltung wiederaufgenommen, die schon lange in Schweigen verfallen war.

»Wohin wird dich dein Mann führen?« fragte Diana mit ihrer prosaischen Stimme.

»Zu einer Tante«, sagte Mary, »das ist ja gerade das Spaßige dabei. Es existiert wirklich eine Tante, und wir ließen die Kinder bei ihr, als wir verabredeten, daß ich mich aus der anderen Pension dort am unteren Ende der Straße herauswerfen lassen würde. Wir nehmen uns immer nur acht Tage für diese Art Ferien, aber manchmal nehmen wir sie zweimal hintereinander.«

»Aber was sagt die Tante dazu?« fragte Rosamund harmlos.

»Es ist wohl sehr pedantisch von mir, aber ich habe viele Tanten gekannt, die so etwas – nun – für sehr töricht halten würden.«

»Töricht?« rief Mary sehr vergnügt. »Ach du meine Güte! Und ob es töricht ist! Aber was kannst du anderes erwarten? Er ist wirklich ein guter Mann, und es hätten auch Schlangen oder etwas Derartiges sein können.«

»Schlangen?« fragte Rosamund ganz verwundert.

»Ja, Onkel Harry hielt sich Schlangen und behauptete, daß sie ihn liebten«, erwiderte Mary mit größter Selbstverständlichkeit. »Tantchen erlaubte ihm, sie in seinen Taschen aufzubewahren, aber nicht im Schlafzimmer.«

»Und du –«, begann Diana und runzelte leicht die Stirn.

»Ach, ich mache es wie Tantchen«, sagte Mary, »wenn wir nicht länger als vierzehn Tage von den Kindern fort sind, mache ich mit. Er nennt mich ›Menschenskind‹, und man muß ein ›s‹ dazwischenschieben, sonst wird er ganz aufgeregt.«

»Aber wenn die Männer solche Ideen haben«, begann Diana.

»Ach, was hat es für einen Zweck, über Männer zu sprechen?« rief Mary ungeduldig, »das tun nur Schriftstellerinnen oder so scheußliche Wesen. Männer gibt es gar nicht. Es gibt nur einen Mann in Variationen.«

»Es gibt also gar keine Sicherheit«, sagte Diana leise.

»Das weiß ich nicht«, antwortete Mary leichthin, »es gibt nur zwei Dinge, die man mit Sicherheit von den Männern sagen kann. Zu gewissen merkwürdigen Zeiten sind sie eben gerade imstande, für uns zu sorgen, aber für sich selbst sorgen können sie niemals.«

»Ein Sturm erhebt sich«, sagte Rosamund plötzlich. »Sieh jene Bäume dort drüben an, da hinten, und die Wolken jagen sich förmlich.«

»Ich weiß, woran du denkst«, sagte Mary, »seid nicht töricht. Hört nicht auf die Schriftstellerinnen. Geht nur den geraden Weg, für Gottes Wahrheit, sie gehört Gott. Ja, dein lieber Michael wird oft recht unordentlich sein. Artur Inglewood wird noch schlimmer sein – er ist ordentlich. Aber wozu sind sonst all die Bäume und Wolken, ihr törichten Kätzchen?«

»Die Wolken und Bäume schwanken hin und her«, sagte Rosamund. »Ein Sturm ist im Anzuge, und dieses Gefühl macht mich ganz nervös, ich weiß nicht, warum. Michael ähnelt eigentlich dem Sturm ein wenig: er ängstigt mich und macht mich glücklich zugleich.«

»Ängstige dich nicht«, sagte Mary. »Diese Männer haben insgesamt einen Vorteil: Sie gehören zu denen, die aus sich herausgehen.«

Ein plötzlicher Windstoß, der durch die Bäume ging, wehte die welken Blätter auf den Pfad, und die drei hörten das ferne Rauschen der Bäume.

»Ich meine«, sagte Mary, »sie gehören zu denen, die hinausschauen und sich für die Welt interessieren. Es ist gleich, ob es sich durch Debattieren äußert, durch Radfahren oder dadurch, daß einer die Welt aus den Fugen reißt, wie es der arme, gute Innozenz macht. Halte dich an den Mann, der aus dem Fenster schaut und die Welt zu verstehen sucht. Mache einen Bogen um jenen Mann, der in das Fenster hineinschaut und dich zu verstehen sucht. Als der arme Adam im Garten grub (Artur will immer im Garten graben), kam die andere Art des Weges und schlängelte sich hinein – die scheußliche alte Schlange!«

»Du stimmst also mit deiner Tante darin überein«, sagte

Rosamund lächelnd, »du willst keine Schlangen im Schlafzimmer haben.«

»Ich stimme mit meiner Tante nicht sehr überein«, erwiderte Mary, »aber ich finde, sie hat recht, Onkel Harry Drachen und Greifen sammeln zu lassen, solange es ihn außerhalb des Hauses beschäftigte.«

Fast im selben Moment blitzten alle Lichter in dem dunklen Hause auf und verwandelten die beiden Glastüren, die in den Garten führten, in Tore aus getriebenem Gold. Die goldenen Tore sprangen auf, und der riesige Smith, der so viele Stunden wie eine plumpe Statue dagesessen hatte, kam herausgestürzt und schlug den ganzen Rasenplatz hinunter rad vor Vergnügen, während er andauernd schrie: »Freigesprochen, freigesprochen!« Den Ruf wie ein Echo wiederholend, lief Michael auf Rosamund zu und riß sie stürmisch mit sich zu einigen Tanzschritten, die ein Walzer sein sollten. Aber die Gesellschaft kannte nun Innozenz und Michael nachgerade, und ihre Verdrehtheiten wurden mit Humor aufgenommen und als selbstverständlich betrachtet. Viel merkwürdiger war es, daß Artur Inglewood spornstreichs auf Diana zuging und sie küßte, als wäre es der Geburtstag seiner Schwester. Sogar Dr. Pym, obgleich er nicht mittanzte, sah mit wirklichem Wohlwollen zu; denn diese ganzen lächerlichen Enthüllungen hatten ihn weniger als die anderen erregt, weil er im stillen dachte, solche verdrehten Gerichtshöfe und irrsinnigen Diskussionen gehörten zu den mittelalterlichen Mummenschanzereien der alten Welt.

Während der Sturm wie mit Trompetenstößen den Himmel zerriß, wurde ein Fenster nach dem anderen im Hause hell. Ehe die kleine Gesellschaft zwischen Lachen und Windstößen sich wieder ins Haus zurückgetastet hatte, sah sie die große, affenartige Gestalt von Innozenz Smith auf dem Dach. Er war aus seinem Mansardenfenster herausgeklettert, und nun brüllte er immer wieder: »Haus Leuchtfeuer« und schwenkte dabei um seinen Kopf ein riesiges Holzscheit oder Klotz von dem Holzfeuer unten. Von diesem brennenden Scheit strömte eine rote Flamme und ein violetter Rauchstreifen in die lärmende Luft hinaus.

Innozenz war so deutlich sichtbar, daß man ihn von drei Grafschaften aus hätte erblicken können; aber als sich der Wind legte und die Gesellschaft auf dem Gipfel ihrer Fröhlichkeit wieder nach Mary Smith suchte, waren die beiden nicht zu finden.

Romane und Geschichten von **Gilbert Keith Chesterton** als Knaur-Taschenbücher

Droemer Knaur